KB261619

# 사랑은 주는 것 받는 것
# 무엇이 먼저일까

김희선 에세이

깊은 절망,

적막 속 끝없는 외로움에서

따뜻한 빛으로 나를 감싸던 그 큰사랑.

그 사랑이,

모든 분들에게 임하길 기도합니다.


그 사랑의 본체이시며 하나님이신,

나의 구원자 주 예수그리스도께

모든 영광을 드립니다.

# 나도 너희를 보내노라

"사랑받기 위해 사랑하는 것이 인간이다. 그러나 사랑하기 위해 사랑하는 것은 천사에 가깝다." A.D 라마트린의 말이다.

여기 타국 캄보디아에서 25년 동안 선교사역을 통해 오로지 사랑하기 위해 사랑하며 살아온 선교사가 있다. 바로 이 책의 저자 김희선 작가다.

김 작가는 하나님의 사랑을 깨닫고 그 사랑을 전하기 위해 먼 이국땅 캄보디아로 건너가 아주 열악한 환경에서 모든 것을 견뎌내며 몸소 하나님의 사랑을 실천한 하늘에 속한 사람이다.

하나님은 독생자 예수를 우리 죄인을 위해 이 땅에 보내셨다. 그리고 우리를 얼마나 사랑하시는지 십자가의 사랑을 보여주셨다. 김 작가는 그 크신 하나님의 사랑에 즉시 반응해 선교사가 되었다. 그리고 선교사로서 캄보디아 민족을 사랑하다가 하나님의 시선으로'나'를 사랑하는 법을 배우게 되었다.

그렇게 사랑으로, 교회 사역, 학교 사역, 음악 사역, 양서 번역 사역, 이젠 출판 사역까지, 이 모든 사역은 거역할 수 없는 하나님의 계획이셨다. 하나님의 부르심으로 그동안 캄보디아에서 활동했던 모든 사역과 그 사역에 함께하신 하나님의 은혜에 감사하는 마음을 이 책에 담았다.

때로는 놀람과 안타까움으로, 때로는 흐뭇함과 기쁨으로 긴장에 긴장을 거듭하며 단숨에 읽어내려가게 될 것이다. 읽다 보면, 어느덧 하나님의 사랑에 푹 빠지게 될 것이다. 그동안 걸어온 발걸음마다 하나님이 함께하셨음을 깨닫게 될 것이다. 선교사님의 선교 활동에 걸림돌이 없기를 간절히 기도하게 될 것이다.

이 책이 세계 곳곳을 누비며 전도자 역할을 다하기를 소망한다.
이 책이 선교사들의 선교 활동에 지침서가 되기를 소망한다.
우리의 죄를 대신해 돌아가신 예수님을 만나게 되길 소망한다.
지금도 하나님이 기적을 일으키신다는 것을 깨닫게 되길 소망한다.
이 땅에 태어난 모두에게, 이 귀한 책을 진심으로 추천한다.

이에 예수께서 다시 그들에게 이르시되,
너희에게 평강이 있을지어다.
내 아버지께서 나를 보내신 것 같이,
나도 너희를 보내노라 하시니라.

요한복음 20:21

테라폰 책쓰기아카데미 대표 김선옥

여는글

## 꽃잎이 져야 열매 맺는다

꽃이 피고 지고 열매를 맺는 것은 물과 공기, 햇빛과 보살핌이 모두 필요한 자연의 종합예술입니다. 꽃이 열매를 맺으려면 꽃잎이 져야 하는 사명이 있듯, 선교도 그러합니다. 모든 성도들이 협력해서 선을 이루는 교회의 아름다운 꽃으로, 그 중심에는 선교사의 사명이 있습니다.

꽃은 자신의 한계를 뛰어넘어 향기를 저 멀리까지 전합니다. 겸손히 자신을 내려놓고, 주어진 환경 속에서 꽃을 피우고 열매를 맺습니다. 가시적인 열매가 없더라도, 다음 꽃이 피고 열매 맺도록 스스로 비옥한 땅을 위한 거름이 되기도 합니다. 자신이 죽어야만 열매 맺는다는 사명을 안고, 전적인 자연의 순리에 순종합니다. 제가 경험한 선교사의 삶도 이와 같았습니다. 이 책은 그 생생했던 선교 역사 현장의 기록입니다.

## 사랑의 우선순위를 알다

세상에 태어나 사랑을 배워가는 깨달음의 여정과 부르심을 담았습니다. 하나님의 놀라운 기적과 은혜를 진실하게 기록했습니다. 사랑으로 인도하신 삶의 역사가 담겨 있습니다.

캄보디아에서 보낸 25년의 선교사 삶은, 짧게 느껴질 만큼 바쁘게 흘러갔습니다. 한 민족을 사랑하려다, 하나님의 시선으로 '나를 사랑하는 법'을 배운 뒤, 비로소 '함께 이루어가는 성숙한 사랑'을 배웠습니다.

그 사랑의 깊이를 깨달을 즈음, 2024년에 기쁜 열매를 맺었습니다. 물론 오랜 시간 함께 이뤄야 할 큰 프로젝트는 여전히 남아 있지만, 캄보디아 성도들이 경제적 자립을 이뤄냈습니다. 사랑의 우선순위를 깨달았기에 가능한 일이었습니다.

이 사실을 접한 한 선교사님이 제게 말씀하셨습니다.
"가난한 나라의 현지 성도들이 경제적 자립을 이루었다는 것은, 영적 자립은 물론 물질적 축복이 뒷받침되지 않는다면 불가능하다. 모든 선교사들이 이런 자립을 목표로 사역할 만큼 생각보다 어려운 일인데 대단하다!"
이 기록은 그 대단한 일을 해낸 성도들의 삶 속에서 피어난, 따뜻한 믿음의 향기를 전합니다.

## 감사

협력하여 선교의 꽃을 피우고 열매 맺는 과정은, 마치 가장 특색 있고 아름다운 조각만을 이어붙인 퀼트 작품과 같았습니다. 많은 분이 각자의 은사에 따라 협력하며, 아름답게 선을 이루었던 감사한 순간들이었습니다. 물질과 기도, 마음으로 후원해주신 분들의 모습을, 그 순간이 더욱 빛나도록 담았습니다. 제가 알지 못한 사실이 있더라도, 그분들의 따뜻한 마음이 하나님의 섭리 안에서 어떻게 역사했는지를 전하고자 합니다. 그 사랑에 조금이나마 보답이 되길 바랍니다.

추천의 글을 써 주신, 테라폰 책 쓰기 아카데미 대표 김선옥 작가님께 진심으로 감사드립니다. 저서가 출간될 수 있도록 세심한 지도와 격려, 그리고 소망의 불씨를 지펴주며 성장할 수 있도록 믿어주신 따뜻함이 제게 큰 힘이 되었습니다. 작가님이 쓴 책의 내용을 직접 실천하시는 모습에, 진정한 작가의 태도를 배울 수 있어 행복했습니다.

제 글이 아름답게 세상에 나올 수 있도록, 출간을 맡아 도와주신 하움출판사 관계자분들께 감사를 드립니다. 협력하는 자세를 배울 수 있어 감사했습니다.

책 집필을 결심하고, 오래된 일기장을 펼쳐 보았습니다. 그곳에는 미래에 소망하는 사역 기도 제목들이 적혀 있었습니다. 교회 사역, 학교 사역, 음악 사역, 양서 번역 사역 등. 그리고 제 기억 속에서 완전히 잊혀져 더 이상 존재하지 않았던 마지막 소망의 제목을 보고 놀랐습니다!

"나이가 들고 바쁜 사역이 어느 정도 마무리되면, 책을 집필하여 사랑하는 성도들에게 도움이 되도록 남겨주고 싶다."

'아! 그래서 하나님께서는 그동안 주변에서 같은 말을 들려주시

며, 나를 일깨우셨구나. 이젠 때가 되어!'

　하나님께서 기획하셨음을 깨닫고 용기를 얻어, 묵상하며 집필하였습니다. 그 시간 동안, 지난날의 은혜가 오늘의 저를 일깨웠습니다. 사랑과 선교의 참 의미를 다시금 돌아보았습니다. 제 삶의 모든 길이, 소망 되시는 하나님의 신실한 사랑이었음에 감사드렸습니다.

　이 책을 세상에 내놓으며, 모든 독자분들이 참사랑이신 구원의 하나님을 만나시길 기도합니다. 그럼, 그 사랑의 여정 속으로 여러분을 초대합니다.

2025년<br>
넓고 드높은 가을 하늘<br>
눈부신 햇살 아래<br>
풍성한 열매를 바라며

김희선

# 차례

추천의 글　4

여는 글　6


## 1장
## 나는 어디에서 왔고 어디로 가나

삶의 끝을 보다　16

왜 살아야 하지?　21

내 안의 꿈틀거림과 외침　29

아니, 이런 삶도 있다고!　37

내 길을 찾다　42


## 2장
## 선교사 신고식! (1년 반의 여정)

나는 길치! 영치(English)!　52

Esther는 용감한 여성이야!　59

캄보디아 밀가루는 검은색?　67

생일 파티가 아닌 결혼 파티    74

향수병에 걸렸다고?    81

새 옷 입고 소풍 가는 아이들    87

바퀴벌레의 승격    93

화장실이 없다!    100

한밤중에 찾아온 청년    108

반가운 손님    116

캄보디아인이 앙코르와트에 못 가다    124

신학교에서의 음악 강의    133

너희들을 잊지 않을게    141

## 3장

# 그리움이 소망을 살리다 (6년간의 여정)

첫 열매    152

얘들아! 미안해!    159

다시 만나다    167

좀 더 사랑했더라면    173

나는 침례 요한    180

# 4장

## 선교사가 아닌 선교사로 살다 (18년의 여정)

36세에 캄보디아 국립 대학에 입학하다　190

정원을 가꾸다　199

우리집은 살아있는 생물도감　207

필연의 깨달음　218

경찰들이 들이닥치다　225

이게 진짜 피아노야!　231

순수함을 지킨다는 건　238

선교사님이 떠났어요　246

지금 나에겐 190달러 밖에 없다　253

애들아! 천만 원이 생겼어!　261

4부 화음의 아름다움　269

우리 땅을 밟다　278

최초의 결혼식　288

# 5장

## 나는 김희선이고 싶다


다시 태어나다　302

열린 문　311

반려견들이 떠난 후 소생의 깨달음　321

이름은 소망이다　332

사랑은 주는 것 받는 것 무엇이 먼저일까?　340

닫는 글　356


**일러두기**

인용된 성경 구절은 개역개정판과 킹제임스 흠정역판을 활용하였습니다. 몇몇 긴 소제목 글은 이해를 돕기 위해 작은 제목을 따로 넣어 구분했습니다. 일부 소제목 끝에는 여백 글…이 이어집니다. 본문에 다 담지 못한 여운과 위트, 그리고 작은 위로이기도 합니다.

_ 김희선

# 1장

## 나는 어디에서 왔고
## 어디로 가나

# 삶의 끝을 보다

11월 어느 맑은 가을날, 조금은 쌀쌀한 날씨였다. "아빠! 학교 갔다 올게." 나는 늘 하던 짧은 인사를 남기고 문을 나섰다. 그 인사가 아버지와의 마지막이 될 줄은, 그때는 꿈에도 몰랐다.

나는 중학교 3학년이었다. 그날 학교에서 점심시간이 끝날 무렵, 반장이 급하게 나를 찾으며 다가와 말했다.

"희선아! 담임 선생님이 빨리 교무실로 오래. 어서 가 봐!"

무슨 일인지 몰랐지만 불안한 마음으로 교무실로 향했다. 문을 열고 들어서니 담임선생님의 얼굴이 어둡게 가라앉아 있었다.

"방금 집에서 연락이 왔어. 아버지가 돌아가셨다는… 빨리 집에 가 보렴."

그날 집까지 40분이 넘는 거리를 어떻게 갔는지, 전혀 기억나지 않는다. 엄청난 충격으로 경황없이, 뛰다가 걷고 걷다가 뛰기를 반복했으리라.

아버지는 그렇게 이별 인사도 없이 우리 가족 곁을 떠나셨다. 사인은 뇌출혈이었다. 원래 심장이 약하셨음에도 평상시 술을 즐겨 드셨다. 지금 와서 생각해 보면, 이 이별은 예견된 일이 아니었을까.

　모 병원 구급차에 실려 온 아버지의 시신이 우리집 안방에 안치되었다.

　핏기 하나 없는 창백한 얼굴, 아니 푸른빛이 도는 그런 얼굴이었다. 장의사가 도착해 시신을 닦고 수의를 입히는 염습이 시작됐다.

　내 기억 속 그 당시, 삶의 끝을 마무리하는 아버지의 모습은 11월의 날씨처럼, 서늘하고 쓸쓸해 보이기만 했다. 그때까지만 해도 너무 생소한 광경에 사로잡혀 있었을 뿐, 아버지의 죽음이 실감 나지 않았다. 잠시, 그런 생각에 잠겨 있는 동안, 장의사가 아버지의 입을 힘겹게 벌리더니, 생쌀을 한 숟가락 입에 넣는다. 이유를 물어보지는 않았지만, 저승길에 배고프지 말라는 의미일 거라 나름 해석했다. 아무 저항 없는 아버지를 보는 순간 '아! 아빠가 정말 돌아가셨구나!'라는 실감이 점점 밀려왔다. 그제야 난생처음으로 슬프게 울었다. 죽음이 예고도 없이 들이닥칠 수 있다는 현실이 도저히 믿기지 않았다.

　평상시 아버지는 생선을 무척 좋아하셨다. 부엌에는 아침에 자식들 먹으라고 구워두신 생선이 여전히 따뜻해 보였다. 지금이라도 "얼른 밥 먹어라!"라고 부를 것만 같았다.

　아버지를 잃은 그 충격에, 어머니는 몇 번이나 몸을 가누지 못하고 쓰러지셨다. 마지막, 산에서 관을 매장할 때는 숨이 막힐 정도로 슬픔이 차올라 가족들의 목이 쉰 통곡 소리가 청명한 가을 하늘에 슬프게 퍼져나갔다.

열다섯. 내 인생에서, '가슴이 찢어지게 아프다!'라는 말의 의미를 처음 경험했다. 그렇게, 그렇게 지인들의 도움으로 간신히 힘에 겨운 장례식을 치를 수 있었다.


우리집은 대대로 불교 집안이었고, 어머니의 불심은 매우 강하셨다. 어린 시절, 어머니의 불경 암송을 음악처럼 들으며 절에 가서 불공을 드리곤 했었다. 그런 까닭에, 우리 가족은 절에서 아버지의 마지막을 사십구재로 지냈다. 그러나 갑작스럽게 남편을 잃은 어머니는 사십구재로는 만족하지 못하셨다. 결국, 무속인을 불러 아버지의 영혼을 불러오는 빙의 굿을 하게 되었다.

난생처음으로 빙의 굿을 목격한 그 날! 평생 잊지 못할 충격으로 다가왔다. 무속인이 빙의를 받을 사람을 찾자 나보다 일곱 살 많은 언니가 자원했다. 언니는 굿이 한창 무르익었을 때 갑자기 크게 몸을 한 번 떨더니, 하염없이 울기 시작했다. 마치 공포영화에서나 나올 법한 광경이었다. 순간! 언니의 눈빛이 변했다. 목소리는 분명 언니였으나 대화의 내용과 말투는 아버지였다.

언니는 울면서 엄마를 애처롭게 불렀다.

"승호 엄마… 승호 엄마…"

두 사람은 부둥켜안고 한참을 울며, 미처 다하지 못한 말들을 토해냈다. 이어 자식들과도 모두 이별 인사를 하고 나서야, 그 영이 언니에게서 떠나갔다. 그러자 곧바로 언니는 바닥에 쓰러졌다. 너무 두렵고 낯선, 그 생생한 기억을 지금도 잊을 수 없다.

시간이 지난 후 언니에게 그 과정에 대해 물어보니, 잘 기억나지 않는다고 했다. 마치 꿈속에서 무서운 가위에 눌린 것처럼, 스스로 통제할 수 없었다고 했다.

무속인은 죽은 영혼의 환생 여부를 알아보는 기이한 의식을 이어갔다.

큰 쟁반에 평평하게 펼쳐진 흰쌀 위로 새의 발자국이 한 발자국 한 발자국 선명하게 찍히는 것을 우리 가족은 목격했다. 그 믿기 어려운 광경에 내 눈을 의심했다.

어떻게 이런 일이……!

어머니는 아버지가 자유로운 새로 환생했다며 어느 정도 위안을 받으셨다. 그러나 어린 나에게는, 아버지의 주검과 빙의, 환생이라는 일련의 경험이 두려움과 충격으로 다가왔다. 그때부터 삶과 죽음에 대해 깊은 의문을 품기 시작했다.

사실 이 모든 현상은 죽은 자의 영혼이 빙의된 것이 아니었다. 악한 영들이 사람들을 놀라게 하며 스스로 숭배받고자 벌인 속임수였다. 후에 성경을 통해 알게 되었으나 그땐 미처 몰랐다.

'눈으로 보는 세계가 전부가 아니구나! 이런 세계는 어떻게 해석해야 하지? 아버지의 죽음을 통해 삶의 끝을 보았다고 생각했는데,

끝이 아닌 또 다른 세계의 시작이구나!'

그때를 기점으로 그 세계에 대한 막연한 두려움과 의문이 마음에 일기 시작했다.


모든 육체가 함께 멸망하며
사람은 다시 흙으로 돌아가리라

욥기 34:15

# 왜 살아야 하지?

"희선아! 여기서 뭐 해?"

교실 복도 한편, 햇볕이 드는 자리에 앉아 햇살을 받고 있는 나에게 친구가 다가와 말을 건다.

성인이 된 후, 다시 만난 고등학교 친구들은 종종 학창 시절의 내 모습을 떠올리며 말하곤 했다. "넌 그때 좀 심각했지. 무슨 생각을 그렇게 했던 거야?"

2남 2녀 중 막내로 태어난 나는 어릴 때부터 유독 잔병치레가 많았다. 어머니 말씀으로는 4남매 중 임신 기간에 가장 편했고 영양 섭취도 가장 좋았다고 했다. 그래서 우량아로 태어나 산통도 없이 순산해 "효녀 딸"이라며 기뻐하셨다고 한다. 하지만 그렇게 건강하게 태어난 내가 서서히 약해졌고 그 이유를 몇 가지 사건에서 찾으셨다.

첫 번째 사건은 이렇다. 내가 태어날 당시 부모님은 맞벌이를 하셨다. 일곱 살 많은 언니가 나를 주로 돌봤다. 언니는 우량아인 나를 업고 안고를 반복하며 돌보는 일이 힘에 겨웠을 것이다. 당시 겨우 여덟 살의 어린이가 겪었을 고충을 생각하니 마음이 아프다. 후에 선교지에서 언니와 비슷한 환경에 놓인 어린 소녀들을 보며 이해할 수 있었다.

그러다 어느 날, 언니가 실수로 나를 돌바닥에 떨어뜨렸다. 그 일을 전후로 내가 시름시름 앓기 시작했고 칭얼거리며, 엄마 젖도 잘 물지 않았다고 한다.


두 번째 사건은 두 살 무렵, 거의 죽을 뻔한 일이 있었다. 맞벌이 중이던 부모님을 대신해 다른 형제들이 나를 돌보던 어느 날, 이웃 집에서 떡을 가져와 먹였고 그것이 문제가 됐다. 늦은 밤, 집에 돌아온 어머니에게 언니는 울먹이며 말했다.

"엄마! 아기가 이상해!"

그 말을 들은 어머니는 소스라치게 놀라며, 얼굴이 파랗다 못해 검게 질려 거의 숨을 쉬지 못하는 나를 발견하셨다. 어머니는 숨을 불어 넣고 몸을 주무르며 살리려 했지만 소용없었다. 급히 나를 안고 주인집으로 달려가셨다.

"제발 우리 아이 좀 살려 주세요! 아이가 숨을 안 쉬는 것 같아요!"

집주인은 평양에서 오신 분으로, 친절하고 평상시 가정예배를 드릴 정도로 신실한 그리스도인이셨다. 그분은 놀란 어머니를 다독인 후 나를 안은 채, 문이 닫힌 병원을 뒤로하고 황급히 근처 사는 친구분 집으로 향했다. 그분의 친구는 소아과 의사셨다.

"쾅쾅쾅! 쾅쾅쾅! 난데! 어서 문 좀 열어 봐!"

대문을 두드리는 크고 묵직한 소리는, 자정을 넘긴 한밤중에 조용한 골목길의 적막을 깨며 울려 퍼졌다.

"무슨 일이야!"

황급히 속옷 차림으로 나온 친구에게 집주인은 자초지종을 설명했다. 치료를 시작하기 전 집주인과 의사 선생님은 나를 안고 짧은 기도를 드렸다.

의사 선생님은 응급치료를 마친 뒤 약을 지어 주며 어머니께 말했다.

"조금만 늦었으면 큰일 날 뻔했습니다. 최선을 다했지만, 이 약을 먹이시고 경과를 지켜봐야 할 것 같습니다."

다행히 나는 점차 건강을 회복했다. 어머니는 가끔 그날을 떠올리실 때마다 이런 말씀을 하신다. "그분들이 아니었다면 넌 이미 이 세상 사람이 아니야. 그러니 항상 네 생명의 은인들께 감사해야 해."

언젠가 기회가 된다면 꼭 찾아가 감사 인사를 드리고 싶다. 그리고 여쭤보고 싶다. 그때 저를 위해 어떠한 기도를 다급하게 드리셨냐고. 얼마나 간절한 기도를 드리셨냐고. 꺼져가는 생명을 살리려 절박했던 순간을 상상하면 내 가슴이 뜨거워진다.

그 이후로도 세 살 무렵, 연탄불에 주저앉는 바람에 큰 화상을 입어 1년 동안 어머니는 나를 업고 생활하셨다. 하지만 이런 일들이 내 기억에는 전혀 없다. 흉터 또한 없어, 때로는 지어낸 말들이 아닐까 하는 의문마저 든다.

내가 기억할 수 있는 시점부터는 유행성 눈병과 다래끼는 달고 살았다. 크고 작은 종기를 짤 때 느꼈던 그 고통은, 지금도 공포로 기억된다. 당시는 다들 형편이 넉넉하지 않아, 종기 정도는 집에서 해결하곤 했다. 그 외에도 큰 병이 있는 것은 아니었지만, 체력이 약해 자주 지쳤다.

학력고사 시절, 체력장 시험은 대부분 20점은 누구나 통과하는 보너스 점수였는데, 반에서 유일하게 나만 그 점수를 받지 못했다. 100m 달리기 23초로 꼴지, 오래 매달리기 0초 등 총점이 16점에 그쳤다. 무거운 가방을 들고 만원 버스에 끼어 등하교할 때면, 그 자체가 힘에 부쳤다. 게다가 버스에서 아무도 내 무거운 가방을 들어주지 않는 날에는, 집에 오면 바로 쓰러졌다. 당시에는 학교에 사물함이 없어 당일 수업 과목의 책을 들고 다녀야 했다. 그때는 버스에서 앉아 있는 사람들이 서 있는 사람들의 가방을 들어주는 문화가 있었다. 요즘은 거의 찾아보기 힘든, 당시만의 작은 배려였다.

유명한 병원과 한의원을 찾아다니며 건강해지려 했지만 늘 그때뿐이었다. 어머니는 나를 키우시는데 얼마나 고생이 심하셨는지, 고개를 절레절레 흔드시며 가끔 말씀하신다. "넌 내 은덕을 잊으면 안 돼! 네 병치레 때문에 내가 얼마나 맘고생이 심했는지 알기나

해?” 이렇게 어머니는 내 건강이 큰 근심거리셨다. 강한 불교 신자이면서 관상, 사주 등 모든 미신을 맹신하셨다. 간혹 점을 보시면 “이 아인 단명할 수도 있는 팔자야.”라는 말을 듣기도 했다. 그러면 내가 싫어함에도 불구하고 억지로 부적을 베개 밑이나 몸에 지니고 다니게 했다.

그랬다. 친구들이 나를 진지하다고 했던 건, 이런 여러 이유로 내가 내성적이고 사색을 즐겼기 때문이다. 가을날의 청명한 햇살과 비 온 뒤의 눈부신 햇살, 그리고 추운 겨울 맑은 하늘의 따뜻한 햇살을 사랑했다.

아버지가 돌아가신 뒤, 부쩍 삶과 죽음에 대해 자주 깊은 사색에 잠겼다. 좀 더 솔직히 말하자면, 나는 삶에 다소 회의적이었다. 이유는 삶과 죽음에 대한 의문과 원인 모를 육체적 연약함은 나를 힘들게 했다. 그래서 미래를 계획하고 열심히 준비해도 모자란 고교 시절, 자주 삶에 의욕을 잃었다.

‘인간은 왜 태어났지?

모든 세계는 어디에서 온 걸까?

왜 인간은 죽는 거지?

죽음 다음을 보았는데 나에겐 무엇이 기다리고 있을까?

언제 죽을지 모르는 인생에서 왜 힘들게 공부해야 하지?

왜 인내하며 쉼 없이 일해야 하지?

난 학교 다니는 것도 이렇게 힘든데….

어차피 죽으면 아무것도 가지고 가지 못하는 인생이야!

그렇다면 돈은 왜 모아야 하는 거야?


죽음 앞에서 어떤 인생을 자랑할 수 있을까?

이왕 태어난 거 어떠한 삶을 살아야 성공한 삶일까?

어차피 언젠가 죽을 몸!

내 느낌대로 원하는 대로 사는 것이 잘 사는 것 아닐까?


환생을 계속하면 극락은 과연 누가 가는 거야?

극락에 가기 위한 노력은 어떻게 해야 해?

과연 내가 해낼 수나 있단 말이야?

소나 벌레로 태어나면 어쩌지?'


　이러한 의문들이 내 고교생활 3년을 거의 지배했다. 그러나 햇살을 받으며 하는 사색은 왠지 모를 희망을 느꼈다. 추운 겨울 햇살의 따스함이 더 크게 느껴지듯, 내 우울한 마음도 그 햇살에 품어졌다. 눈을 감고 맞는 햇살은 갈필을 잡지 못하는 내 마음의 키를, 조용히 바로 세워 주는 듯했다. 나도 정확히 설명할 수는 없다. 그러나 앞으로 그 사랑에 보답하며 살아야 할 것 같았다. 그렇게 운명처럼 강렬한 감정이 내 마음을 사로잡았다. 이것이 사색을 멈출 수 없는 이유였다.

'햇살은 이런 나를 아무 조건 없이 사랑해 주는구나!
난 햇살처럼 따뜻한 삶을 살고 싶어.
마음의 온기를 느끼며, 위로를 느끼는 삶, 막연하지만 그런 삶.
상처받지 않고 상처 주지 않는 삶 말이야.
죽음을 목격했고, 죽음이 늘 가까이 있다는 것을 체험했어.
그렇다면 난 구체적으로 무엇을 위해 살고 어떻게 살아야 할까?
도대체 왜 살아야 하지?'

여백 글…

"엄마! 그때 그분들이 나를 치료하기 전에 간절히 기도했다고 했었잖아요? 혹시 무슨 기도를 드렸는지 기억해요?" 이 이야기를 어머니께 여러 번 여쭤봤다. 어머니의 기억은 내 기대와는 달리 늘 같았다.

"그야 나도 모르지. 얼마나 경황이 없었는데…. 아니, 그분들이 어찌나 간절히 기도하시던지, 나도 덩달아 따라 기도했었지. 그땐 하나님도 안 믿었었는데…. 후훗." 회상하시며 웃으셨다.

"당시엔 교회 다니는 사람들도 별로 안 좋아했었어. 그런데 평양에서 오신 그 주인 양반이 어찌나 친절하던지, 그이 때문에 예수 믿는 사람을 다시 봤지 뭐."

사람이 해 아래서 수고하는 모든 수고와
마음에 애쓰는 것으로 소득이 무엇이랴
일평생에 근심하며 수고하는 것이 슬픔뿐이라
그 마음이 밤에도 쉬지 못하나니 이것도 헛되도다

전도서 2:22-23

# 내 안의 꿈틀거림과 외침

여섯 살, 어린 꼬마가 손톱을 물어뜯으며 조그만 방 한편에 웅크리고 앉아 있다. 한낮임에도 너무 고요하다. '무슨 재미있는 일이 없을까?' 계속 생각해도 장난감도 함께 놀 친구도 없다는 것을 이내 깨닫고는, 무표정한 표정으로 방걸레를 집어 든다. 그리고 열심히 방을 닦기 시작한다. 무료함을 달래기라도 하듯.

"오빠는 언제 오지…?" 네 살 터울 위 오빠가 오후반 학교에서 오기만을 기다리며 중얼거린다.

기억 한편에 있는 어릴 적 내 모습이다. 어머니는 이런 나를 이렇게 회상하신다.

"넌 어릴 때 얼마나 착하고 기특했는지 몰라. 어린 것이 말썽도 안 피우고, 방 청소며, 빨래까지 해 났으니까."

그땐 지금처럼 유치원이 흔하지 않았다. 함께 놀던 오빠가 학교에 가면 난 늘 혼자였다. 열 살, 일곱 살 터울의 큰오빠와 언니는 이미 대학생, 고등학생이었고 부모님은 늘 바쁘셨다. 자연스레 나는, 주로 언니의 손에서 자랐고 혼자 있는 시간이 많았다

애착을 형성해야 하는 시기에 그러지 못하다 보니, 작은 결핍들

이 내 안에 자리 잡았다. 손톱을 물어뜯고, 손에 잡히는 물건은 잘게 찢어버리곤 했다. 오래 사용한 물건이나 옷을 버릴 때면 '이별'의 감정이 들어, 버리길 주저했다. 겁이 많았고 낯가림도 심했다. 게다가 감정 표현에도 서툴렀다.

다행히 작은 이모네가 근처로 이사 오고, 동갑인 사촌 친구와 동생이 생긴 이후로 조금씩 밝아졌다. 그러나 여전히 이런 내 성격이 싫었다. '결핍된 마음'의 감옥에 갇힌 듯했다. 벗어나고 싶었다. 난 감옥 밖의 친구들의 자유로움을 늘 부러워했었다.


'나도 저렇게 자유로워지고 싶어!'


그래서였을까. 여고 시절 학급 회의 시간이면, 나는 일부러 손을 들고, 떨리는 목소리로 의견을 말하곤 했다. 채택되지도 않을 걸 알면서도, 두려움과 낯가림을 이겨내고 싶었다. 그런 노력 끝에 점차 장난기 많던 본래의 나를 되찾기 시작했고, 친구들과 관계도 좋아졌다.

음악과 대학로 거리공연을 사랑했고, 가수나 뮤지컬 배우를 꿈꾸기도 했다. 특별할 것 없는, 평범한 교고 시절을 보내고 있었다. 가끔 '삶과 죽음'에 대한 사색에 잠기기도 했지만, 두려움은 점점 잊혀져 갔다.

'아! 뭐든 노력하면 극복할 수 있구나!'

'자신을 사랑한다는 것'이 무엇인지 조금씩 알 수 있을 것만 같았다. 그런데….

고2 때 어느 날, 내 인생을 뒤흔드는 큰 사건이 일어났다.

"희선아! 나… 오빠랑 사귀기로 했어."

같은 동네에 살며, 등하교를 늘 함께하고, 밤을 새워가며 수다를 떨 정도로 가장 친한 친구, 경미(가명)의 고백이었다. 순간 내 귀를 의심했다. 그 오빠는 나도 짝사랑하고 있었다. 말 그대로 짝사랑이었지만….

심장이 철렁 내려앉았다. 내 마음속 절망의 토네이도가 거세게 일기 시작했다. 태어나서 처음으로 '미움과 시기'의 늪을 경험하며, 살아남기 위해 몸부림치기를 수없이 반복했다. 처음으로 혼자 감당해야 했던 감정의 소용돌이는 생각보다 훨씬 거셌다. 노력으로 쌓아 올린 자존감은 바닥을 쳤고, 그런 나 자신에 실망했다. 아무도 그렇게 말하지 않았지만, 난 두 사람을 잃었다는 상실감에 괴로워했다.


'쳇! 햇살 같은 삶? 이렇게 쉽게 무너지는 내가 어떻게… 인생사가 이렇게 노력하고 무너지고, 노력하고 무너지기를 반복하는 거라면… 난 더 이상 살고 싶지 않아! 내 건강으로 하루하루 살아가는 것도 때론 힘들어! 딱히 앞으로 하고 싶은 것도 없고… 그냥 인생을 여기서 끝내고 싶어!

스스로를 미워하며 이전보다 더 강한 절망으로 나를 이끌고 있었다. 그런데 나에게 한 가지 더 심각한 문제가 있었다. 그건 죽고 싶었지만, 죽음이 너무 두려웠다. 죽음이 끝이 아니라는 것을 이미 목격했기 때문이다. 죽을 땐 죽더라도 두 사람에게 가진 나쁜 마음을 해결해야 할 것만 같았다. 그래야 극락까지는 바라지도 않지만, 끔찍한 벌레로 환생하지는 않을 거라 믿었다.

나중에서야 알았다. 이 모든 극단적 감정의 뿌리는 어린 시절의 애정 결핍증이 자극받아 다시 고개를 들고 있었던 것임을.


"하나님은 널 사랑해! 함께 우리 교회에 가 보지 않을래?"

평상시 조금 친하게 지내던 같은 반 친구가 내게 전도를 했다. 나는 가정 환경상 어릴 적부터 교회와는 인연이 없었다. 여느 때 같았으면, '나는 불교인데 왜 저런 말을 하지?'라고 속으로 크게 배척했을 것이다. 그러나 당시, 삶과 죽음에 대해 명확한 해답을 찾지 못한 채, 큰 의문으로 남아 있었던 터라 친구의 그 말에 큰 호기심이 생겼다.

'하나님? 하나님이 누군데 나를 사랑해? 교회에 가면 이 문제에 대한 해답을 찾을 수 있을까?'

그러던 어느 날… 친구는 정확하지 않은 자기의 생각을 내게 말했다.

"귀신은 너처럼 삶과 죽음을 고민하는 사람들을 선택해서 들어간대."

친구의 말을 듣는 순간, 난 너무 두려웠다. 빙의를 목격한 나였으니 말이다.

그 시기 나는, 라디오 극동방송(*기독교 채널)을 우연히 알게 되어 자주 청취하고 있었다. 찬양, 간증, 말씀 등을 자연스럽게 접할 수 있었다. 사실 그때부터는 삶과 죽음에 대한 의문보단, 귀신이 나에게 들어올까 두려웠다. 그럴 때마다 누가 시킨 것도 아닌데, 극동방송을 청취하는 나를 보며, 하나님에 대해 좀 더 자세히 알아봐야겠다고 생각했다.

하루는 너무 두려운 마음에 방송에서 들었던 기도를 흉내 내며 어설프게 기도한 적도 있었다.

"하나님! 저는 하나님이 누군지 모르지만, 하나님이 날 사랑하신다고 친구가 말하는데 사실인가요? 지금 저는 사람이 언제 갑자기 죽을지 모르고, 게다가 귀신 때문에 두려워요. 솔직히 지금 친구를 미워해서 극락에 가는 건 자신 없거든요. 다음 생애에 벌레나 나쁜 것으로 환생할까 봐 너무 두려워요. 정말 하나님이 있다면 알려 주세요……."

고2 겨울 방학 때, 동네 친구를 알게 되었다. 고3을 앞둔 우리였기에 고민을 서로 나누다가 친해졌고, 후에는 내 속마음까지 털어놓았다.

"그래? 그게 고민이야? 하나님을 알고 싶다면, 예전 내가 다니던 교회를 소개해 줄 수 있어. 난 지금 그 교회를 나가지 않지만, 기꺼이 동행해 줄 테니 가서 목사님께 여쭈어봐."

친구의 제안이 좀 의외였지만, 별 기대하지 않고 따라가기로 했다.

얼마 후, 친구와 함께 교회를 방문했다. 찬양과 기도, 말씀이 모두 조용한 가운데 전해졌다. 설교 말씀이 끝날 무렵, 목사님께서는 모든 성도들에게 눈을 감게 하시고 이렇게 질문하셨다.

"오늘 이 자리에 오신 분 중, 하나님을 알고 싶은 분이 있다면 손을 들어 주세요. 안내해 드리겠습니다." 그 밖에도 여러 말씀을 하셨지만, 내 뇌리에 박힌 말씀은,

"하나님에 대해 알고 싶은 분!"이었다. 바로 '나'였기 때문이다.

나는 감았던 눈을 뜨고 손을 번쩍 들어 목사님을 쳐다보았다. 곧바로 상담 선생님이 나를 상담실로 안내하셨다. 그리고 하나님의 말씀인 성경 구절들을 보여주며 이해하기 쉽게 설명을 시작하셨다.


"인간은 누구나 죄를 갖고 태어나요. 그래서 한 번 죽게 되고, 죽음 이후에는 반드시 심판이 있어요. 사람이라면 죽음이 막연히 두려운 이유도 이 때문이지요. 그런데 이 죄는 스스로 해결할 수 없어요. 그 죄를 해결하지 못하고 죽게 된다면 지옥에 가지요. 혹시, 죄를 짓고 괴로워해 본 적 있나요? 하나님은 우리의 이런 고통을 아시고, 우리를 그 고통으로부터 구원하기로 하셨지요. 그래서 남자의 후손이 아니라, 결혼하지 않은 처녀 마리아를 통해 예수님을 보내셨어요. 죄가 없으신 예수님은 십자가에서 우리 대신 피 흘려 돌아가셨고, 우리가 받아야 할 죽음을 대신 담당하셨어요. 그리고 3일 만에 다시 살아나셨어요. 예수님은 하나님이시기 때문이에요.

이렇게 예수님은 모든 사람들에게 구원의 선물을 준비해 두셨어요. 노력이나 공로가 아니라, 겸손한 믿음만 있으면 누구나 받을 수 있는 선물이에요. 먼저 '나는 죄인이며 그 죄를 스스로는 해결할 수 없다.'라는 사실을 인정해야 해요. 그리고 예수님이 내 죄를 대신 지시고 죽으셨으며, 부활하셨음을 믿음으로 고백하면 되지요. 그 피가 우리 죄를 깨끗하게 하거든요. 희선이를 사랑하시는 하나님은 이 구원의 선물을 오래전부터 준비해 놓으셨고, 오늘 주길 원하셔요. 죄를 회개하고 용서받기를 원하나요? 예수님을 마음에, 내 삶의 주인으로 영접하고 천국의 영원한 생명을 받고 싶나요?"

나를 괴롭혔던 죄를 하나님께 회개하면, 지옥에 가지 않는다고. 예수님이 내가 받아야 할 그 죄를 대신 지시고, 십자가에서 피 흘리셨다고. 그 예수님을 믿고, 내 죄를 회개하면 — 영원한 구원을 얻는다고!

그 설명 하나하나가 마음 깊은 곳, 방황하던 아픔을 찔렀다. '죄 때문에 죽음이 두렵다!'라는 사실은 이미 너무나 선명한 내 현실이었다. 그리고 스스로 해결할 수 없다는 말 역시, 부정할 수 없었다. 나는 떨리는 마음으로 선생님의 기도를 따라 하며 예수님을 마음에 영접했다.

"하나님! 저는 죄인입니다. 하나님이신 예수님께서, 저를 구원하시기 위해 십자가에서 피 흘려 죽으시고, 3일 만에 부활하신 것을 오늘 듣고 믿습니다. 이제 제 마음의 문을 엽니다. 제 마음에 들어오셔서, 저의 죄를 용서해 주시고 구원해 주세요. 항상 바른길로 인도해 주시고 제 삶의 주인이 되어 주세요. 예수님의 이름으로 기도합니다. 아멘!"

짧은 기도가 끝나자, 설명할 수 없는 평안이 밀려왔다. 마치 그동안 마음을 짓누르던 커다란 돌덩이가 단숨에 굴러떨어져 나가는 듯했다. 깃털처럼 가볍고 따뜻했다. '결핍된 마음'이라는 감옥에 갇혀 괴로워하던 나는 드디어 어둠의 빗장을 열고, 오래 기다리던 빛의 세계로 나아왔다. 그리고 마음속으로 외쳤다.

'이제 진정한 자유를 찾았어!'
그날이 1990년 6월 10일이다.

하나님께서 세상을 이처럼 사랑하사 자신의 독생자를 주셨으니
이것은 누구든지 그를 믿는 자는 멸망하지 않고
영존하는 생명을 얻게 하려 하심이라
하나님께서 자신의 아들을 세상에 보내신 것은
세상을 정죄하려 하심이 아니요 그를 통해 세상을 구원하려 하심이라

요한복음 3:16-17

# 아니, 이런 삶도 있다고!

「서울대생, 오지에서 봉사하다」신문인지 잡지인지 지금은 기억이 가물거리지만, 대략 이런 제목의 기사였다. 서울대 졸업 후 밝은 미래를 뒤로하고 오지에서 봉사 활동을 선택했다는 내용이었다. 실린 사진을 보고 깜짝 놀랐다. 서울대! 여성! 게다가 예쁜 여성! 오지에서 현지인과 함께 찍은 사진이었다. 충격적이고 신선한, 강한 매력을 느꼈다. '어떻게 저런 삶을 선택할 수 있지? 나라면 가능했을까?'

고3 시절, 한창 대학진학을 앞두고 진로에 대해 고민하고 있었다. 기사의 영향을 받은 나는 이와 비슷한 삶을 오랫동안 갈망하기라도 했던 것처럼 설레기 시작했다.

'내가 꿈꾸는 햇살 같은 삶, 어쩌면 저런 게 아닐까?'


삶의 방향성은 어느 정도 찾았지만, 나는 대학에 떨어졌다. 베이비붐 시대 대학입시는 그야말로 입시 전쟁이었다. '말도 안 되는 경쟁률 때문이야.'라고 말하고 싶지만, 솔직히 말하자면 공부를 안 했다. 힘든 공부를 해야 할 삶의 의미를 찾지 못해 고교 시절 방황만 했다. 그러니 특기생도 아닌 내가 서울에서 갈 수 있는 대학은 없었다. 당연한 결과여서 조금 부끄러웠을 뿐, 크게 상처받지 않았다.

'앞으로 어떤 사람이 되어야 하지? 어떤 직업이 내 꿈을 실현할 수 있지? 특수학교 교사? 유치원 교사?' 특수학교 교사는 멋져 보였지만, 해당 학과는 서울의 일류대뿐이었다. 현실적으로 불가능하다고 판단해 포기했다. 결국 유치원 교사가 되기로 하고, 낮에는 아르바이트에 밤에는 재수학원에 다녔다. 그러나 또 떨어졌다. 공부를 예전보다 열심히 했던 터라 결과에 조금 실망스러웠다.

그때, 마침 보건복지부에서 보육시설을 늘리기 위해 어린이집 교사 자격증 제도를 도입해 교사를 양성하고 있었다. 내가 꿈꾸던 길인지 알아보고 싶은 마음에, 일단 자격증을 취득하여 직장생활을 시작했다. 매번 체력의 한계를 느껴 어려움도 있었지만, 장난기 많고 상상력이 풍부한 나의 성격과 천진난만한 아이들과 지내는 것은 잘 맞았다. 보람되고 재미있었다. 그러나 시간이 지날수록 마음의 갈증만 더해 갔다.

'뭔지 모르게 이 일은 내 인생을 걸 만큼, 가슴이 뜨거워지지 않아.'


일요일 대학로를 전전하던 나의 삶은, 그리스도인이 된 후로 완전히 달라졌다. 교회는 모든 것이 생소했지만, 이상하게도 성경 말씀은 나를 사로잡았다. 성경이 궁금했다. 담임목사님께서 생생하게 전하시던 말씀은 내겐 전혀 지루하지 않았다. 성경 내용은 삶과 죽음에 관한 무거운 주제만 있는 것이 아니었다. 지혜로운 삶과 성찰, 내가 살아오며 어디에서도 들을 수 없었던 내용으로 가득했다.

일요일이면 나는 신이 나서 누구보다 일찍 집회에 갔다. 가운데 분
단 맨 앞자리-강대상 바로 앞에 앉아 노트를 펼쳐 설교 내용을 받
아 적었다.

'오늘은 어떤 말씀을 전해 주실까?' 설레는 마음으로 설교를 들
었다. 학교에서도 이렇게 집중했더라면 다른 미래를 꿈꿀 수도 있
었겠지…. 그때부터였을까? 삶의 관점이 변하기 시작했다.


'예전의 나처럼 삶이 힘들고 절망하는 이들에게
이 말씀을 들려줄 수 있다면 얼마나 좋을까!

그러면 지금 나처럼 평안할 텐데.
정말 죽음이 끝이 아닌데.
그리고 언제 죽을지 모르는데.
이렇게 좋은 말씀을 많은 사람들이 듣고
죽음을 준비하면 얼마나 좋을까!

하나님!
제 가족과 친구들
그리고 앞으로 만나는 모든 사람들에게
이 소식을 전하고 싶어요.
함께 천국에 가면 얼마나 행복할까요!'

일요일이면 오전 9시 어린이 주일학교 시작 전에 교회에 도착했다. 교사는 아니었지만, 교회의 모든 프로그램이 궁금해서 성가대를 비롯하여 모든 부서를 관심 있게 지켜보았다. 거리의 어린아이들을 보면 '전도'라는 단어를 알기도 전에 이미 전도를 하고 있었다. 누구에게서 배운 것은 아니었지만, 나를 상담해 주셨던 선생님의 상담을 기억해 내어 똑같이 따라 하며, 예수님을 어떻게 믿는지 알려 주었다. 어린이라도 언제 죽을지 모른다는 생각에서였다. 이렇게 나의 삶은 점차 복음을 전해 저들을 돕고 싶다는 열정으로 가득 차기 시작했다.

'아니! 이런 삶도 있다고?'

춥고 굶주린 어린아이들을 돌보기 위해 모든 재산을 그들을 위해 나눈다. 그런데 미련도 두지 않는다. 표정은 천사같이 평온하다. 영하 30℃ 이하로 내려가는 매우 추운 날씨에, 어려움에 처한 러시아 사람들을 위해 헌신하는 미국인 부부 이야기다. 이분들은 선교사다. 교회에서 열린 선교 집회에 참석했고, 처음으로 선교사의 삶을 알게 됐다.

선교사! 낯선 단어였다. 역사 시간에 얼핏 우리나라를 도왔다는 외국 선교사들에 대해 들어보기는 했지만, 내 눈으로 직접 보니 신기했다.

'세상에는 저렇게 훌륭한 분들이 진짜 있구나! 얼마나 훌륭하면 본국에서 안정된 삶을 포기하고, 온 가족이 저런 고생스러운 삶을

선택했지?'

그분들은 여러 일을 하시지만, 주로 러시아 사람들이 지옥에 가지 않도록 예수님의 천국복음을 전하고 계셨다.


'내가 저런 일을 하면 얼마나 행복할까?
저런 일을 하려면 얼마나 공부해야 할까?
그 어려운 러시아 말까지 배우다니, 정말 대단하시다.
난 지식도 부족하고 말씀도 잘 모르고, 인격도 부족해.
그러니 저런 일은 당연히 나보다 훌륭한 사람들이 해야겠지.'


부러움이 뒤섞인 마음과 내가 범접할 수 없는 일이라는 생각에 놀람과 감동, 상대적 박탈감까지 동시에 밀려왔다. 그런데 부인할 수 없었던 한 가지, 내 마음속에서 조용한 울림의 작은 소리가 있었다. 가슴 뛰는 소망의 소리였다.


'아마 저런 삶이... 분명, 내가 꿈꾸는 햇살 같은 삶일 거야.'


이에 예수님께서 다시 그들에게 이르시되
너희에게 평강이 있을지어다
내 아버지께서 나를 보내신 것 같이 나도 너희를 보내노라

요한복음 20:21

# 내 길을 찾다

"이걸 우리 보고 먹으라는 거야? 누구를 병신으로 아나! 우리가 불쌍해서 동정하는 거지? 우리가 우습지!"

한 남성이 불편한 목발을 짚고 급히 우리 쪽으로 달려오며, 모두의 시선을 집중시킬 만큼 큰 소리로 말했다. 쏟아지는 분노를 감추지 못한 그는 손에 있던 김밥을 바닥으로 내동댕이친다. 김밥이 상했다는 것이다. 내리친 충격으로 속이 터져 나온 김밥이 바닥에 흩어지며 나뒹굴었다.

5월 어느 날, 장애인과 함께하는 시민단체 행사에서 자원봉사를 하던 중 벌어진 일이다. 관계자는 난처한 표정으로 재빠르게 연신 사과하며 남성을 진정시켰다. 내가 먹고 있는 김밥은 아무 이상이 없었는데, 남성이 받은 김밥은 약간 상했던 듯하다. 남성은 흥분된 어조로, 그동안 쌓였던 서러움을 김밥 사건을 계기로 계속 쏟아냈다.

나는 남성의 분노를 바라보며, 순간 당황스러웠다. '이 정도 일로 이렇게까지 화를 내야 하나? 그냥 바꿔 달라고 하면 될 텐데….'

그 당시 20대였던 나는, 꿈꾸는 삶을 실천하고 싶어 시간 나는 대로 자원봉사를 했었다. 그러나 난생처음 겪은 이해되지 않는 그 광경은 그대로 내 머릿속에 각인됐다. 후에 어머니가 당한 교통사고를 통해 그들을 이해하게 되었다.

그즈음 어머니는 큰 교통사고를 당하셨다. 가해자는 주차장에서 액셀과 브레이크를 혼동하여, 서 계시던 어머니를 뒤에서 덮쳤다. 어머니는 남편 없이 4남매를 키워낼 정도로 강인한 성격이셨지만, 사고의 아픔을 이겨내는 과정은 보는 가족도 고통이었다. 나는 다니던 직장까지 그만두고 형제들을 대신해 1년 넘게 병간호를 했다.

사고 직후, 오른쪽 다리를 절단해야 한다는 의사의 소견이 있었다. 하지만 어머니는 5년 동안 포기하지 않으시고, 12번 이상 크고 작은 수술을 받으셨다. 결국, 예전과 같은 정상적인 다리는 아니더라도, 당신의 다리를 지켜내셨다.


어머니가 계신 7인실은 모두 교통사고 환자들이었다. 무시무시한 철심을 박은 다리의 고통으로 아픔을 호소하는 환자들. 치료할 때마다 고통스러워 신음하는 환자들. 통증으로 잠을 이루지 못해 뒤척이며 내쉬는 한밤중 환자들의 긴 한숨 소리. 모두 예기치 못한 불의의 사고로 입원한 환자들이었다. 불편한 몸은 그분들 마음도 병들게 했다.

'아, 이렇게 피해의식이 생기는구나!'

때론 병동에서 나를 비롯해 환자와 보호자 간에 갈등이 일곤 했다. 모두 장기 입원 환자들이어서 지친 것도 있었겠지만, 문제의 근원은 피해의식이었다. 나는 그때서야 그 장애인 아저씨를 이해하게 됐다.

'그분은 상한 김밥에 화가 났던 것이 아니구나. 자신은 늘 피해자라는 생각에 마음이 아픈 사람이었구나. 너무 아파 사람들의 호의도 받아들일 수 없을 만큼 힘든 분이었구나.'

그때 조금 알 것 같았다. '누군가를 돕는다는 것은 따뜻한 마음을 먼저 건네주는 것이 아닐까. 얼어붙은 마음에 공감이라는 온기가 전해지는 것 말이지. 과연 난 그런 인격을 준비하여 내 꿈을 실현할 수 있을까. 내 인격으로서는 엄청난 도전일 텐데….' 그래도 소망의 끈은 놓고 싶지 않았다.


어머니가 어느 정도 회복되는 가운데 나도 내 삶을 돌아보았다.

'내 나이 벌써 스물여섯. 한 번 태어난 인생! 20대를 이대로 보낼 수 없어. 더 확실한 꿈을 찾아야 해!'

당시 호주의 워킹홀리데이를 준비하며 떠날 날을 기다리고 있었다. 그런데 다니던 어린이집 원장님이 월급을 몇 달째 계속 미루었다. 하는 수 없이, 그곳을 그만두었고 내 계획도 변경되어 텁텁한 마음으로 일상을 살고 있었다.

그때 교회 주보에 실린 한 광고가 내 눈에 들어왔다.

'21세기 BMTC(21st Baptist Missionary Training Center) 선교훈련원 4기생 모집.'

선교의 이해를 돕는 차원에서 관심 있는 사람은 누구든지 등록할 수 있다는 내용이었다.

　'꼭 선교사가 아니어도 등록할 수 있다고?'

　선교는 내가 범접할 수 없는 사람들만 하는 것으로 여겼던 나는, 호기심 반 설렘 반으로 야간에 등록했다.


　선교훈련원에서 1년간의 교육을 마치고 4기 교육생들과 함께 캄보디아로 선교여행을 떠났다. 캄보디아! 고교 시절 보았던 영화 '킬링필드'의 배경이 이곳이라는 것을 비로소 알게 되었다.


　이곳이 북한일까? TV에서 몰래카메라로 북한 인권 실태를 찍은 다큐멘터리를 본 적이 있었다. 그런데 그 마음 아픈, 믿을 수 없는 비슷한 광경을, 지금 내 눈으로 보고 있다. 다섯 살도 채 되지 않는 아이가 6개월 정도 된 동생을 안고 구걸을 한다. 씻지 않은 몰골에 간혹 파리들이 얼굴을 핥는다. 그런 아이들이 한두 명이 아니다. 전쟁 지뢰 피해자로 다리가 잘리고 팔이 잘려 나간 어른들 역시 힘겹게 우리 일행을 따라오며 구걸한다.

　대규모 학살의 현장이었던, 영화제목으로도 잘 알려진 '킬링필드'를 방문했을 때다. 다 발굴되지 못한 사람 뼈들이 흙길 위로 희끗희끗 보였다. 자신의 존재를 그렇게라도 알리는 듯했다. 그 길을 무심코 따라가다 순간 하얗고 귀여운 작은 돌을 보고 신기해 집어 들었다. 하지만 자세히 보니, 앗! 그건 '사람의 이'였다. 외국 선교사님들이 안내해 주는 곳마다 숨 막힐 듯한 충격적인 상황들을 마주했다.

당시에는 지금처럼 구제 NGO 후원 영상을 쉽게 접하기 어려웠기에, 눈앞에 펼쳐진 이 믿기 힘든 현실들이 더욱 크게 다가왔다. 그동안 아프다고, 힘들다고 불평하며 살았던 내 삶이 한없이 부끄러웠다. '이들에 비하면 난 너무나 많은 것을 누리고 살았구나.' 미안함에서 온 부끄러움이었다.

동시에 내 마음은 가슴이 터질 듯 벅차오르는 소망으로 가득 차기 시작했다. 마치 타지에서 오랫동안 고생하다 고향 품으로 돌아온 듯한 평온함이었다. 그러나 내겐 그런 향수를 느낄 고향이 없다. 그 감정은 태어나 처음 느껴보는 것이었고, 소중한 것을 찾아 헤매다 이제야 발견한 듯한 안도감에 가까웠다. 순간, 가슴이 저릴 만큼 그리움이 몰려와 눈물이 흘렀다. 돌아가야 한다는 생각이 들자, 캄보디아가 벌써 그리워졌다. 이런 내 마음을 알았을까? 우리를 안내하는 필리핀 선교사님 한 분이 내게 도전이 되는 말씀을 해주셨다.

"우리는 지식이 뛰어난 분이나 많은 후원을 원하는 것이 아닙니다. 단지 버려진 아이들과 함께할 사람이 필요합니다."

나는 휴가를 4일밖에 내지 못해 일정을 다 함께하지 못하고 혼자 돌아와야 했다. 직항이 없어 베트남에서 11시간을 기다렸다가 비행기를 갈아탔다. 그 기다림의 시간 동안, 내가 본 캄보디아 아이들이 생각나 눈물이 멈추지 않았다. 아이들을 버려두고 가는 것 같아 미안해 마음이 아팠다.

‘죽어가던 나를 살리려 했던 집주인과 의사 선생님도 이렇게 심장이 뜨거워지는 마음이었을까? 너무 살리고 싶어서!

그 장애인 아저씨가 아픔을 이겨내는 동안, 누군가 마음을 나누어 주었다면 더 건강한 어른이 되지 않았을까?

서울대 졸업 후 보장된 미래를 버려두고, 오지로 간 그 예쁜 여대생도 이런 마음에서 그 길을 선택한 것일 거야.’


세상에 많은 선교사가 왜 남을 위해 희생하는 삶을 스스로 선택했는지 어렴풋이 느껴졌다. 동시에 그 삶에 동참하고 싶다고, 아니 꼭 다시 와야겠다고 다짐했다. 순간 아이들과 함께 있고 싶은 마음이 더욱 간절해져 내 심장이 뜨거워졌다. 이 큰 울림을 마음에서 꺼내 놓지 않으면, 심장이 타버릴 것 같았다. 나는 무작정 종이를 꺼내 빠르게 편지를 써 내려갔다. 편지를 다 썼을 때쯤, 한결 마음이 안정되어 눈물을 멈출 수 있었다.

김포공항에 도착하자마자, 목사님과 교회 성도님들께 그 편지를 우편으로 부쳤다. 주일, 목사님의 목소리를 통해 전해지는 내 편지 내용을 들으며 나는 또 울기 시작했다.


예배를 마치고 집으로 돌아와 내 작은 방에 들어가 문을 잠갔다. 아무에게도 방해받고 싶지 않았다. 성경을 펼쳐 마태복음 9장 말씀을 울먹이며 읽어 내려갔다. 그리고 무릎 꿇고 기도하기 시작했다.

“하나님! 저 캄보디아에 가고 싶어요. 저를 캄보디아로 보내 주세요. 모든 것이 부족하지만 아이들과 함께하며 마음을 나누는 일은 할 수 있을 것 같아요. 버려진 불쌍한 아이들에게 천국을 안내해 주고 싶어요. 그렇게 가슴 뜨겁고 행복한 일을 하고 싶어요. 저를 보내 주세요! 예수님의 이름으로 기도합니다. 아멘!”

그날, 내 작은 방에서 했던 기도를 평생 잊을 수 없다.
떨리고, 기쁘고, 감격스러워 얼굴이 발갛게 상기되었던 순간을.
오랜 방황 끝에 내 길을 찾은 그 순간을.
고교 시절 창가에 앉아 햇살을 받으며 이상으로만 여겼던 ‘햇살 같은 삶’.
이젠 확신에 찬 기도로 내 소망의 길, 하나님의 부르심에 순종했다.

무리를 보시고 불쌍히 여기시니
이는 그들이 목자 없는 양과 같이 고생하며 기진함이라
이에 제자들에게 이르시되 추수할 것은 많되 일군은 적으니
그러므로 추수하는 주인에게 청하여
추수할 일군들을 보내 주소서 하라 하시니라

마태복음 9:36-38

# 2장

# 선교사 신고식!
## (1년 반의 여정)

# 나는 길치! 영치(English)!

"똑똑똑"

"목사님! 저 김희선 자매입니다."

교회 담임목사님께 상담을 의뢰하려고 목사님 집무실 앞에 와 있다. 문을 활짝 여신 목사님께서 환하게 웃으며 반겨 주셨다. 나는 자리에 앉자마자 망설임 없이 말을 꺼냈다.

"목사님, 캄보디아 선교여행을 다녀온 후부터 다시 선교사님들을 돕고 싶은 마음을 떨칠 수가 없습니다. 1년 단기로라도 꼭 가서 돕고 싶습니다."

목사님께서는 내 말을 듣는 순간 흠칫 놀라셨지만, 이내 할 수 있다고 격려해 주셨다. 그리고 말씀을 이어가셨다.

"우리 교회 단독 선교사로 파송 받으면 갈 수 있지."

친교회의 모든 교회에서 후원받는 선교사는 무엇보다 먼저 믿음과 선교 사명이 입증된 사람이어야 했다. 그리고 신학교를 나와 결혼까지 한 사람에게만 주어지는 조건이었다. 하지만 미혼인 나에게 희망이 생긴 것이다. 집무실을 나서는 순간, 안도의 한숨을 내쉬며 흥분된 어조로 중얼거렸다.

"됐어! 갈 수 있다고 하셨어."

한참 후에 알게 된 사실이지만, 교회 모든 집사님들이 반대했다고 한다. 미혼 자매를 그렇게 위험한 나라에 보내는 것은 무리라는 의견이 지배적이었다. 당시는 여성 싱글 협력선교사가 흔하지 않았기 때문이다. 그런데도, 목사님께서는 내 열정이 강하고 순수해 보여, 이는 분명 성령 하나님의 역사라고 판단하셨다고 한다. 목사님께서는 현지 교사님께 소식을 전하고 정식 초청장을 요청하셨다. 초청장을 받은 후, 교회는 나에 대한 믿음과 부르심을 확인했다. 그리고 얼마 후, 교회 전 성도의 동의를 얻어 1년 단기 개 교회 단독 선교사로 파송 결정됐다. 정말 감사하면서도 떨리고 기뻤다.

목사님께서는 내가 미혼이라는 이유로 걱정하는 가족들을 만나 후한 대접을 하며 안심시켜 주셨고 설득해 주셨다. 믿지 않는 우리 가족들을 대하는 것이 불편하셨을 텐데도 기꺼이 감내해 주셨다. 심지어 선교지에 직접 방문하여 둘러보시고 주의할 사항까지 꼼꼼히 당부해 주셨다. 교회는 감사하게도 언어학원 수강료까지 지원해 주었다. 후에 선교지에서 지도자 입장이 되어보니, 목사님과 교회 성도님들이 베푼 사랑과 신뢰는 큰 믿음이었다. 작은 자의 소망도 믿고 세워 주는 큰 겸손이었다.


나도 분주해지기 시작했다. 다니던 직장을 잘 마무리하고, 선교사님들과 기본적인 의사소통을 위해 영어학원에 등록했다. 그러나 이런 언어 준비보다 가장 치중해서 준비한 것은 건강이었다. 지난번 4일간의 여행에서도 심한 설사로 고생했는데, 1년을 어떻게 내가 버텨낼 수 있을지 걱정되었다. 한의원에서 약을 짓고 체력을 보강했다. 열악한 환경에서 응급 상황에 대비하기 위해 간단한 침과 뜸도 배웠고 각종 풍토병 예방 접종도 마쳤다. 이렇게 준비했는데도 의사 선생님들의 공통적인 조언은 "이 몸 상태로는 너무 무리입니다."라는 것이었다. 나는 그곳에서 느꼈던 평안함이 내 연약함을 이기게 해줄 것이라 확신하며 무리하지 않겠다고 다짐했다.

드디어 2000년 3월 15일, 출국 날이 되었다. 교회 첫 번째 선교사로서 과분할 정도의 성대한 파송 예배를 해주었다. 주일학교 어린이부터 모든 성도들이 한마음이 되어 사랑으로 응원해 주었다. 그런데 나에게는 큰 걱정거리가 있었다. 바로 내가 길치라는 것! 지금은 스마트폰의 '길 찾기' 기능으로 간신히 길치를 면하고 있지만, 그 당시 초행길에서 헤매는 일은 일상이었다. 불안은 점점 커져만 갔다.

김포공항에 목사님 내외분과 다섯 명의 성도분들이 배웅해 주셨다. 아쉬움과 감사함을 담아 작별 인사를 나누고, 드디어 출국장으로 향했다.

'비행기를 혼자 타야 해. 게다가 한 번 갈아타야 하고. 헤매다 놓치면 어쩌지? 아직 영어도 능숙하지 못한데….'

지난 선교여행 때, 환승에 대해 주의 깊게 살피지 않았던 내 무심함이 뒤늦게 후회됐다. 당시 캄보디아로 향하는 여행객도 드물고 정보가 많지 않아 준비가 부족했다. 겁이 많고 길치인 나로서는 혼자 모든 걸 감당해야 하는 이 상황이 버거울 수밖에 없었다. 출국장으로 향하는 발걸음은 천근만근 무거웠다.

'제발 아무 일도 없어야 할 텐데….'


김포국제공항을 떠난 비행기는 베트남 호찌민에 무사히 도착했다. 가는 길을 몇 번이나 신중하게 확인하며 비행기를 갈아타기 위해 환승 게이트로 향했고, 다행히 잘 도착해 데스크가 오픈되기만을 기다렸다. 그런데 공항 직원이 무슨 이유인지는 모르겠지만, 어떤 승객의 이름을 급하게 부르며 찾는다. 순간 놀라, 혹시 내 이름인가 했는데 다행히 내 이름은 아니었다. 그래도 괜히 위축돼서 '공항 직원이 날 찾는 일은 없어야 해.'라고 생각하며 환승 게이트를 잘 찾아왔는지 거듭 확인했다.

그때, 데스크가 열렸고 나는 갈아타기 위해 여권을 직원에게 건넸다. 키가 작고 다부지게 생긴 남자 직원이 이렇게 질문했다.


"How many pieces of luggage do you have?"


순간, 내가 우려하던 일이 벌어졌다. 길을 잃어버린 것은 아니었지만, 그에 못지않게 당황스러웠다. 학원에서 열심히 외웠던 영어 단어들이 한순간에 사라져 버린 듯했다. 온몸의 털이 쭈뼛쭈뼛 서고 식은땀이 났다.

직원은 내가 못 알아들었다는 것을 눈치채고는 종이에 문장을 적어 준다. 문제는 바로 'luggage' 단어였다.

'luggage! language의 사촌이야? 소리가 비슷한데! 뜻이 뭐지?'

내가 아는 단어인 'language'(언어)와 발음이 비슷했다. 그러나 'language'는 문맥상 뜻이 통하지 않는다.

나는 정신을 차리고 부랴부랴 가방에서 두꺼운 영어사전을 꺼냈다. 사전을 l.. u.. g.. 한 장 한 장 넘기며 긴장 속에 찾고 있는데, 직원이 작은 메모지 한 장을 살며시 내게 내민다. 그 종이엔 'luggage'라고 써진 단어 옆으로 화살표를 표시하고, 수화물 가방을 그려 놓았다.

'아! 내 수화물 가방이 몇 개냐고 물어보는 거였구나! 아니, 이런 뜻이!' 속으로 탄성을 질렀다. '비행기를 갈아탈 때 수화물 확인을 한다는 정보만 제대로 알았다면, 단어의 정확한 뜻은 몰라도 대충 알아들었을 텐데…!

비행기를 놓칠까 봐 일등으로 데스크에 온 덕분에, 이 광경을 본 사람은 아무도 없어 천만다행이었다. 나는 직원의 센스와 배려에 감동해 환하게 웃으며, 검지를 치켜세워 자신 있게 "ONE"이라고 답했다. 다부진 남자 직원 역시 환하게 미소 지었다.


때로 큰 꿈을 이루어 가는 길에 작은 일들에 발목이 잡힐 때가 있다. 작은 성취들이 쌓여 큰 소망을 이루는 데 말이다. 걱정과 두려움으로 인한 실패의 경험은 작은 일부터 쉽게 미루거나 포기하게 만든다. 작은 일도 못 해낸 스스로에 실망이 쌓여 결국, 큰 꿈을 포기하게 되는 경우가 다반사인데 말이다. 그러니 작은 일들의 성취가 얼마나 중요한가! 나로서는 두려웠던 이 작은 난관, 한 단계를 넘어섰다. 여전히 길치, 영치이지만 내 꿈을 향한 방향은 헤매지 않고 자신 있게 내디뎠다.


'비행기를 제대로 갈아탄 것이, 이렇게 뿌듯할 줄이야! 희선아, 잘했어!'


누구나 처음은 있다. 서툰 것이 많지만, 이는 앞으로 인생이 조금 바빠질 뿐이지 포기할 일은 아니다. 내 꿈은 스물여덟에 시작됐다. 일찍 시작하고 늦게 시작하는 것에 우열은 없다. 시작한 일을 잘 끝맺는 것이 더 중요하기에 '오늘'이라는 시간에 최선을 다할 뿐이다.

새롭게 다짐했다.

포기하지 않는 삶이야말로 내게 기회를 주신 하나님과

나를 후원해 주신 분들에 대한 '경건한 예의'라고,

곧 만나게 될 아이들을 향한 '사랑의 태도'라고…


캄보디아로 향하는 흔들리는 소형 비행기 안에서

나는 간절히 기도드렸다.

그 주인이 이르되 잘하였도다
착하고 충성된 종아 네가 작은 일에 충성하였으매
내가 많은 것을 네게 맡기리니
네 주인의 즐거움에 참여할지어다 하고

마태복음 25:21

# Esther는 용감한 여성이야!

외국 히어로 영화에서 모든 미션을 완수한 뒤 주인공들이 헬기에서 내려 먼지바람을 가르며 걸어오는 장면을 본 적이 있다. 내가 처음 캄보디아 땅에 발을 디뎠을 때가 꼭 그랬다. 누군가는 우스갯소리로 들을지 모르지만, 내 마음만은 영화 속 영웅들처럼 의미심장했으니까.

소형 비행기에서 내린 승객들은 입국장까지 걸어가야 했다. 다만 영화와 다른 점은, 헬기에서 일으키는 멋진 먼지바람 대신 숨이 턱 막히는 더위가 반겼다. 승객들의 얼굴은 더위로 지쳐 있었지만, 나만은 설렘과 비장함으로 가득했다.

프놈펜 국제공항은 '국제'라는 말에 걸맞지 않게 너무 초라했다. 한창 공사 중이던 공항은 나무로 된 간이 계단을 밟고 입국장으로 들어실 수 있었다. 두 번째 방문임에도 여전히 모든 것이 생소했다. 권위적인 제복을 입은 공항 직원들의 모습에 다소 겁을 먹었지만, 막상 대면해보니 보기와는 다르게 친근감이 느껴졌다. 도착 비자를 발급받고 짐을 찾아 밖으로 나왔다.

"에스더 선교사 어서 오세요! 오느라 정말 수고 많았어요."

내 영어 이름은 에스더(Esther)이다. 몇 년 전 필리핀으로 찬양 선교 활동을 갔을 때, 담임목사님께서 해외에서 더욱 쉽게 소통하라는 의미로 모든 단원들에게 영어 이름을 지어 주셨다.

L 선교사님과 현지 남학생이 반갑게 나를 맞아 주었다. 그들을 보는 순간, 이제부터 모든 의사소통은 영어로 해야 한다는 부담이 밀려왔다. 그러나 긴장하고 지친 탓에 반가운 마음이 앞서 나 역시 환하게 웃으며 인사했다. 그때서야 캄보디아에 왔다는 실감이 났다.

'아! 드디어 캄보디아에 도착했어!'

1년 동안 동역할 L 선교사님은 필리핀분으로 전직 간호사였다. 아내와 한 명의 딸과 캄보디아 수도 프놈펜에서 사역하고 계셨다. 가족들과 함께 점심을 마친 후, 우리는 내가 1년 동안 지낼 집으로 향했다. 교회에서 걸어 약 5분 거리에 있는 2층 건물이었다. 1층에는 간이 약국을 하는 주인집이었고, 나선형 계단으로 올라가면 바로 2층 테라스에 정문이 있는 집이 내가 살 곳이었다. 여주인은 서른 초반의 기혼자로 친절하고 영어도 꽤 잘했다.

집은 천장이 높은 긴 직사각형 구조로 간이 벽을 세워 만든 방과 부엌, 화장실이 있는 전형적인 캄보디아 서민 플랫 하우스였다. 나머지 공간은 긴 거실로, 천장이 높아 집안에서 배드민턴을 칠 수 있을 정도였다.

내가 여주인과 월세 계약을 논의하는 동안, L 선교사님은 키가 작고 통통한 중국 혼혈 여학생을 데리고 오셨다. 현지인보다 피부가 하얗고 작은 얼굴에 큰 눈이 귀여운 희응이라는 학생이었다.

"이 학생이 오늘부터 에스더 선교사와 함께 지낼 거예요. 식사, 청소, 오토바이 운전까지 도와줄 테니, 적당히 월급만 주시면 됩니다. 이곳에선 혼자 지낼 수 없습니다."

이 이야기는 사전에 메일로 상의한 부분이 아니었다. 나는 순간 당황했다. '출퇴근하는 것도 아닌, 함께 살아야 한다고?' 가족과 떨어져 지내는 것도 처음인데, 낯선 나라에서 현지인과 동거하게 되리라고는 전혀 예상하지 못했다. 가장 큰 문제는 의사소통이었다. 희응이는 영어를 전혀 못했고, 나는 캄보디아어를 전혀 못했다. '도대체 어떻게 둘이 살라는 거야?'

나중에 알게 되었지만, 희응이 역시 순수한 마음으로 돕겠다고 했으나 동거를 해야 한다는 사실에 당장 거절하지도 못하고 난감해 하고 있었다고 한다. 그렇게 도착하자마자 우리는 얼떨결에 동거를 시작했고, 각자의 짐을 풀었다. '이 현실을 앞으로 어떻게 헤쳐 나가야 할까.' 그러나 한편으로는 재미있을 것도 같았다.


캄보디아에서 첫 주일을 맞이했다. 기대와 설레는 마음으로 교회로 향했다. 예배당에 들어서니 모든 시선이 나에게 집중되었다. 성도들 사이로 길이 열리는 모습은 마치 모세가 홍해를 가르는 장면 같았다. 모두 환한 미소와 호기심 어린 눈으로 나를 쳐다보았다. 지난번 단체방문 시 다른 교회를 방문했을 때와는 사뭇 다른 느낌이었다. '왜 이렇게 쳐다보지? 한국인은 처음인가? 아니면 내가 혼자 와서 그런가?'

나중에 안 사실이지만, 공항으로 나를 마중 나왔던 청년이 "선교사님이 꼭 여배우처럼 생겼어!"라고 말했다는 것이다. 한국을 떠나기 전, 관리하기 쉽도록 짙은 갈색의 굵은 웨이브를 했었다. 하얀 피부와 깔끔하게 화장한 모습이 꾸미지 않은 현지인들과 비교되어 화려하게 느껴졌을 듯했다. 그들에게 하얀 피부는 곧 미인이었다. 오랜 세월이 흐른 지금은 햇볕에 많이 그을려 예전과 같지는 않지만, 그 당시 내 피부는 하얗고 깨끗했었다.

첫 주일 일정을 마친 후, 선교사님은 형제들에게 나를 집까지 데려다주라고 부탁했다. '5분 거리의 집인데 데려다준다고?' 나를 배려한 말씀으로 여겨, 웃으며 감사함을 표했다. 양팔에 두 명씩 총 네 명의 형제가 나란히 집까지 동행해 주는 모습을 보며 속으로 생각했다. '그만큼 치안이 좋지 않다는 뜻이겠지.'

다음 날, 협력하는 선교사들의 정규 친교 모임에 처음 참석했다. 필리핀 선교사님이 가장 많았고 미국, 일본을 비롯하여 다양한 국가에서도 단기로 방문하여 협력하고 있었다. 한국에서 온 선교사는 내가 유일했다. 모두 반갑게 맞아주며 '용감하다'는 말을 공통적으로 해 주었다. 또한, "어떻게 에스더 선교사는 L 선교사와 일하게 된 거야?"라고 의아해하는 분도 있었다. 그때는 그 말들의 의미를 미처 알지 못했다.

모임 후, L 선교사님은 자신이 1주일 뒤 가족 모두 6개월간 안식년을 위해 본국으로 돌아간다고 했다. 그러니 모든 관리를 맡아 달라는 것이다. 순간, '모든 관리'라는 말에 놀랐다. '어린이 사역을 도우러 온, 선교사역이 초보인 나에게 모든 것을 맡긴다고? 사전에 이런 말은 없었는데!' 그 당시는 이런 불편한 감정을 어떻게 표현할 방법도 알지 못했다.

다른 선교사님들이 의아해했던 표정을 그제야 이해할 수 있었다. 그분들 역시 L 선교사님과 소통에 어려움을 겪었으며, 선교사역이 초보인 내가 이 난관을 잘 헤쳐나갈 수 있을지 걱정했던 것이다. 전혀 예상치 못한 일이었다. 정신을 바짝 차리고 지혜롭게 대처해야 한다는 생각이 드니, 가슴이 답답해 오기 시작했다.

교회에 가려면 지나가야 하는 이웃집이 있었다. 그 앞에는 평상이 있었는데, 그곳에 중년 아저씨 한 분이 지나가는 나를 항상 힘없이 응시하고 있었다. 그 집 가장인 듯했다. 난 아저씨가 그냥 많이 아프신 줄로만 생각했는데, 알고 보니 에이즈 감염환자였다. 캄보디아는 내전이 끝나고 개방된 이후, 해외 에이즈 환자가 무분별하게 유입되어 감염환자 수가 빠르게 늘고 있었다. 아주머니 역시 남편 때문에 감염된 환자였다. 무표정한 얼굴로 힘없이 집안일을 하곤 했다. 다행히 그분들의 두 자녀는 감염되지 않아 우리 교회에 나오고 있었다. 해맑은 아이들을 볼 때면 내 마음이 너무 아팠다.

어느 자정을 넘긴 시간, 큰 총성을 들었다. 지금은 상황이 달라졌을지도 모른다. 그러나 당시 학생들에게서 들은 바로는, 1997년 내전이 끝난 뒤에도 일부 총기가 여전히 남아 있다고 했다. 그래서 현지인들은 감정적인 싸움은 크게 하지 않는다고 한다. 되도록 타협하며 참아주는 것이 이곳에서는 미덕이다. 이유는 겉으로는 괜찮은 척하다가도 복수를 할 수도 있기 때문이다. '앞으로 이 사람들을 어떻게 인도해야 할까.' 큰 총성에 놀란 마음보다, 이 나라의 현실 때문에 선교사이자 교육자로서 마음이 무거웠다.

이렇게 문화적 충격이 연속으로 일어난 일주일이 지날 무렵, 담임목사님으로부터 안부 전화가 걸려왔다. 정말 반가운 목소리에 안도감이 밀려와 "목사님!" 그 한마디만 하고 말을 잊지 못했다. 다만 소리 죽여 흐느껴 울 뿐이었다. 목사님께서는 내 울음소리를 듣고선 아무 말씀이 없으셨다. 간신히 울음을 그치고 안부의 말씀을 드리고 끊을 수 있었다.

한국이 그립거나 돌아가고 싶은 마음은 전혀 없었다. 그렇다면 왜 울었을까? 가만히 생각해 보니, 새로운 일들이 생길 때마다 나도 모르게 스스로 했던 말이 떠올랐다. '내가 과연 해낼 수 있을까?'

그랬다. 내 능력을 의심하고 있었다. 의심은 나를 연민하게 했고, 안 될 수밖에 없는 핑계가 떠올라 모든 의욕을 잃게 했다.

캄보디아로 떠날 날이 가까워질 즈음, 목사님과 나눴던 대화가 생각났다.

"목사님! 저 사실 떠날 시간이 다가올수록 치안도 불안한 나라에서 안전할 수 있을지, 능력도 부족해서 일을 잘 해낼 수 있을지 걱정됩니다."

"당연히 그런 생각이 들 수 있지. 하지만 선한 일을 하는데, 비록 자신의 능력이 30 퍼센트라도 주님을 의지하면 70 퍼센트를 사랑의 하나님이 채워주시지. 그렇게 정직하고 성실하게 하나하나 노력해 나가면, 점차 부족한 능력이 갖춰지게 되어 100 퍼센트의 능력을 발휘하게 되는 거야. 그러니 자신의 부족함을 먼저 보고 두려워하지 말고, 주님의 능력을 의지해 자신의 30 퍼센트 능력을 믿음으로 드리면 된단다. 너무 걱정하지 말고 어려움이 올 때면 이 3:7의 법칙을 항상 기억하렴."

한 번도 해 보지 않은 일에, 내 능력을 먼저 보고 의심부터 한 나를 반성했다. 그리고 이곳 선교사님들이 공통으로 나에게 말했던 '용감하다'는 말의 의미를 다시금 떠올렸다. 그것은 '믿음'이었다. 먼저 마음을 바로잡기 위해 나의 부족함과 연약함을 인정했다. 두려움과 의심 대신 믿음의 사람이 되어, 소망을 이루는 진정 용감한 에스더가 되게 해 달라고 기도했다.

주께 소망을 둔 모든 자들아

너희는 크게 용기를 내라

그분께서 너희 마음을 강하게 하시리로다


시편 31:24

# 캄보디아 밀가루는 검은색?

희응이와 말이 통하지 않는 채, 함께 지낸 지도 벌써 보름이 되어 가고 있었다. 처음에는 우리가 잘 지낼 수 있을까 하는 걱정 반, 호기심 반의 동거였다. 그러나 시간이 지날수록 말은 통하지 않더라도 신기할 정도로 각자의 일을 잘 해내고 있었다. 희응이는 'Teacher, Yes, No, Thank you' 정도밖에 몰랐으나 눈치가 빨랐다. 그런 희응이를 위해 영어와 바디 랭귀지를 섞어 설명할 때가 많았다. 그렇게 열심히 설명한 내 말을 잘 알아들었을 때는 "OK!"라고 제법 큰 소리로 대답했다. 그리고 고개를 끄덕이며 걱정하지 말라는 듯 눈웃음까지 찡긋하며 일을 척척 해냈다. 때론 이런 모습이, 작고 귀여운 외모와는 달리 오히려 강인해 보이기까지 했다.

희응이는 음식도 잘했다. 나는 캄보디아에서 처음 김치를 담갔을 정도로 우리나라에서는 요리하지 않았었다. 내 첫 김치는, 젓갈을 간장으로 착각하여 넣고 만들 정도였으니까. 맛없는 음식을 스스로 해 먹으니, 차라리 현지 적응을 위해 희응이가 해주는 캄보디아 음식을 먹기로 했다. 당시 짜게 먹지 못하는 나를 위해 희응이는 항상 내가 첫 숟가락을 들면, 긴장한 듯 쳐다보며 물었다. "salty(짜요)?" 그렇게 희응이가 처음 배운, 맛 표현 영어 단어가

'salty'였다.

　내가 시장에 직접 가는 경우도 있었지만, 대부분 희응이가 혼자 다녔다. 필요한 물건이나 식재료는 영어 단어와 함께 그림으로 그려 주었다. 때로는 몸짓으로 흉내 내며 설명해 주기도 했다. 이런 상황이 처음에는 낯설었지만, 점차 재미있어져서 서로 웃음이 끊이질 않았다. 그러면서 가격 흥정에 관련된 'cheap, expensive'란 단어도 자연스럽게 배워 나갔다. 대충 이렇게, 즐겁게 소통하며 약속된 1년을 보내도 문제가 없을 듯했다.


　캄보디아 현지 음식만 먹다 보니, 어느 날 한국 감자전이 정말 먹고 싶어졌다. 감자전을 해 먹으려 밀가루를 찾으니 집에 없었다. 밀가루로 만드는 현지 음식은 거의 없기 때문이다. 희응이에게 밀가루를 사 오라고 부탁하려니 어떻게 설명해야 할지 막막했다. 영어 단어 'flour'라고 말하니 당연히 못 알아듣는다.

　"하얀색 white! 가루야 powder!"

　캄보디아는 프랑스 식민 통치를 오랫동안 받았기에 바게트빵이나 식빵을 아침 대용으로 먹기도 한다.

　"희응! 빵을 만들 수 있어! make bread!" 나는 밀가루로 빵을 만드는 시늉까지 하며 열심히 설명했다. 종이를 가져와 식빵을 그려 주며 다시 한번 밀가루를 설명해 주었다. 그러나 여전히 이해되지 않는다는 표정을 짓는다.

　"white, powder, make bread!"

"Oh, OK! Teacher."

그제야 알았다는 듯이 나를 올려다보며, 눈웃음 찡긋하며, 자신 있게 밀가루를 사러 나갔다.

한참 지난 후, 희응이는 땀을 뻘뻘 흘리며 약간 난감한 표정으로 들어왔다.

"Teacher! No white but black OK."

"뭐? 하얀색 밀가루는 없고 검은색 밀가루만 있다고?"

보름 정도 함께 살다 보니, 아기의 옹알이를 엄마가 알아듣고 대꾸하듯, 나는 희응이의 말을 그렇게 이해하고 말했다. 희응이는 진지한 표정으로 말을 이어갔다.

"Teacher, black expensive!"

"뭐라고? 검은색 밀가루는 비싸다고?"

나는 달라는 대로 돈을 더 주고 검은색 밀가루를 사 오라고 했다. 검은색 밀가루의 존재 자체에도 놀랐는데, 비싸기까지 하니 어떤 것인지 호기심이 발동했다.

'평소에 요리는 관심도 없어 몰랐는데 세상에는 원래 귀한 검은색 밀가루도 있는 거고, 이 나라에서 보게 되는구나!'라는 왠지 모를 우스운 특권 의식까지 생길 정도였다.

캄보디아는 쌀과 농산물을 제외하고 다른 것들은 수입에 의존하는 나라다. 특별히 검은색 밀가루는 비싸게 수입할 것이라고 나름 논리적인 추측을 하면서 희응이가 오기만을 기다렸다.

드디어, 나선형 계단에서 사람이 올라오는 소리가 들려왔다. 발걸음 소리가 점점 크고 가깝게 들리더니, "삐이익" 철제와 투명 유리로 만들어진 현관문이 활짝 열리며, 더위에 지친 희웅이가 나타났다.

"Teacher! black powder!"

희웅이는 숨이 차오르는 목소리와 지친 표정으로 손에 든 것을 내게 내민다. 그녀의 언어로, 자신이 흰색 밀가루를 찾으러 오전부터 시장을 돌아다녔지만 없어서 얼마나 고생했는지 영웅담을 늘어놓았다.

그런데…! 나는 그녀의 말이 끝나기도 전에, 내 눈을 의심하며 어이없어 입을 다물지 못하다가 웃음이 빵 터지고 말았다.

희웅이가 사온, 내가 그토록 기다리던, 나에게 특권 의식의 기쁨마저 안겨주었던 그 비싼 '검은색 밀가루'의 정체는 다름 아닌, '검은색 식빵 토스터기'였다. 난 이 상황이 너무 웃겨 한참을 웃었다. 희웅이는 그런 나를 바라보며, 자신이 뭔가 실수를 했다는 것을 직감했는지 멋쩍은 웃음을 지으며 어리둥절해했다.

결국 집주인을 불러 통역을 통해 자초지종을 이야기하며 오해를 풀 수 있었다. 희웅이는 자신이 고생한 것에 허탈한 웃음을 지었다. 난 그녀가 혼자 고생한 것을 생각하니 갑자기 미안해졌다. 그런데 현지인도 잘 쓰지 않는 그 토스터기를 어떻게 떠올려 사온 걸까? 궁금해서 그녀에게 물어보니, L 선교사님이 아침에 이 기계를 사용하는 것을 본 적이 있고, 다른 선교사님들과 모임이 있을 때도 사용하는 것을 보았다고 했다. 그래서 나 또한 그럴 거라 확신했다는 것이다.

이 사건 후, 1년 동안 소통에 아무 문제 없을 거라는 확신을 거두게 되었다. 희응이에게 남는 시간에 영어학원에 다닐 것을 권유했다. 그녀도 기꺼이 동의했고, 학원에 다니며 영어 사전을 활용할 줄 알게 되면서 소통이 수월해졌다. 그러면서 우리의 대화의 시간도 길어지며 친밀감도 높아졌다.

그럼에도, 내게 한 가지 새로운 습관이 생겼다. 어떠한 사항을 충분히 설명했다 해도, 희응이가 제대로 이해했는지 되묻는 언어적 습관이었다.

"내 말 제대로 이해했지? 그럼, 네가 어떻게 이해했는지 말해 줄래?"

나는 지금도 가끔 이 일을 회상하며 사색에 잠기곤 한다. 나는 빵을 그려 주면서 밀가루를 설명했을 때, 왜 희응이가 당연히 밀가루로 이해했을 거라 확신했을까? 또한, 희응이는 내가 다른 선교사들처럼 식빵 토스터기로 갓 구운 빵에 잼을 발라 따뜻한 커피를 곁들인 아침 식사를 할 거라 확신했을까?

이렇게 서로 오해한 것이 잘못이었을까? 각자의 삶에서 서로 다른 경험을 했으니, 조금 다른 판단을 했다 해도 잘못이라고 할 수 없다. 하지만 좀 더 서로 지혜로웠다면 어땠을까. 만약 이처럼 재미있는 추억으로 기억될 일이 아닌, 좀 더 중요한 일에 오해로 비롯한 큰 손해를 보았다면, 이는 분명 추억이 아닌 상처로 남았을 것이다.

세월을 보내면서 드는 생각은, 인생의 성공은 부와 명예보다 사람들과 소통을 잘 이루는 삶이 아닐까 생각한다. 만약 그렇지 않다면 모든 것을 이루었다 해도 고립될 테니 말이다. 그러나 사람들과의 소통은 서로 주고받는 것이어서 정말 어렵게 느껴질 때가 많다. 내 살아온 경험이 아무리 풍부해도, 상대를 함부로 판단하여 단정 지어 버리면, 그 사람의 생각에는 관심이 없게 된다. 상대의 생각에 관심이 없으니, 들어줄 마음도 없어 자신의 말만 하는 사람이 될까 우려될 때가 있다.

때로는 상대가 아니라고 해도 자신의 판단이 옳다며 미래의 결과까지 규정해 버리는 일도 있다. 나 자신도 이러한 교만으로부터 때로는 자유롭지 못하다.

희웅이가 영어사전을 활용하기 시작하면서 우리의 소통은 훨씬 수월해져 시간을 아낄 수 있었다. 게다가 일도 효율적으로 할 수 있게 됐다. 만약 우리에게 서로의 마음을 해석하는 사전이 있다면, 누구나 성공적인 의사소통을 할 수 있지 않을까. 그런데 그 사전은 우리 모두에게 있다고 생각한다. 단지 우리가 잘 활용하고 있지 않아서가 문제다. 바로 겸손한 마음으로 먼저 경청하는 자세이다. '겸손한 경청'은 '공감과 인정'을 만들어내니 소통이 잘 이루어질 수밖에 없다. 서로의 말을 오해할 일도 줄어든다. 그래서 가끔 이 일을 회상할 때마다, 사색에 잠기며 아름다운 소통의 지름길을 찾고자 스스로 일깨운다.

희응이는 25년 동안 함께한 선교처 성도이자, 때로는 내게 보호자와 같은 존재였다. 지금은 네 자녀의 어머니, 아내로서 내가 경험해 보지 못한 삶을 훌륭히 살아내고 있다. 이렇게 그녀가 어른이 되었는데도 그 어릴 적 '검은색 밀가루'를 들고 나선형 계단을 낑낑대며 올라오던 그 귀여운 희응이의 모습이 내 눈엔 아직도 선하다.

"Teacher! black powder OK but expensive!"

사랑하는 형제들아 너희가 알지니
사람마다 듣기는 속히 하고
말하기는 더디 하며
성내기도 더디 하라

야고보서 1:19

# 생일 파티가 아닌 결혼 파티

L 선교사님이 안식년을 맞아 필리핀으로 떠난 지 한 달이 지났다. 낯선 환경에 적응할 틈도 없이, 선교사님의 일방적인 통보로 막중한 책임이 내게 부여됐다. 한국의 여느 구(區)보다 조금 큰 프놈펜 시내와 외곽의 당까오, 짬짜으까지 세 곳의 교회를 관리해야 했다. 주일 설교를 위해 방문하는 선교사님들을 맞이하는 일과, 청년들과 아이들을 돌보는 일이 내 몫이었다.

선교사님의 지시와 관리지침에 따라 청년들을 세심히 돌보며, 행정과 주일예배, 어린이 주일학교까지 운영했다. 그러나 청년들과의 소통은 쉽지 않았다. 리더인 J 형제는 나보다 두 살 어린 26세였다. 언어적 장벽과 사역 경험이 부족한 나를, 자신이 따라야 하는 선교사로 인정하기보다는 가볍게 하대했다. 내가 실수라도 하면, 학생들 앞에서 나를 짓궂은 농담거리로 삼거나, L 선교사님에 대한 불만을 아무 상관 없는 내게 쏟아내기도 했다. '도대체 무엇을 보고 이 형제를 리더로 세웠을까?' 싶을 정도였다. 하지만 그들과 친해져야 한다. 먼저 마음을 열지 않으면, 낯설고 대하기 어려운 이방인인 내게 곁을 내주지 않을 테니까.

‘어떻게 하면 이들과 친해질 수 있을까.’ 고민 끝에 곧 다가올 내 생일에 생일파티를 열기로 했다. 색다른 분위기에서 함께 시간을 보내면 좀 더 가까워지리라 생각했다.

우리나라에선 많은 사람을 초대하는 생일파티를 한 번도 해 본 적이 없었다. 가족이나 친구들과 밥 한 끼 먹는 게 전부였지만, 그것도 20대 후반이 되어서는 시들해졌었다. 그런데 지금 집안의 넓은 벽면을 희웅이와 함께 파티 장식용으로 그린 글씨와 형형색색의 풍선들로 한껏 꾸며 주고 있다. 마치 어린아이로 돌아간 것처럼 설렜다. 내가 더 신이 났다. ‘생일파티가 이렇게 재미있는 거였어? 진작에 많이 할걸!’ 미역국도 직접 끓이고 제법 알맞게 맛이 든, 어설프게 담갔던 내 김치도 준비했다. 희웅이가 준비한 요리까지 더해지니, 근사한 뷔페가 차려졌다. 준비가 거의 끝나갈 즈음, 예배 때 입으려고 한국에서 가져온 하얀색 긴 투피스로 차려입었다.

오후 5시가 되자 청년들이 하나둘 모여들었다. 생일파티를 어떻게 진행해야 할지 고민할 틈도 없이, 약 5분 거리의 교회에서 자신들이 앉을 의자를 하나씩 들고 들어왔다. 직사각형의 긴 거실에 양쪽 벽에 의자 뒷면을 고정하고 앉으니, 서로 마주 보게 되었다. 한 청년이 모두가 보이는 거실 상단 중앙에 의자를 놓았다. 그리고 나를 그쪽으로 안내하며 공손하게 앉으라고 한다. 정작 파티는 내가 준비했는데, 분위기는 오히려 내가 초대된 것 같았다. 파티가 일상인 것처럼 모두 적극적으로 서로 역할을 분담하며, 진행하는 모습이 정말 자연스러웠다. 모인 청년들도 마치 자신들이 생일 당사자인 양, 평상시보다 깨끗하게 차려입었다. 단지, 손에 든 크고 작은 선물 상자로 그들이 생일 손님임을 알 수 있었다.

어느덧 다 모였을 즈음, 누가 시킨 것도 아닌데 맨 앞에 앉은 사람부터 일어나, 전통 인사법인 합장으로 축하 인사를 하기 시작했다. "안녕하세요? 선생님! 생일 축하드려요."로 시작해 건강, 축복, 기타 분위기를 띄우는 유쾌한 농담 등이 이어졌다.

작은 가게에서 보았던 선물 상자들을 그날 원 없이 받았다. 기념품, 문구, 정성스러운 카드 등 그들의 순수한 마음이 담겨 있었다. 즐거운 식사 시간이 이어졌고 학생들은 "선생님 정말 예뻐요!"라고 연거푸 말하며 함께 사진을 찍고 웃으며 즐거운 시간을 보냈다. 우리는 비로소 생일파티를 연 취지대로 조금씩 가까워질 수 있었다.


그로부터 두 달 뒤, 희웅이가 교회에서 생일파티를 할 예정이라며 나를 초대했다. 나는 작은 선물을 준비하고 교회로 향했다. 조촐한 파티가 있을 거란 내 생각과 달리, 내 눈앞에 펼쳐진 광경에 깜짝 놀라 당황했다. 희웅이를 알아볼 수가 없었다. 화려한 올림머리에 무대 분장 같은 진한 화장, 화려한 액세서리, 한쪽 어깨가 드러나는 은색 롱 드레스까지. 영화 시상식에서나 볼 법한 차림이었다. 환한 미소로 반기며 다가오는 희웅이에게 어색한 인사를 건넸으나, 그 낯선 모습에 나는 그만 뒤로 주춤하고 말았다. 그런데 모인 사람들은 정말 자연스럽게 그녀를 대한다. 예쁘기는 했지만 나에겐 다소 어색한 그녀를 보며, 문득 궁금해졌다. 파티가 지난 며칠 후 희응이에게 물었다.

"희응, 나는 네가 그렇게 넉넉하지 않은 가정 형편을 아는데, 이렇게까지 화려한 파티를 연 이유가 있니? 소박하게 할 수도 있었는데."

"선생님, 제가 태어난 날! 오늘만은 예쁘게 차려입고 사람들로부터 축하 받고 싶어요. 정말 생일만큼은 행복해지고 싶거든요. 이 파티를 위해 1년 동안 열심히 돈도 모았어요."

희응이의 뜻밖의 대답을 듣고서야 나는 캄보디아에 왜 그렇게 파티가 많은지 이해가 되었다.


이곳의 청소년들은 대부분 가난과 방임 속에 놓여 있다. 희응이만 해도 학교 대신 돈을 벌어야 했고, 가족들은 수시로 돈을 요구했다. 심지어 돈 때문에 나이 많은 외국인과 혼담이 오가기도 했다. 그녀의 현실을 내가 어떻게 이해할 수 있을까! 그러나 이들을 향한 막연한 연민으로, 인생의 희망이 파티를 위한 삶이 되어 버리게 방관하면 안 된다.

캄보디아에서는 결혼파티, 생일파티, 신년파티, 캄보디아 설날파티, 집들이 파티 등, 크고 작은 파티가 자주 열린다. 제법 큰 파티는 유럽식으로 화려하다. 프랑스 식민지를 100년 가까이 거치면서, 이젠 이 나라의 문화로 자리 잡았다. 보통 서민들의 파티는 집에서 여는데, 동네에서 파티가 열리면 공연장에서나 쓰는 큰 스피커를 틀고 자정까지 음주 가무를 즐긴다. 특히 결혼식 파티에 참여하려면 머리부터 발끝까지 전통 의상이나 드레스를 입고 화려하게 치장하는 것이 예의다. 그래서 결혼식장은 한국에서 말하는 '민폐 하객룩'으로 가득하다.

캄보디아는 교육 후진국이다. '킬링필드' 영화로 잘 알려진 폴포트 공산 정권 3년 동안 지식인이 거의 숙청을 당했다. 한때, 우리나라 6.25 전쟁 시, 쌀을 무상 지원할 정도로 동남아시아에서 안정된 경제와 문화 수준을 가진 나라였다. 그러나 전쟁 3년 만에 최빈국으로 전락했다. TV를 틀면 춤과 가라오케 프로그램이 대부분을 이룬다. 지금은 점차 개선되고 있다지만, 당시는 교육적 콘텐츠는 전혀 없었다.

청소년들이 어릴 때부터 TV나 사회 전반에서 이런 환경에 노출되어 있다. 음주가무는 그들에게 희망 없는 삶 속에서 유일한 현실 회피로 자리 잡은 것 같았다. 미래를 꿈꿔야 할 나이에, 과소비와 허례허식이 경쟁적으로 번지며 부의 상징으로 자리 잡고 있다. 희응이의 생일파티로 이 나라의 파티문화와 그에 따른 문제점을 알게 되었다.

가능성이 넘치는 청소년들이, 자신의 꿈을 단순한 돈벌이로 전락시키는 현실이 마음 아팠다. 그러다가 자신도 모르게 유흥에 빠져, 그 공허함을 채우는 모습 또한 안타까웠다. 그들에게 어떻게 하면 재능에 맞는 꿈을 찾아주고, 실현할 수 있도록 이끌지 긴 고민에 들어갔다.

지금까지 기도하며 희망을 심어주기 위해 지도하고 있다. 때로는 부딪히고 올바른 길로 지도하는 나를 비난 하기도 했다. 그러나 포기하지 않으니 청소년들이 깨어났다. 이제 그들은 어엿한 성인이 되어 또 다른 사람들을 가르치게 되었다.

지금 돌아보면 그날은 '생일파티'가 아니라, 순백의 투피스를 입고 캄보디아와 결혼한 내 '결혼파티'였다. 지금까지 싱글로서 25년 동안 한 나라를 위해 기도하고 헌신한 것에 의미를 부여하면, 그렇다는 뜻이다. 그러나 과장이 아니다. 우리나라에서 살았다면 결코 경험할 수 없는, 조금은 다른 차원에서 인생의 희로애락을 경험했다. 부부가 결혼하여 특별한 그 둘만의 경험을 만들어 가듯 말이다. 사랑과 설렘으로 가득했던 결혼식 당일을 추억하며, 25년의 결혼생활을 회상하는 부부와 다를 게 있을까. 오직 두 사람만이 공유할 수 있는, 지난 시련의 용광로를 통과하며 쌓아 올린 강한 유대감! 지혜롭게 이겨내어 얻은 이 확신에 찬 결정체는, 앞으로 살아갈 삶의 더 큰 원동력이 되어 견고한 사랑을 완성하게 될 것이다.

캄보디아를 사랑하여 설레는 마음으로 내 인생을 드린 이후로, 많은 시행착오와 어려움을 겪었다. 그러나 그 세월 동안 학생들과 함께 나눈 희로애락은 서로 강한 유대감을 만들었다.

'그래! 나와 캄보디아는 마치 부부관계와 같지. 그러니 그날은 생일파티가 아니라 결혼파티였지.'

소망이 우리를 부끄럽게 하지 아니함은
우리에게 주신 성령으로 말미암아 하나님의 사랑이
우리 마음에 부은 바 됨이니

로마서 5:5

# 향수병에 걸렸다고?

캄보디아에서의 5월은 건기 중에서도 가장 더운 시기라, 체감 온도가 45℃가 넘는다. 게다가 우리집은 2층이라 지붕에서 바로 내리쬐는 열기로 냉방을 해도 덥다. 그런데 나는 이상하게도 너무 춥다. 입맛도 없고, 오한 때문에 옷을 몇 겹을 껴입고 이불로 몸을 감싸며 며칠째 누워 있다. 생일파티를 한 지 1주일이 지나갈 때였다. 아무래도 그날 무리를 한 탓에 심한 독감에 걸린 것 같았다. 콧물이나 기침은 없었지만, 감기약을 먹어 보고 응급 시 사용하려고 배워온 침도 놓아 보았다. 조금 낫는가 싶더니, 여전히 아무 효과가 없다.

조조 선교사님 내외분께서 안부 차 방문하셨다. 작년 단체 선교 여행에서 뵈었던 필리핀에서 오신 선교사님들이다. 지난 친교 모임 때 반겨 주셨던 분들로 다음을 기약했었다. 아픈 내 모습을 보고 놀라셨지만, 이내 별일 아니라는 듯 위로의 말씀을 건넸다.

"에스더 선교사! 낯선 곳에서 적응하느라 많이 힘들지요. 아이고! 향수병이 감기로 왔네요. 대부분 선교사가 처음에 그래요. 나도 그랬는 걸. 마음 편하게 갖고, 푹 쉬면 나아질 거예요. 기도할게요!"

‘아! 내가 향수병이라니…! 한국을 그리워할 정서적·시간적 여유도 없었는데 걸릴 수 있구나.’ 그렇게 감기가 낫기를 바라며 1주일을 보냈으나, 일반 감기라고 생각했던 증상은 더 심각해졌다. 오한은 더 심해지고 소화불량까지 생겼다. 한국에서 가져온 약도 다 떨어졌다. 이런 내가 못내 걱정되었는지 조조 선교사님 내외분이 또 방문하셨다. 그러나 지난번과 같은 말씀만 반복하신다. ‘향수병이 정말 무서운 거구나.’

감기도 이렇게 독하게 걸려본 적이 없었다. 아무리 노력해도 호전되지 않았다. 또 그렇게 1주일이 지날 무렵, 누군가가 내 머리를 계속해서 치는 듯, 머리가 쪼개질 듯한 고통을 느꼈다. 사람이 견딜 수 있는 두통의 임계점이 이런 것이 아닐까 생각할 정도로 고통스러웠다. 자세를 바꿔가며 고통을 줄이려 했지만, 울면서 빨리 지나가길 바랄 뿐 아무런 호전이 없다. 이불로 감쌌음에도 온몸은 여전히 떨고 있고 이젠 점점 제대로 숨을 쉬기조차 어려워졌다. 순간, ‘아! 이건 향수병도, 단순 감기도 아니야!’ 나는 희응이를 통해 조조 선교사님을 급히 불렀고, 인근 중국병원으로 긴급히 옮겨졌다.

병명은 장티푸스였다. 중국인 여의사는 내가 열이 40℃가 넘자, 조금만 늦었어도 위험했을 것이라며 빨리 입원하라고 했다. 입원 후 이틀 만에 쓰러져 결국 산소호흡기에 의존할 정도로 몸이 약해졌다. 청년들이 몰려와 웅성거리며 걱정하는 소리, 선교사님들이 방문하여 “Oh! Poor Esther”하며 기도하는 소리가 희미하게 들렸다. 한국으로 돌아가야 하지 않겠냐는 우려 섞인 목소리도 들려왔다.

나는 어릴 적부터 연약함과 싸우며 자랐다. 구원받기 전에는 그 연약함 자체에 매몰되어 모든 의욕을 잃곤 했지만, 지금은 그렇지 않다. 고통이 계속되어 죽음을 맞이해도 나에겐 큰 상관이 없기 때문이다. 내가 늘 그리워하는 본향인 천국에 조금 빨리 가는 것이나, 이 땅에 살아서 사명을 이루고 조금 늦게 천국에 가는 것이나 나에겐 별 차이가 없다. 만약 내가 평범한 삶을 원했더라면, 애초에 선교사의 길을 선택하지도 않았을 것이다. 나에겐 '삶의 길이'보다 어떻게 사느냐의 '삶의 가치'가 더 중요하다. 장티푸스는 예상했던 어려움 중 하나에 불과했다. 선교는 아직 시작도 안 했다. 그러니 포기란 있을 수 없다. 다행히 나는 많은 분들의 간호와 기도로 병을 이겨내고 점차 회복했다.


퇴원하고 며칠이 지날 무렵이었다. 교회 청년이 황급히 현관문을 두드리며 나를 부른다.
"선생님 큰일 났어요! 희응이가 교회에서 쓰러졌어요."
"뭐라고! 왜?"
희응이는 평상시에도 자주 두통을 호소했었다. 어린 시절 교통사고 후유증으로 한쪽 귀에 난청이 심했고, 조금만 무리하면 어지럼과 두통이 있다는 말이 떠올랐다. 나를 간호하기 위해 병원을 오가며 무리한 탓이라 생각하니, 미안한 마음에 급히 교회로 달려갔

다. 청년들에 둘러싸여 있는 희응이는 점차 의식을 회복하고 있었
다. 놀란 나를 발견하고 애써 미소 지으며 힘없이 말한다.

"선생님 죄송해요……."

그 와중에도 자신보다 나를 더 걱정하는 희응이를 보며, 난 그때
결심했다.

'하나님! 제가 1년 후 돌아갈 때, 희응이도 함께 가서 치료받도록
해 주세요.'

지금 돌이켜 보면, 전혀 현실 감각이 없는 기도였지만 순수하고
도 진심 어린 기도였다. 많이 아파본 사람으로서, 그녀의 연약함과
나 때문에 더 약해진 희응이를 간과할 수 없었다.


이렇게 혹독한 향수병을 앓았다. 몸이 타버릴 정도의 장티푸스
로 말이다.

이 병의 여파는 대단했다. 소화기가 정상화되기까지 식사를 제
대로 하지 못해 체중이 상당히 빠졌다. 청년들이 보기에는 생사를
오간 내가 가엽고 연약해 보였나 보다. 게다가 희응이까지 약해졌
으니…. 나와 희응이의 건강을 예전보다 많이 배려하며 모든 일에
더욱 친절하게 도와주었다. 오히려 생일파티 때보다 청년들과 더
가까워지는 계기가 됐다. 모든 환경을 협력하여 선을 이루시는 하
나님의 지혜가 놀라웠다.

무엇보다 개인적으로 겪은 가장 큰 변화는 캄보디아의 혹독한
더위를 잃어버린 점이다. 당연히 에어컨은 불필요했다. 간간이 선

풍기를 켜는 것으로 충분했다. 이렇게 이 병은 끝이 아니라 시작이었다. 장기전이 시작된 것이다.

21년 동안, 장티푸스 바이러스 감염으로 인한 열병을 수없이 앓았다. 나중에는 병에 전문가가 될 정도였다. 증상이 초기에 발견되면 바로 치료해 가면서 대처했다. 환경에 적응하는 자신이 놀랄 뿐이었다. 그럼에도 불구하고 심각해지는 경우에는 어쩔 수 없이 병원 신세를 져야 했다. 처음 발병 시 치료가 제대로 되지 않아 바이러스가 몸에 남았는지, 아니면 면역력이 약해 매번 바이러스에 감염된 것인지 알 수는 없다. 캄보디아와 우리나라, 장소 상관없이 과로하면 병이 재발 됐다. 캄보디아 한인 병원에서 검사할 때마다, 매번 균 수치가 올라 있어 의사 선생님도 의아해했다.

체온을 항상 따뜻하게 조절하지 않으면, 가벼운 오한이 감기로 이어지고, 심해지면 열병으로 발전했다. 그렇다 보니, 오토바이를 탈 때면 긴바지와 긴 소매 상의, 목도리, 마스크는 항상 기본이었다. 몸으로 스며드는 바람을 철저히 막았다. 이로 인해 많은 오해도 받았다. 마치, 외모 유지를 위해 자외선을 철저히 차단하는 여성으로 말이다. 또한 우리나라 겨울은 고역이었고, 달리기나 등산 같은 야외 운동은 꿈도 꿀 수 없을 정도로 체력이 약해졌다.

그러나
이 열병은 나에게 축복이었다.

병이 문을 두드릴 때마다,

천국에 대한 향수는 짙어져 삶의 원동력이 되었다.

오한이 찾아올 때마다,

혹독한 더위가 오히려 따뜻한 햇볕으로 느껴져 힘을 얻었다.

고통이 찾아올 때마다,

확실한 소망을 붙들며 이 땅의 욕심을 과감히 버렸다.

청년들보다 앞서가 동행하지 못하는 교만이 찾아올 때마다,

기다림을 통해 동행하는 인격을 만들어냈다.

열병은 21년간,

사명을 이루게 하는 진정한 스승으로서 나를 키웠다.


너희가 알거니와 내가 처음에
육체의 연약함을 통해
너희에게 복음을 선포하였노라

갈라디아서 4:13

# 새 옷 입고 소풍 가는 아이들

내게는 조카가 일곱 명이나 있다. 언니 오빠들이 결혼해서 한 명 한 명 조카들이 태어날 때마다 매우 신기했다. 난 연약한 아기를 돌보다가 혹시라도 잘못될까 봐, 그저 옆에서 늘 지켜보는 것이 전부였다. 좀 더 솔직하게 말하면, 형제들이 아기를 돌보는 모습은 마치 전쟁터와 같았다. 그 대열에 끼고 싶지 않을 때가 더 많았다. 그런데 이런 내게도 가끔 조카들을 돌보고 싶을 때가 있었다. 아기의 맑은 눈을 관찰하고 싶을 때였다.

새하얀 수정 위에 검은색 물감을 동그랗게 떨어뜨린 듯 움직이며 빛나는 보석을 보면, 경이롭다. 눈은 마음의 창이라고 했던가. 아기의 눈동자는 편견도 욕심도 속임수도 없다. 있는 그대로 나를 바라봐 준다. 그 맑은 눈을 보고 있으면, 내 안이 정화되는 듯하다. 마음에 평안이 밀려와 자신감이 샘솟는다.

조카들이 어느 정도 성장하면서, 명절이 되면 그들과 놀아 주는 것이 내 몫이었다. 그동안 아이들의 눈도 성장했다. 행복, 기쁨, 미소, 슬픔, 짜증… 이런 다양한 감정들이 그들의 눈에 고스란히 드러났다. 참 신기하고 재미있었다.

캄보디아 거리에서 만났던 방치된 아이들의 첫인상. 그들의 눈은 여전히 나에겐 충격으로 남아 있다. 장난기 어린, 해맑은 웃음을 띤 조카들의 눈빛과 달리, 그 아이들은 슬프고 무기력한 눈빛이었다. 그러나 그 눈빛에 숨겨진 해맑은 순수함이 나를 이곳으로 불렀다. 흑갈색 피부에 도드라지는 긴 속눈썹에 가려진 보석같이 빛나는 눈. 그 눈이 거의 감길 정도로, 그리고 앞니 빠진 하얀 이가 훤히 드러날 정도로 '까르르' 웃는 아이들의 원래 얼굴을 찾아주고 싶었다.

그래! 소풍을 가자. 행복한 시간을 만들어주자. 이렇게 결심하고 청년들을 불러 모았다.

"선생님! 아이들은 학교에서 단체로 소풍을 가 본 적이 없어요. 기껏해야 가족 소풍이 전부인데, 그것도 형편이 나은 집이나 가능해요."

"그래? 그러니까 이번에 우리가 데리고 가자! 상상만 해도 재미있지 않니?"

"네! 그런데 200명가량 되는 아이들을 어떻게 데리고 가요?"

"일단, 부모님들이 놀라지 않도록 안내문을 보내고, 허락한 아이들만 데리고 가면 괜찮을 거야. 내가 대형 버스를 대절하고, 레크리에이션과 음식까지 모두 후원할 테니, 너희는 함께 도와주면 돼!"

그렇게 우리는 의견을 모았다. 장소는 전쟁 전 번영하던 시절 지어진 낡은 수영장으로 정했다. 아이들이 많을수록, 한정된 공간이 오히려 통제가 더 쉬웠다.

소풍 전날, 우리는 함께 소풍 날 먹을 점심으로 샌드위치를 만들고 레크리에이션을 준비했다. 아이들보다 우리가 더 신이 나 있었다. 재미있는 성경 말씀, 찬양과 율동, 밀가루 사탕 먹기, 서로 풍선 안고 터트리기, 물총 게임, 물속 경주, 눈 가리고 인도하기 등 각자 맡은 것을 준비하며 온종일 아이들과 지낼 시간을 생각하니 신이 났다. 사실 청년들도 어린이들과 함께하는 이런 단체 소풍은 처음이었다.


드디어 소풍날!

내 어린 시절 소풍은, 전날 잠을 설칠 정도로 설레었다. 준비한 과자와 음료수를 몇 번이나 가방에서 꺼냈다 넣기를 반복하면서, 놀기에 편하고 예쁜 옷을 고르느라 바빴다. 그러면 여지없이 소풍 당일 늦잠을 잤다. 엄마가 분주히 만드는 김밥 냄새에 간신히 잠에서 깼다. 잠이 덜 깬 채로 학교에 도착하면 친구들의 들뜬 목소리가 교실에 가득해 시끌벅적했다. 순간, '아, 오늘은 소풍날이다! 신난다!'라고 생각했을 때, 비로소 완전히 잠에서 깼던 추억이 있다.


아이들이 교회로 하나둘씩 모여든다. 그런데 아이들의 모습이 내가 상상했던 것과 사뭇 달랐다. 평상시 교회 올 때보다 더 깨끗하고 점잖게 차려입은 아이들. 어떤 여자아이는 예쁘게 단장한 머리와 꽃무늬 원피스에 구두, 앙증맞은 가방까지 한껏 치장하고 왔다. 아이들의 표정도 설렘을 넘어 상기되어 있다.

'아, 이 아이들은 뛰어놀며 즐기는 소풍의 의미를 모르는구나.'

가족들과 나들이 가서 길거리 사진기사에게 사진을 찍고 준비해 온 도시락을 먹든지, 식당가서 밥 먹고 오는 것이 전부인 소풍만 생각한 것이다. 내 어린 시절의 소풍과는 너무 다른 풍경을 보며, 기쁨보다 안타까움이 더 크게 다가왔다.

'얘들아! 오늘 소풍이 무엇인지 내가 제대로 경험하게 해줄게. 너희들이 입고 온 깨끗한 옷은 미안하지만, 소풍 가는 복장으로는 어울리지 않아! 가 보면 알게 될 거야.'라고 속으로 중얼거리며 안쓰러운 미소를 지었다.


수영장에 도착하여 말씀, 율동, 찬양으로 시작해 점점 활동적인 레크리에이션 시간으로 이어 갔다. 청년들과 어린이들은 누가 청년이고 어린이인지 분간하기 어려울 정도로 혼연일체가 되어, 모든 프로그램에 재미있게 동참했다. 그 모습을 카메라에 담느라 난 연신 돌아다니기에 바빴다. 가장 기대했던 수영 시간! 아이들은 준비해 온 수영복이 아닌 여분의 다른 옷으로 갈아입었다. 나는 재미있는 동작으로 예비운동을 지도하며 분위기를 한층 고조시켰다. 그리고 모두에게 외쳤다.


"얘들아! 이제 물장구 타임이야! 모두 물속으로 풍덩!"

200명 정도의 아이들이 여기저기서 "와!" 소리를 지르며 동시에 물속으로 들어갔다. 모두 서로 경쟁이라도 하듯, 연신 팔다리를 움직이며 소리를 지른다. 물장구 소리와 웃음소리가 마치 어느 유명한 교향악단이 연주하는, 내가 만든 웅장한 '행복으로의 행진곡'을 듣는 것 같다. "까르르 까르르 하하하" 물장구 사이로 비치는 해맑은 아이들의 눈과 행복감에 젖어 환하게 드러난 하얀 이가 햇볕에 반사된다. 아이들의 웃음소리와 함께 하얀 물보라가 공중으로 솟아올랐다가, 다시 소리 내 웃는 아이들의 얼굴에 떨어지며 기쁨의 빛을 흩뿌린다.

행복했다.

'그래! 내가 그토록 상상했던 주는 삶을 지금 살고 있어.'

기뻐하는 아이들의 모습에 감동되어 눈물을 흘렸다. 오늘 평생 잊지 못할 아름다운 추억과 행복한 얼굴을 선사했다. 병에 걸려 모든 것을 포기하려고 했었다. 그 어려웠던 순간을 이겨내어 지금 아이들과 함께하고 있다. 내가 주최한 첫 번째 사역, 꿈을 향해 내디딘 첫발의 현장에 있으니 난 이미 꿈을 다 이룬 듯하여 여한이 없었다.

평안하며 행복했다.

"하나님! 제가 뭐라고 부족한 저를 사용하셔서, 무미건조했던 제 인생에 이런 값진 선물을 주십니까. 아이들을 사랑하시는 하나님! 귀한 사역에 동참할 수 있어 감사합니다.

주님은 진정 사랑이십니다."


예수께서 그 어린 아이들을 불러
가까이 하시고 이르시되
어린 아이들이 내게 오는 것을
용납하고 금하지 말라
하나님의 나라가 이런 자의 것이니라

누가복음 18:16

# 바퀴벌레의 승격

"희응! 어젯밤 이상한 소리 안 들렸어?" 아침 식사 후 식탁 위를 닦는 희응이에게 물었다. 밤에 어디선가 "찍찍찍"소리가 며칠째 들려서다.

"아! 어디서 쥐가 들어왔는지, 제 옷장 아래에서 계속 우는 소리가 나더라고요."

늘 있는 일이라 아무렇지도 않은 듯, 너무도 태연하게 대답한다.

"뭐, 쥐? 어떡해? 잡아야지!"

나는 놀라, 말이 끝나기도 전에 식탁 위로 올라갔다. 희응이의 옷장이 식탁 바로 옆에 있었기 때문이다. 희응이는 이런 내 모습이 너무도 웃겼는지 깔깔거린다. 그런 희응이에게 난 "빨리빨리"를 외치며 잡으라고 다그쳤다. 희응이는 빗자루를 들고 자신의 옷장 주변을 들쑤셨다. 그 순간 "찌-익" 소리를 내며 생쥐 한 마리가 튀어나왔다. 희응이는 놓칠세라 잽싸게, 능숙한 솜씨로 생쥐를 잡았다. 그 모습을 관망하던 나는 "꺄아악! 꺄아악!" 연신 비명을 질러대며 식탁 위에서 안절부절 어찌할 바를 몰랐다.

희응이는 자신이 태어나서 지금까지 애도 아닌 어른이, 쥐를 그렇게 무서워하는 모습은 처음 봤다며 연신 웃었다. 그리고 이 사실을 교회 청년들에게 무심코 말해 금세 소문이 났다. 밤에 쥐에게 코를 물렸네, 귀를 물렸네, 옆에서 하도 울어 잠을 설쳤네… 청년들은 한동안 쥐와 관련된 자신들의 경험을 앞다투어 늘어놓으며, 나를 보면 신기한 듯 웃어 댔다. 이곳은 쥐를 싫어할 수는 있지만, 무서워하는 사람은 거의 없기 때문이다. '아니! 쥐를 무서워하는 게 이렇게까지 놀림거리인가?'라고 생각하며, 나도 그들의 사고가 신기했다. 그러나 이렇게 서로에게 신기한 사건 사고는 시작에 불과했다.

캄보디아는 우리나라와 달리 9월 학기제다. 방학은 1년에 한 번 7월, 8월 두 달이다. 때마침, 방학을 맞아 선교사님들과 연합하여 프놈펜 수도에서 약 4시간 정도 떨어진 시하누크빌에서 '청소년 방학 캠프'가 열렸다. 내가 돕는 L 선교사님의 세 교회도 내 인솔하에 참석했다.

이곳은 우리나라의 부산처럼 바다가 아름답기로 유명한 해안 도시다. 첫날, 정신없던 오전 프로그램이 끝나고 점심시간이 되었다. 가족이나 동역자가 있는 선교사님들은 따로 식사했다. 그러나 나는 청년들과 함께 캠프장 한편에 마련된 식사 대기 줄에 합류했다. 인근 식당에서 섭외한 출장 요리사 같은 아주머니가 음식을 일회용 대접에 담아 분주히 청년들에게 나누어 주고 있었다.

'놈반적 카레'는 말린 붉은 파프리카 가루를 카레에 섞어 노란

카레색에 은은한 붉은빛이 감돈다. 코코넛 밀크와 어우러지면 붉은빛이 황금빛으로 물든다. 그 국물에 각종 채소와 닭고기를 넣고 달짝지근하게 끓여낸 캄보디아의 전통 국민 음식이다. 우리나라 카레와는 그 색과 맛이 확연히 다르다. 내 기억에 꽤 맛있었던 터라 카레를 보니 마냥 반가웠다. '아! 배고파.' 대기하던 줄이 점점 짧아지면서 코코넛 향이 아침부터 분주히 움직이느라 허기진 내 위장을 더 요동치게 했다. 사실 이 나라의 위생 상태를 잘 알고 있어 걱정은 됐지만, 선교사님들이 알아서 충분히 당부했을 것이고, 끓인 음식이라 별일 없을 것으로 생각했다. 드디어 몇 명 후면 내가 받을 차례다. 내 눈은 어느덧, 학생들의 그릇을 분주히 오가는 아주머니의 국자에 가 있다. 곧 먹게 될 음식을 이미 눈으로 즐기면서.

그 순간, '아! 지금 내가 뭘 본 거지?' 내 눈은 아주머니의 국자와 함께 포물선을 그리며 학생들의 그릇이 아닌 바닥으로 내동댕이치는 어떤 물체와 함께 떨어졌다. 너무 놀라 입을 틀어막았다. 반사적으로 나올 비명을 안에서 힘겹게 삭이기 위해서였다. 얼마 전 생쥐 사건으로 놀림의 대상이 되었던 경험을 상기하며 속으로 외쳤다.

'바퀴벌레다!'

분명 음식에서 나왔다. 시력 좋은 내가 잘못 봤을 리가 없다. 짙은 검은색의 성인 엄지손가락만 한, 이미 사망한, 나이 많은 바퀴벌레였다. 더 놀라웠던 것은 그 모습을 나만 본 것이 아니었음에도 너무 평화롭게 음식을 받는다. 마치 음식에 하루살이가 잠시 앉았던 것을 치우기라도 하듯!

정신을 차리니, 언제 음식을 받아들었는지 모른 채, 우리 처소로 와서 학생들과 식사하기 위해 둘러앉아 있다. 머릿속에는 '바퀴벌레'를 연신 외치면서. 왕따의 서러움이 이렇게 대단한 힘을 발휘하게 될 줄이야! 선교사로서 놀림의 대상이 되면 권위를 잃는다고 생각했다. 그때, "선생님! 식사 기도해 주세요."라고 한 학생이 멀뚱히 서 있는 나를 보며 재촉했다.

"어… 어?"

나는 정신을 가다듬고 그리스도인이 된 이후, 처음으로 제대로, 가식 없는 간절한 식사 기도를 했다.

"우리가 먹는 이 음식을 깨끗하게 해 주시고, 우리의 건강을 지켜주셔서……. "

감보디아는 6월쯤 우기가 시작된다. 몇 시간 동안 갑자기 쏟아진 스콜성 폭우는 여지없이 배수 시설이 열악한 도로 이곳저곳을 침수하게 만든다. 거리의 하수구는 역류하게 되는데, 바퀴벌레들이 익사 당하지 않으려고 올라온다. 집 안의 하수구가 심하게 역류라도 하면 그야말로 진풍경이 펼쳐진다. 모든 집이 그런 것은 아니지만, 내 경험은 그랬다.

비가 그치고 하수구 옆, 가로 5m에 세로 1.5m 되는 벽으로 바퀴벌레들이 살기 위해 올라온다. 벽 맨 위에는 가장 크고 검은 바퀴벌레들이 가로로 일렬로 붙어 있다. 분명 하수구 생활 짬밥이 굵은 연장자가 틀림없다. 바퀴벌레 세계에도 경로 우대가 있는 모양이다.

그 아래로 내려갈수록 크기와 색은 점점 옅어진다. 크기가 다른 것끼리 붙어 있는 경우도 있어, 마치 가족들이 모여 있는 듯하다. 대부분은 맨 위쪽 엄지손가락만 한 것에서, 맨 아래 옅은 갈색에 가로줄 무늬가 있는 새끼손가락 손톱만 한 바퀴벌레들이 벽 중간까지 세로로 나열되어 있다. 그렇게 무리 지어진 바퀴벌레 수재민이 백 마리가 훌쩍 넘는다.

"꺄악! 이걸 어떻게 치워야 하지?"

진풍경을 함께 보고 있던 학생에게 징그럽고 혐오스러워 어쩔 줄 몰라 하며 물었다.

"아! 그거요. 그냥 놔두면 알아서 다시 하수구로 들어가요."

"안 돼! 약을 뿌려 없애야지. 병균이 얼마나 많은데, 집으로 들어오면 어떡해?"

"선생님! 약을 뿌리면 빨리 도망쳐야 해요. 그렇지 않으면 어떤 것은 살겠다고 날아올라 선생님 몸에 붙을걸요? 쥐처럼 사람을 물거나 해를 주지 않아요.. 괜찮아요."

한참 세월이 흐른 후, 바퀴벌레로 더는 내 심장이 놀라지 않을 만큼 강해졌을 때, 약을 뿌릴 용기를 얻었다. 그 대신 약을 뿌리고 잽싸게 집으로 피하는 속도도 벌레가 많을수록 경신해야 했다.


어느 날 한 작은 카페에 앉아, 우리나라 커피보다 2배는 달고 진한 아이스 연유 커피를 마시며 생각에 잠겼다.

'왜 이렇게 청결의 개념이 없을까?'

어느 집에 가정 방문을 하더라도 정리 정돈이 되어 있지 않다. 너저분하게 대충 해 놓고 산다. 바깥 쓰레기는 제때 처리되지 않아 어디를 가나 파리, 모기, 구더기 천지다. 시설 화장실도 오물투성이다. 한낮에도 남자들의 길거리 노상 방뇨는 일상이다. 식사 전 손을 씻지 않는 것은 물론이고, 자신의 몸도 잘 씻지 않는 사람들도 많다. 그러니 이 더위에 쥐와 바퀴벌레, 해충과 바이러스가 들끓는다. 나름 원인을 분석해 보며, 앞으로 이들을 위해 어떻게 기도하며 지도할지 고민했다.

전쟁을 겪고 모든 희망을 잃은 사람들에게 찾아오는 무기력은 게으름으로 이어졌을 것이다. 게다가 제대로 이끌어줄 지도자도 폴포트 공산 정권 당시 거의 숙청되었으니. 이들 잘못이 아니다. 단지 이제부터 본을 보이고 이끌어줄 지도자가 필요할 뿐이다. 그 게으름의 고리를 끊어주고 싶었다. 고민을 하던 중 문득 '청소'가 떠올랐다.

'성공하려면 잠을 자고 난 자리부터 정리하라.'는 말이 한때 자기 계발의 일환으로 큰 공감을 일으켰다. 작은 성공이 쌓여 큰 성취를 이룬다는 뜻이다. 주변이 정리되어 있지 않으면, 우리 뇌는 스트레스로 인지한다. 뇌를 피로하게 만들고 휴식을 방해해 결국 긍정적인 사고를 저해한다. 반대로 청소는, 성취감을 키워 어떤 일이든 해낼 수 있다는 자신감을 갖게 하는 계기가 된다. 자신이 게을러지고 싶은 강한 충동을 통제하며, 작은 일들을 성취해 나갈 때 생기는 스스로에 대한 믿음이다…….

이러한 지식은 나중에야 배웠고, 당시엔 알지 못했다. 하지만 기도 후 강하게 든 생각은, 이들을 변화시키려면 청소부터 가르쳐야 함을 직감했다.


'그래! 청소다. 청소부터 가르치자!'

해답을 찾은 것 같은 안도감에, 마시던 커피를 빨대로 얼음이 드러날 정도로 시원하게 들이켰다. 그러자 아직 녹지 않은 얼음에 커피 알갱이가 달라붙어 있는 것이 보였다. 거의 다 마셨지만 한 번 더 시원하게 마셔보려 연신 저었다. 그런데도 커피 알갱이 한 알이 유독 잘 녹지 않아, 알갱이를 유심히 보았다.

헉! 그건 녹지 않은 커피 알갱이가 아니라 새끼바퀴벌레였다…!

그때 깨달았다. 이곳 바퀴벌레들은 우리나라와 달리 모든 면에서 '승격'되어 있었다. 덩달아 내 위장의 비위도 승격되어 갔다.


게으른 자는 마음으로 원하여도 얻지 못하나
부지런한 자의 마음은 풍족함을 얻느니라


잠언 13:4

# 화장실이 없다!

이곳은 우기와 건기로 나뉜다. 항상 더운 날씨이며, 계절에 따라 해가 뜨고 지는 시간이 우리나라와 달리 일정하다. 아침 해는 우리나라의 여름같이 일찍 뜨고, 저녁 해는 겨울같이 일찍 진다. 그래서 모든 일상이 일찍 시작되고 일찍 마무리된다.

새벽 5시 즈음, "부르릉부르릉" 서서히 거리를 오가는 오토바이 소리에 눈을 뜬다. 7시에 시작되는 오전반 등교 준비로 아침 6시부터 바쁜 학생들과 8시까지 출근하는 직장인들로, 거리는 인산인해다. 소수의 차량과 수많은 오토바이, 인도를 점령한 자전거와 시클로(*자전거를 개조한 교통수단)는 내 걸음 속도와 별반 차이가 없다. 이런 거리의 모습도 주일은 한산한데, 차도 오토바이도 그 느린 자전거도 맘껏 달릴 수 있다.

'F Bible Baptist Church' L 선교사님이 시무하는 교회다. 수도 프놈펜 방낑깡에 위치한 교회는 아침 7시, 어린이 주일학교를 시작으로 오전에 모든 예배가 끝난다. 그리고 수도 프놈펜 근교 당까오 지역과 짬짜으 지역은 오후 2시에 예배가 시작된다. 담당 사역자들이 맡아 사역하고 있으나, L 선교사님이 격주로 방문하여 예배를 인도하며 관리하셨다. 나는 협력선교사로서 세 교회의 주일 학교 사역을 사모님과 함께했다. 지금은 L 선교사님 내외분의 부재로, 주일 어린이 말씀 사역과 청년 사역자 관리를 맡게 되었다. 매 주일 선교사님 차로 30분 정도 걸렸던 이 지역들을 이젠 오토바이로 가야 했다. 캄보디아는 우리나라의 거리 개념과는 차이가 있다. 도보로 10분 내에는 아주 가깝고, 자전거로 10분 거리는 보통이고, 오토바이로 30분 이상이면 먼 거리였다. 그러나 아직 오토바이에 익숙하지 않았던 나에겐 10분도 아주 먼 거리였다.

"선생님! 오늘부터 당까오와 짬짜으 교회에 갈 때, L 선교사님 오토바이를 타셔야 해요. 희응 자매 오토바이는 너무 작아 장거리는 위험해서 안 돼요."

오전 예배를 마치고 집으로 향하는 나에게, 당까오에 함께 갈 형제가 당부의 말을 건넸다. 사실 현지인들은 충분히 타고 갈 수 있지만, 아직 오토바이 타는 것을 무서워하는 나를 배려한 말이었다. 작은 오토바이 한 대에 운전석 앞에 유아, 뒤로 3명, 총 5명이 타고 가는 것을 본 적이 있다. 세계 어떤 유명한 곡예단도 흉내 낼 수 없는 묘기를 선보이며 달리는 모습을 보고, 나는 적잖은 충격을 받았었다. 도로는 포장되지 않아 심하게 울퉁불퉁했고, 도로 간간이 진흙뻘 부분이 움푹 패어 평지가 상대적으로 언덕이 되어 버린 곳도 많았다. 그래서 우기에 폭우가 내린 뒤엔, 여기저기 생기는 작은 물웅덩이는 마치 보이는 지뢰밭 같았다. 그 지뢰밭을 피해 한 명도 떨어지지 않고 오토바이와 한 몸이 되었다. 이러한 진풍경은, 망망한 바다의 제멋대로 일렁이는 파도를 보는 듯하여 어지러웠다.

희웅이와 나는 점심 식사를 마치고, 어린이 성경 말씀을 전하는데 사용할 시청각 자료와 레크리에이션 소품을 배낭에 넣었다. 당시에는 오토바이 안전모 사용이 일상적이지 않아, 야구모자에 마스크와 선글라스로 단단히 무장하고 교회로 향했다. 도착하니 함께 갈 형제들이 교회 앞에서 우리를 반겨 주었다.

"선생님! 단단히 잡으세요."

오토바이 좌석은 운전석과 보조석이 분리되어 있었다. 난 보조석에 최대한 안전하게 당겨 앉고, 의자의 양옆 밑을 있는 힘껏 잡았다. 날씨는 방금 폭우가 내린 덕분에 시원한 바람이 한낮의 더위를 식혔다.

드디어 출발! 도로는 평일에 붐비는 모습과는 달리 매우 한산했다. 급정지, 급커브를 반복하며 굴곡진 거리를 달렸다. 아이들이 제법 큰 물웅덩이에서 즐겁게 물놀이에 여념 없는 모습이 눈에 스쳤다. 그러나 나는 오직 몸이 튕겨 나가지 않도록 양팔에 힘을 주고 버티느라 그 장면을 낭만적으로 느낄 여유가 없었다. 오토바이가 심하게 비틀거릴 때마다 두려움 섞인 비명을 내 심장 박동 소리와 함께 엇박자로 질러댔다. 간신히 교회로 향하는 골목 입구에 도착했다. 그런데… 우리를 기다리고 있는 것은, 오토바이가 통과할 수 없는 깊이의 각종 오물이 섞인 물웅덩이였다.

모든 일정을 마치고 집에 오니, 달릴 때 연신 들썩이던 몸을 안정시키려 팔과 다리에 얼마나 힘을 주었던지, 제대로 걸을 수도 없었다. 게다가 심장이 얼마나 놀랐는지, 아직도 쿵쾅거리며 뛰고 식은땀이 계속 났다. 그래도 큰 미션을 무사히 마친 것에 감사했다.


1주일이 지나 다시 주일이 되었다. 오늘 오후에는 짬짜으 교회에 간다. 마음을 준비하고 오토바이에 올라탔다. 한번 경험했다고 이젠 울퉁불퉁한 길도 리듬을 타기 시작했다.

짬짜으 교회는 아직 교회 건물이 없어 한 형제의 작은 집에서 예배를 드렸다. 그곳은 아이들을 위한 시간과 공간도 부족했다. 그러나 골목 여기저기 방치된 아이들을 보니 안타까운 마음이 들었다. 잠시라도 아이들과 함께하고 싶어, 예배 전 청년들과 함께 동네 아이들을 전도해 불러 모았다. 신기해하며 호기심으로 쫓아오는 어린이들이 30명이 넘었다. 아이들을 큰 나무 밑 그늘에 앉히고 재미있는 성경 말씀과 레크리에이션을 진행했다. 그런데 그 순간, 강한 천둥 번개를 시작으로 굵은 빗방울이 뚝뚝 떨어졌다. 그러자 아이들이 우왕좌왕하기 시작했다.

"어떡해, 비 피할 곳이 없을까?"

"선생님! 저쪽에 마을 공동 외양간이 있는데 가실래요?"

"외양간? 그래, 거기라도 가자!"

도착한 외양간은 다행히 소는 없었고 평상 하나만 놓여 있었다. 작은 아이 순으로 그곳에 앉히고, 큰 아이들은 여기저기 널려 있는 소똥을 피해 서게 했다. 외양간 주위도 소똥 천지였다. 빗물에 젖어 피어오르는 짙은 소똥 냄새로 둘러싸였지만, 구원받은 아이들이 있어 정말 감사하고 행복한 시간이었다. 세찬 빗소리에 눌리지 않으려고 목이 아플 정도로 목청을 높여 말씀을 전했지만, 가슴이 탁 트일 정도로 상쾌하고 기뻤다.

시골의 개구쟁이 아이들은 한낮의 더위를 식히는 폭우를 기다린다. 여기저기 물웅덩이는 그들만의 작은 세상이 된다. 마치 추운 겨울, 아름다운 눈 속에서 자신들만의 세상을 즐기듯이, 마지막으로 간식 타임이 끝나자마자 집으로 뛰어가는 여자아이들. 비를 맞으며 작은 웅덩이에서 진흙 범벅이 되어 물장구를 치는 개구쟁이 남자아이들. 그 모습을 지켜보며 비 그치기를 기다리는 우리. 내 몸에 이미 배어버린 지독한 소똥 냄새와 함께한 외양간에서의 이 특별한 경험은, 우리나라에서는 한 번도 경험해보지 못한 평안이었다!

'이런 문화적 충격은 언제나 환영이야!'


캄보디아는 휴일이 많다. 4월은 더위가 가장 심해 농사를 쉴 수밖에 없었고, 그 시기가 자연스레 가장 큰 명절인 설이 되었다. 설 전후로 축제 분위기는 거의 한 달이나 계속된다. 게다가 왕권 국가라 왕과 왕비 생일을 비롯해 왕실 기념일도 많다.

"얘들아! 이번 휴일에 우리 지방으로 전도 가자! 거리에 방치된 아이들에게 복음도 전하고 게임도 함께하고."

"와! 재밌겠네요."

모든 경비는 선교사인 내가 부담하고, 교회 한 청년이 사는 시골로 전도하러 왔다. 우리는 형제의 집에 짐을 풀고, 동네 어린이들과 주민들에게 전도하기 시작했다. 외국인을 처음 보는 주민들이 신기해하며 모여들었다. 그들에게 복음도 전하고 어린이들과 재미있는 시간도 가졌다. 그들과 더 친해지려고, 나는 그들의 가축인 흰 소와 버팔로를 타며 즐거운 시간을 보냈다. 정말 그때까지는 우리의 전도 여행은 완벽했다.

"희응! 나 화장실에 가야 하는데, 주인에게 어디에 있는지 여쭈어 줄래?"

집으로 돌아가는 길에는 화장실이 없기에 미리 다녀와야 했다. 그런데 주인에게 물으러 갔던 희응이가 되돌아오며 난감한 표정으로 이렇게 말했다.

"선생님! 여기는 화장실이 없대요."

"뭐라고? 왜 없어! 그럼 어떡해?"

"바깥 아무 데나⋯."

희응이와 내가 잠시 멍해 있는 동안, 주인 아주머니가 뭔가 들고 나온다. 내 어릴 적, 엄마들이 아이를 업을 때 사용했던 큰 포대기와 비슷한 모양의 얇은 천이다. 다용도로 사용하는 캄보디아 전통 여성 의상이다.

"저보고 이 치마로 선생님 가려 주래요."

"뭐라고?⋯."

그때 내가 교회 형제들에게 했던 잔소리가 떠올랐다.

"노상 방뇨가 어쩌고저쩌고…." 이제야 이들이 왜 노상 방뇨가 일상이 되었는지 알 수 있었다. 그런 상념에 잠시 빠져 있는 순간,

"선생님! 뭐하세요! 빨리 따라오세요!"

치마를 야무지게 챙기며 비장하게 나를 앞질러 걸어가며 희응이가 말했다. 나는 머릿속으로 이 난관을 어떻게 헤쳐나가야 할지, 생리적 현상의 불편함도 잊을 만큼 고민이 됐다.

'아무리 문화적 다름을 인정하고 받아들인다 해도 이건 아니지! 이걸 어떻게 적응해! 이건 반드시, 반드시 개선되어야 해!'라고 근본적인 해결점을 애써 생각하며, 이 멋쩍은 상황을 벗어나려 했다. 그런데 앞서가는 희응이의 뒷모습을 바라보던 순간, 그날따라 희응이가 평상시와 다르게 보였던 것은 착시 현상이었을까? '키 150cm에 짧은 팔다리!' 평상시에도 크다고 느끼지는 않았었다. 하지만 그 순간, 생리적 고통의 주기가 짧아지는 것과 비례하여 나를 가려 줄 희응이의 팔다리도 점점 더 짧게 느껴져 내 갈등은 심해져 갔다.

여백 글…

어느 날, 오토바이를 운전했던 청년이 우리집을 방문했다.

"선생님! 문제가 생겼어요."

"왜, 뭔데?"

“오토바이 수리 좀 하게요.”

“왜? 어디가 고장 났어?”

“어… 그게요, 선생님이 타셨던 오토바이 보조석이 내려앉아서요. 아무래도 조금 무거웠던 것 같아요. 다른 자매들은 이런 일이 없었는데….”

청년은 애써 웃음을 참으며 말했다. 어이없어서 입을 다물고 형제에게 눈을 흘겼지만, 내가 현지 여성보다 키도 크고 뼈 마름 체격은 아니니깐 뭐….

‘오토바이 수리비를 아끼려면 다이어트를 시작해야겠군.’

약한 자들에게 내가 약한 자와 같이 된 것은
약한 자들을 얻고자 함이요
내가 여러 사람에게 여러 모습이 된 것은
아무쪼록 몇 사람이라도 구원하고자 함이니

고린도전서 9:22

# 한밤중에 찾아온 청년

밤 10시 즈음, 나와 희응이는 잠자리에 들려던 참이었다. 그런데 문 쪽에서 작고 조심스럽게, 다급한 소리가 들려왔다.

"희응! 희응!"

캄보디아는 저녁 8시면 대부분 상점이 문을 닫아 거리는 한산하다. 칠흑같이 어두운 거리는 띄엄띄엄 외롭게 서 있는 몇 개의 가로등만이 힘겹게 거리를 비출 뿐이다. 10시면 한밤중이고, 그 흔한 취객도 없다.

황급히 누구인지 알아보려고 나갔던 희응이가 확인 후 다시 들어오며 말했다.

"선생님! H 형제가 선생님을 만나고 싶대요."

"왜? 이렇게 늦은 시간에?"

사실 청년들과 친해진 후부터는 시간 날 때마다 수시로 우리집을 방문했다. 우리나라처럼 가정 내 전화가 있거나 핸드폰이 누구에게나 보급된 사회가 아니었지만, 이 나라 문화도 한몫했다. 점심시간에 와서 냉장고 문을 열고 이것저것 맛있겠다고 너스레를 떨며 식사까지 하는 넉살 좋은 학생. 지나가다가 내가 잘 있는지 궁금해서 온 학생. 때론 외국인이 산다는 소문을 듣고 나를 보기 위

해 방문했다는 여학생 등. 그러나 이렇게 늦은 밤에 찾아오는 경우
는 처음이었다.

"그래 무슨 일로 왔대?"

별일 아니면 돌려보내려 희응이에게 물었다.

"모르겠어요. 선생님을 지금 꼭 만나서 말씀드릴 게 있대요."

나는 하는 수 없이 주섬주섬 옷을 갈아입고 희응이와 함께 현관
문을 열었다. H 형제는 이미 나선형 계단을 내려가 주인집 앞에 있
는 벤치에 앉아 있었다. 멀리 있는 가로등이 형제의 실루엣만 희미
하게 비출 뿐이었다.


H 형제는 열여섯 살, 고등학생이다. 성경 말씀을 재미있게 전해
주일학교 시간에는 아이들의 웃음소리가 끊이지 않았다. 영어도 잘
해 통역으로 선교사님을 돕는 성실하고 활발한 성격의 형제였다.

"H 형제 무슨 일이야?"

"선생님… 선생님."

"그래, 무슨 일인데 이 밤중에 찾아온 거니?"

내 동공이 점점 어두움에 익숙해지자, 벤치에 앉아 있는 형제의
모습이 좀 더 뚜렷하게 보였다. 그때 눈에 들어온 한 가지, 형제 옆
에 의외의 것을 발견하고는 흠칫 놀랐다. 그건, 꽤나 큰 술병이었
다. 이미 술을 조금 마시고 온 것인지 아니면 마시려고 가져온 것
인지 묻지 않았지만, 술 냄새는 그다지 나지 않았다. 놀란 내 마음
을 알아차리기라도 한 듯, H 형제는 용기를 낸 듯한 표정을 지었다.

그리고 내 질문은 무시한 채, 자신의 마음을 결연하게 표현했다.

"저… 죽고 싶어요."

그 말이 끝나기도 전에, 옆에 있던 술병을 들었다가 내리치려 했다. H 형제의 갑작스러운 행동에 희응이와 나는 소스라치게 놀라, 말리며 형제를 안정시켰다. 그리고 위로하며 마음속의 울분이 무엇인지 말하도록 분위기를 조성해갔다. 그러자 어느 정도 안정을 찾더니 말을 이어갔다.

"선생님! 저 너무 괴로워요. 저 사실… 사실, J 형이랑……. 그동안 사… 사창가에 갔어요. 그것도 자주요. 저뿐만이 아니고 교회에 거주하는 형제들 모두 다요. 우리끼리 술도 자주 마셨고요. 그런데 이젠 너무 괴로워서……."

무방비 상태에서 훅 들어온 한 단어, '사창가'가 내 뇌리를 강하게 강타하자 나는 어지러울 지경이었다. '내가 예전에 봤던 그 끔찍한 곳을 갔다고? 그것도 청년 리더인 J 형제와?' 믿기 어려웠다! 아니, 믿을 수 없었다. 그것도 교회 청년들이…….


작년, 단체 선교여행에서 조조 선교사님의 안내로 우리 일행은 봉고차를 타고 사창가에 간 적이 있었다. 선교사님은 차 안에서, 우리에게 이 나라의 어두운 면을 보여주시며 기도가 시급하다는 것을 알리셨다. 그곳은 붉은 불빛이 어둡게 깔린 허름한 판자촌이었다. 그 열악한 환경 속에서 손님을 맞이하기 위해 기다리고 있던 어린 소녀들을, 나는 지금도 결코 잊을 수 없다. 12세부터 18세

미만의 어린 학생들이 매춘 여성의 3분의 1이나 된다. 인신매매로 온 경우, 가족에 의해 팔려 온 경우가 대부분이었다. 게다가 당국이 이 심각성에 깨어있지 않아 권력과 연결된 매춘업, 그 당시는 지금과 달리 아동 매춘도 성행했다. 가장 큰 문제는 매춘 여성의 절반 이상이 에이즈 감염 환자이며, 누구나 쉽게 매춘이 가능할 정도로 그 가격도 5달러 미만이었다. 한마디로 무법천지였다. 교회에서 수고한다고 L 선교사님이 준 사례금으로 그 위험한 곳에 우리 청년들이 간 것이었다.

"선생님! 선생님을 뵐 때마다 양심에 찔렸어요. 너무 괴로웠어요. 선생님은 아무것도 모르시고 우리를 말씀으로 격려하실 때마다 죽고 싶을 만큼 창피했어요. 사실 우리는 L 선교사님에게는 불만이 많아, 이런 우리의 행동이 그분에게는 미안한 마음도 없었거든요. 그런데 선생님은 몸도 아픈데 우리를 위해 애쓰시는 것을 볼 때, 제 마음이 너무 힘들었어요."

말끝을 흐리며 고개를 떨구는 형제를 보니, 나를 속였다는 배신감보단 측은한 마음이 들었다. 그동안 죄책감으로 얼마나 힘들고 괴로웠을까! 일단, 형제를 짓누르고 있던 마음의 짐이 어느 정도 해소될 때까지 다 들어주었다. 그리고 용기 내어 양심 고백을 한 것에 감사의 마음을 표현하고 집으로 돌려보냈다.

방으로 올라온 나는 충격으로 잠시 멍했던 정신을 바로잡았다. 그리고 현실을 직시했다. 패배가 예상된, 난전 중인 치열한 전투 현장에 와 있는 느낌이었다.

'아! 이곳은 영적 전쟁의 최전방이구나! 내가 정신을 바짝 차리지 않으면 하나님의 귀한 자녀들이 마귀의 유혹에 잠식당하겠어… 안 돼! 깨어 이들을 구해내자!'


날이 밝았다. 사실 확인을 위해 J 형제를 제외한 청년들을 불러 모았다. 거짓이길 바랐던 실낱같은 내 바람과는 달리, 어젯밤에 들었던 내용은 모두 사실이었다. 청년들은 부끄러워 모두 고개를 떨군 채 말이 없었다. 순간 이들이 정말 죄를 회개하고 예수님을 영접한 진짜 그리스도인인지 의문이 들었다. 두려워하는 이들을 진정시키고 질문했다.

"얘들아! 너희들 J 형제에게 평상시 어떤 말씀을 들었니?"

청년들이 하나둘씩 그동안의 일들을 말하기 시작했다.

"하나님 말씀보단 자신의 얘기와 농담을 주로 했어요. L 선교사님 불평도 많이 했고요. 때론 그 불평으로 하나가 되어 반항하며 몰래 술도 같이 많이 마셨거든요. 그리고 저희도 이해하기 어려웠지만, 때론 우리 기도가 소용없다고도 했어요. 기도가 교회 천장을 뚫고 하나님께 전달될 수 없대요. 그래서 우린 그럴 수도 있나 보다 생각했어요."

청년들의 말을 다 듣고 나니, 정신이 아찔했다. 어떻게 이렇게 엉망일 수 있는지! 그동안 L 선교사님이 전한 하나님의 말씀은 청년들을 보호하지 못했다. 하나님의 사랑을 느끼지 못했기 때문이다. 단지 현지인 리더의 엉터리 말씀만이 이들을 죄악으로 이끌고 있었다.

나는 처음으로, 청년들을 대상으로 강하고 단호하게 사랑과 용서가 담긴 하나님의 말씀인 생명의 복음을 바르게 전했다. 이런 내 모습이 조금은 낯선 듯 얼굴이 상기된 청년들도 몇 있었지만, 모두 자신의 죄를 회개하고 예수님을 마음에 영접하는 기도를 드렸다. 고개를 숙이고 떨리는 목소리로 용서를 구하는 그들의 기도는, 다시 희망을 품기에 충분했다. 왜냐하면, 이제 예수님을 마음에 영접한 구원받은 그리스도인이 되었기 때문이다.

그날을 기점으로 희응이를 포함하여 교회에 나오는 모든 청년들이 자신의 믿음을 점검하기 시작했다. 너무 놀라웠던 것은 대부분이 복음을 잘 모르거나 믿지 않았다. 교회를 일자리 제공과 무료교육의 혜택을 받으러 다니는 경우가 다반사였다. 감사하게도 한 명 한 명씩 올바른 말씀을 듣고 하나님의 자녀로 다시 태어나기 시작했다.

'그래, 이제부터라도 믿음의 동기를 바로잡고 새롭게 시작하자!'

교회를 수습하는 가운데 J 형제도 불러 상담했다.

"J 형제! 너의 모든 잘못이 드러났어. 어떻게 어린 학생들을 데리고 그런 일들을 할 수 있어?"

"……."

비웃는 눈으로 나를 쳐다볼 뿐 아무 말이 없었다. 후에 L 선교사님이 돌아와서 J 형제에게 회개할 것을 권고했지만, 오히려 하나님을 부인하고 교회를 떠났다.

세월이 흘러 독자적으로 사역을 시작했을 때, 우리나라에 방문할 때를 제외하고는 선교처를 현지인에게 맡기지 않았다. 내가 직접 거주하며 관리했다. 성교육부터 이성 교제, 결혼까지 틈만 나면 가르치고 또 가르쳤다.

그러던 어느 날, 한밤중에 한 청년이 찾아와 기도 부탁이 있다며 상담을 요청했다.

"형제, 무슨 일인데?"

"선생님, 선생님! 저… 아무래도… 에이즈에 걸린 것 같아요. 제 몸에 반점들이 생기고 있어요. 무서워요. 내일 병원에 가려는데 저를 위해 기도 좀 해주세요. 선생님을 속여서 죄송해요. 앞으로 다시 죄짓지 않고 살게요!"

다행히 형제는 단순한 피부병이었고 에이즈는 아니었다. 그러나 선교처는 나오지 않았다. 그 죄를 끊지 못해서였다.

지난 25년, 선교사의 삶은 치열한 전쟁터에서 죽음을 각오한 군인처럼 비장해야 했다. 전쟁은 지켜야 할 것이 있을 때 한다. 전쟁에서 무참히 부상당한 이들을 볼 때마다 늘 다짐했다. 아무리 열심히 지도해도, 완고하고 죄를 사랑하는 이들의 삶이 무너지는 것을 다 막지 못할 수도 있다. 그러나 최소한, 이 치열한 영적 전쟁터에서 내가 겁을 먹고 포기하거나 무관심으로 이들을 고아처럼 방치하지는 않겠다고!

　그 한밤중 나를 찾아온 가엾은 청년들을 생각하면, 그때 느꼈던 죄에 대한 분노와 이 전쟁을 반드시 승리로 이끌어야 한다는 비장한 각오가 되살아난다. 하나님께서 예수님의 피 값으로 날 사셔서 국적이 다름에도 나를 용병(傭兵)으로서 이곳에 파견하셨다. 그러니 나는 반드시 용병(勇兵)이 되어야만 한다. 반드시 …….


마귀의 간계를 능히 대적하기 위하여
하나님의 전신 갑주를 입으라
우리의 씨름은 혈과 육을 상대하는 것이 아니요
통치자들과 권세들과 이 어둠의 세상 주관자들과
하늘에 있는 악의 영들을 상대함이라

에베소서 6:11-12

# 반가운 손님

　프놈펜 국제공항을 10개월 만에 다시 왔다. 설을 맞아 우리나라에서 귀한 손님이 오는 날이다. 이번 방문은 내가 캄보디아 선교사역을 시작하면서부터 기획된 것이다. 몇 년 전 필리핀 선교찬양집회를 아름답게 진행했던 교회의 선교 찬양단이 담임목사님과 집사님들, 그리고 청소년을 포함한 선교 찬양단원들 10명과 함께 찬양 집회를 위해 방문한다. 선교 찬양단원인 나는 혼자 연습 중이었다. 오랜만에 단원들과 찬양할 생각에 벌써부터 설렜다. 곡은 대부분 영어로 부를 예정이나, 캄보디아어와 한국어로도 한 곡씩 부르기로 계획되어 있다. 반주는 믹싱하여 녹음해 오고, 대형 스피커를 비롯하여 모든 음향기기도 준비해 온다. 찬양의 불모지인 이곳에서 아름다운 찬양이 울려 퍼질 것을 상상만 해도 감동이 밀려왔다.

　그러나 반가웠던 이유가 단지 찬양 집회 때문만은 아니었다. 최근 내 주변에서 일어난 일들로 누군가의 도움이 절실히 필요했기에, 뜨거운 사막에서 오아시스를 만난 듯 반가운 손님이었다.


　캄보디아에 첫발을 디딘 나에게 1주일 만에 모든 관리를 맡기고 떠났던 L 선교사 가정이 6개월간 안식을 마치고 돌아왔다. 사모님은 둘째인, 뱃속 태아까지 데리고 돌아왔다. 주일 점심 식사에 초대된 나에게, 첫 예배에서 청년들과 협력하는 모습을 본 사모님이 말했다.

"에스더 선교사! 현지인들을 너무 믿지 마세요. 에스더 선교사를 좋아하는 건 외국인이고 젊고 예쁘니깐 그러는 거예요."

"맞아! 모두 믿으면 안 되지. 하지만 찬양 실력이 많이 늘어서 그건 보기 좋더군!"

식사 준비를 돕던 선교사님의 말이었다. 이 말을 무표정으로 듣고 있는 사모님을 보며, 나는 그 자리가 매우 어색하고 불편했다. 그러나 그런 감정을 들키지 않으려 표정 관리에 애쓰고 있었다.

청년들과 친한 모습이 보기 좋았다든지, 그동안 수고에 감사하다든지, 처음이라 어려웠을 텐데 아주 훌륭하게 잘하고 있다든지 등 얼마든지 할 말이 많은데, 힘이 되는 말은 듣지 못했다. 혹시 우리의 숨소리에 섞여 바람에 흩어져 내가 못 들은 건 아닌지 생각도 해 보았다. 그런데 아니었다. 이미 흩어진 그분들의 말을 엄청난 순발력으로 단어 하나하나 되짚어 보았지만, 내가 원했던 말들은 없었다.

그렇게 힘겨운 식사를 마치고 그동안의 일들을 보고했다. 보고를 마치고 집으로 돌아오는 길에 왠지 모를 불길한 생각이 들기 시작했다. 내 보고는 불미스러운 일을 겪었지만 잘 극복하고 다시 열심히 일하고 있다는 내용이었다. 나의 바람은 선교사님이 비록 힘들더라도 청년들을 다시 사랑하며 격려해 주길 바랐다. 그런데 선교사님은 청년들이 힘겹게 극복하고 있는 현실보다는 과거의 불미스러운 일에 더 민감하게 반응하셨다. 그동안 그분의 헌신과 희생을 생각하면 충분히 이해되는 일이었지만, 뭔가 문제 해결의 첫 단추를 잘못 끼운 듯한 느낌이었다. 다행히 청년들은 나의 조언대로 L 선교사님을 찾아가 회개하고 용서를 구했다. 얼마간은 그렇게 평화로운 시간이 흘러가는 듯했다.

"선생님 빨리 교회에 좀 와 보셔야겠어요."

평상시 우리집을 자신의 집처럼 자주 방문하던, 교회 마당발인 한 청년이 다급히 나를 찾아왔다.

"무슨 일인데?"

"L 선교사님이 교회에 오셔서 자신이 지시했던 일들을 제대로 하지 않았다고 식사하려던 청년들에게 무섭게 화를 내고 가셨어요. 그래서 청년들도 화가 많이 나 있고요. 선생님이 와서 좀 도와주세요."

교회에 도착하니, 청년들이 점심 식사를 위해 부엌 바닥에 동그랗게 앉아 있었다. 식어버린 음식은, 청년들의 무표정한 얼굴만큼이나 그 향과 맛을 잃은 듯했다. 그렇게 모두 식사할 마음이 없는 듯 음식 앞에서 별말이 없었다. 나는 청년들에게 식사 후 시간이 되면 잠시 우리집에 들르라고 부탁했다. 청년 리더마저 떠나버린 시점에, 그들이 혹시나 구심점을 잃어 방황하게 될까 걱정됐다. 그렇게 청년들은 오후쯤 우리집을 방문했다. 그들의 이야기를 들어주고, 선교사님 입장도 조심스럽게 대변해 주며 서로 화합할 것을 부탁했다. 그리고 저녁해가 질 무렵, 시원한 바람이 부는 옥상에서 바비큐로 저녁을 대접했다. 분노의 감정이 어느 정도 가라앉고, 입가에 미소를 띤 청년들과 함께 옥상 난간에 기대어 시원한 바람을 느끼던 순간이었다.

"어! 선생님! 저기 아래! L 선교사님이 우리를 보고 계시는데요."

한 청년이 이렇게 말하자, 우리의 시선은 모두 아래로 향하여 우리집 앞 도로를 지나가고 있는 선교사님과 눈이 마주쳤다. 나는 잘못한 것도 없었는데 매우 난감한, 그런 이상한 기분에 휩싸여 얼떨결에 손을 흔들어 어색한 반가움을 표했다.


그 이후로 L 선교사님과 청년들 사이에서 양쪽의 입장을 귀담아들으며 완충 역할을 해왔다. 그렇게 연말 행사까지 마치고 새해를 맞이했다. 3월이면 약속한 1년이 되어 나는 떠나야 한다. 이곳의 문제들을 놓고 화합하기를 그 어느 때보다 소망하며 기도하고 있었다. 이런 복잡한 마음으로 손님들을 맞이하기 위해 선교사님 그리고 청년들과 함께 공항에 와 있었다. 한마음을 이루지 못한 우리의 마음과는 대비되는, 손님들을 환영하는 대형 플래카드를 함께 들고서 말이다.

"에스더, 반가워! 그동안 고생 많았지!"

입국장을 빠져나오며 인사하시는, 힘들 때마다 너무나 그리웠던 목사님의 따뜻한 목소리! 순간 왈칵 눈물로 인사를 드릴 뻔했는데, 이젠 나도 제법 의젓한 영적 군인이 돼 있었다.

"목사님, 성도님들! 그동안 모두 잘 지내셨지요. 오시느라 다들 고생하셨어요. 캄보디아에 오신 것을 진심으로 환영합니다!"

선교 찬양단의 활약은 기대 이상이었다. 초등학교 아침 수업 전 수백 명의 전 교생 앞에서, 배를 타고 방문한 외딴 섬마을의 수많은 주민 가운데서, 지뢰 피해자들과 그 가족들이 모여 사는 마을에서, 울려 퍼진 찬양과 말씀. 그리고 각 친교회 선교사님들이 섬기는 여러 교회의 예배당을 가득 메운 성도들에게 7일간 하나님의 말씀과 아름다운 찬양을 전했다. 그 향연은 그들의 메마른 영혼을 영원한 구원의 샘물로 적셨다.


감동의 집회가 이어지던 중 설을 맞이했다. 우리나라 설은 이곳에서도 중국 설로 휴일이다. 희응이와 나는 설날에 특별한 아침 식사를 준비하기로 하고 전날부터 손님맞이 대청소와 음식 준비로 매우 분주했다. 드디어 설날 아침이 되었다.

"희응! 그거 뭐야?"

"아! 아무것도 아니에요."

내 질문에 살짝 놀라며 손에 내용물이 꽉 찬 비닐봉지를 들고 빠른 걸음으로 내 앞을 지나가며 말했다.

"이제 곧 손님들이 오실 테니 음식부터 차려놓자."

우리가 준비한 음식들을 한쪽 벽에 뷔페식으로 거의 차려질 즈음, 손님들이 도착했다.

"Good morning! Happy New Year!"

손님들과 우리는 서로 새해 인사를 나누며, 캄보디아에서 처음으로 맞이한 아름다운 추억이 될 설날 아침을 열었다.

아침 만찬을 마치고, 뜻밖의 세배 시간을 가졌다. 엉겁결에 희웅이도 목사님께 세배를 드렸다. 희웅이가 웃음을 참으며 엉거주춤 세배하는 모습을 보고, 우리 모두는 즐거웠다. 희웅이도 세뱃돈을 받자 참았던 웃음을 터트리며 즐거워했다. 그러던 희웅이가 잠시 웃음을 멈추고, 부엌으로 가 아침에 보았던 그 비닐봉지를 들고 총총걸음으로 나온다. 이어 자신도 준비한 것이 있다며, 모두를 향하여 수줍게 말을 시작했다.

"한국의 설 문화에 대해 선생님께 들었어요. 그래서 제가 작은 선물을 준비했어요. 에스더 선생님을 이곳에 보내 주셔서 감사하고, 캄보디아에 오신 것을 진심으로 환영합니다."

우리에게 건네는 희웅이의 따뜻한 마음에 모두 가슴이 뜨거워져 시끌벅적하게 감사 인사를 전했다. '아! 아침에 그 비닐봉지가 선물 봉지였구나! 돈도 없었을 텐데…….'

잠시 감동에 젖어 있는 동안, 그 모습을 흐뭇하게 지켜보시던 목사님께서 갑자기 중대한 발표를 하시겠다며 모두의 이목을 집중시키셨다.

"이곳에 와 보니 많은 청년이 우리 에스더 선교사를 돕고 있어서 감사했어요. 그중에서도 우리 희웅 자매가 가장 수고를 많이 한다는 것을 오늘 보고 알았어요. 그래서… 그래서 희웅 자매를 한국에 초청하려 합니다. 모든 서류를 준비하고, 재정은 우리 교회가 부담하겠습니다. 희응 자매만 괜찮다면 에스더 선교사 귀국할 때 함께 오도록 하세요.”

전혀 예상하지 못한 목사님의 말씀에 매우 놀랐고, 모두 기뻐하며 박수로 축하해 주었다. 아픈 희응이를 우리나라에 데려가 치료해주고 싶다고 기도드렸었다. 그 누구에게도 기도 부탁한 적이 없던 내 기도였는데, 전혀 예상치 못한 가장 아름다운 방법으로 응답된 것을 목격했다. 나는 너무 기뻐 몸이 굳어버릴 정도였다. 보통 드러나게 일 잘하는 형제를 초청한다. 그런데 목사님께서는 가장 낮은 자의 아름다운 중심을 보시고 감동하신 듯했다. 정말 드문 일이었다. ‘하나님! 감사합니다.’


분위기가 무르익을 무렵, L 선교사님 가정과 신학교 학장인 미국 선교사님 내외분도 합류했다. 목사님께서 희응이에 대한 결정을 알리시며 L 선교사님 가정과 신학교 학장님 가정도 우리나라에 초청하셨다. 목사님으로부터 큰 격려를 받는 L 선교사님의 모습을 보니, 이분들에 대한 나의 기도가 응답 되어 내가 더 기뻤다. ‘하나님! 감사합니다.

저녁 식사 후, 찬양단의 아름다운 찬양을 접한 교회 청년들이 손님들과 교제하고 싶어 방문했다. 우리는 늦은 밤까지 대화를 나누고 기타를 치며 함께 찬양했다. 손님들이 떠난 후에도 멋지게 기타 치는 한국의 형제를 본 여파로 한동안 기타 열풍이 불었다. 그동안 위축되어 있던 그들의 에너지가 발산하며 도전과 소망을 갖는 듯했다. 그러나 나는 여기저기서 들려오는 엄청난 소음을 감수해야 했다.

반가운 손님은 우리 모두에게 큰 선물을 안겨 주었다. 찬양의 불모지에서 현지인들에게 생명의 복음과 아름다운 음악을. 상처받은 어린 청년들에게는 새로운 희망을. 지친 L 선교사님에게는 격려와 위로를. 나에게는 응답된 기도로 마음 깊이 새겨진 신실한 하나님의 사랑을 체험하게 해 주었다. 하나님, 감사합니다!

곧 많은 사람이 구원을 받도록
내가 내 자신의 유익을 구하지 아니하고
그들의 유익을 구하면서 모든 일에서
모든 사람을 기쁘게 하는 것 같이 하라

고린도전서 10:33

# 캄보디아인이 앙코르와트에 못 가다

건기 중에서도 가장 더워지는 4월이 시작됐다. 3월에 한국으로 돌아가야 했지만, 나는 6개월 더 남기로 했다. 어려운 결정이었지만, 희응이의 비자 발급에 필요한 서류를 준비하기 위함이었다. 게다가 우리나라와 달리 캄보디아에서는 여권 발급 절차도 오래 걸렸기 때문에 불가피한 선택이었다. L 선교사님 가정은 사모님의 출산일이 임박해 다시 본국으로 가셨다. 이번에는 지난번 목사님의 초대로, 출산 후 우리나라에 들러 교회를 방문하고 최종 캄보디아로 돌아오겠다고 하셨다.

또다시 홀로 남겨졌다. 처음엔 일어난 일들에 대해 수습하기 바빴다. 그러나 이번엔 내가 캄보디아를 떠나는 날까지 청년들이 L 선교사님과 협력할 수 있는 기초를 만들어 놓고 싶었다. 이렇게 결심은 했으나, 여전히 모든 면에서 초보였기에 하나님께 간절히 지혜를 구하고 있었다.


지난번과 같이 주일 오전 예배는, 친교회의 다른 선교사님들이 돌아가며 말씀을 전하러 오셨다. 그중에 게스트로 선교사님이 새로 합류하셨는데, 친교회 다른 선교사님들과 사뭇 다른 느낌이었다. 필리핀 분으로서 본국에서 오랫동안 내과 의사로 일하셨다. 아내인 조이 사모님은 간호사셨다. 게스트로 선교사님은 어린 시절 하나님과의 약속을 지키기 위해 본국에서 안락한 삶을 모두 내려놓고 마흔다섯 살의 늦은 나이에 선교를 시작하셨다고 한다. 게다가 초등학생부터 고등학생까지 네 명의 자녀 모두 선교지에서 함께 생활하고 있었기에, 가장으로서도 매우 바쁘신 분이셨다. 그동안 안식년으로 이곳에 계시지 않아 만나 뵙지 못했었다.

"에스더 선교사 정말 대단해요. 여러 면에서 선교사역이 아직은 낯설 텐데, L 선교사를 대신해 교회를 세 군데나 관리하며 찬양도 가르치고 말씀도 잘 전하는 모습에 내가 배울 점이 많아요. 부끄럽지만 난 찬양도, 현지어 구사에도 부족함이 많답니다. 청년 여러분도 선교사님을 따라 열심히 해주어서 감사하고, 정말 다들 멋져요!"

예배 후, 게스트로 선교사님의 인사 말씀이었다. 옆에 계시던 조이 사모님의 이어진 인사 말씀에, 청년들이 서서히 의기양양한 표정을 짓는다.

"에스더 선교사! 나도 내 남편처럼 음악과 언어적 은사가 부족해서 우리 성도들은 부를 수 있는 찬양이 몇 곡 안 돼요. 프놈펜에 있는 교회는 그나마 나아요. 그런데 앙코르와트가 있는 시엠립 지역은 더 열악하지요. 예쁜 선교사님이 찬양도 잘 가르치고, 여기 학생들이 정말 부럽네요."


사실 그랬다. L 선교사님을 포함해 음악성이 뛰어난 다른 필리핀 선교사님들과 달리, 게스트로 선교사님은 음치셨다. 게다가 현지어도 항상 통역을 겸해야 할 만큼, 사역 연수가 비슷한 다른 분들에 비해 매우 서투르셨다. 그러나 게스트로 선교사님 내외분은 다른 분들이 쉽게 갖추지 못한 역량을 지니고 계셨다. 온화한 표정과 따뜻한 웃음에서, 그리고 상대를 높여주는 겸손한 대화의 품격에서 진정한 따뜻함이 느껴졌다. 게다가 조이 사모님의 위트와 높은 친화력은, 차가웠던 우리 마음에 온기로 다가왔다. 나에겐 더욱 그랬다. 그야말로 그분들의 특별한 능력이었다.

캄보디아에 온 후, 긴장의 연속이었다. 다시 홀로 남겨졌을 땐, 처음과는 다른 책임감에 다소 경직되어 있었다. 그런데 그분들의 능력 덕분에 한순간에 내 마음이 편안해졌다. 살면서 칭찬과 격려를 처음 들어본 것도 아니었지만, 상황에 따라 느껴지는 말의 무게는 매우 달랐다. 참 신기한 경험이었다! 말에 이런 위력이 있다는 것에.

게스트로 선교사님은 나이가 어린 현지인에게서 도움을 받을 때도, 감사한 마음을 진솔하게 표현하셨다. 이런 표현은 누구나 잠깐은 할 수 있으나, 예측 불가능한 열악한 현지 상황에서는 어려운 일이다. 자신의 영적 멘탈을 꾸준히 관리해야 실천할 수 있다는 것을 L 선교사님을 통해 익히 깨닫고 있었다. 게스트로 선교사님 교회 성도들이 유독 밝은 이유를 알 것 같았다. 나는 그분들과 함께 협력하는 동안, 선교 현장에서 배우고 싶었던 선교사의 삶의 태도를 보게 되었고, 선교사다운 품성을 다질 수 있었다.

세월이 흘러 지금에서야 돌이켜 보니, 삶의 경륜이 쌓일수록 신념과 같은 자신의 판단을 뒤로한다는 것은 큰 믿음이었다. 자신보다 나이가 어리거나, 어떤 면에서는 부족한 사람에게서조차 배울 점을 찾는 것은 진정한 겸손이었다. 따뜻한 마음으로 감사를 전하는 일은 큰 용기이자 깊은 사랑이었다.


"사모님! 그 말로만 듣던 수상 가옥이군요. 신기하네요. 이렇게 생활할 수 있다니!"

"맞아요. 학교, 마트, 없는 게 없지요. 하지만 대소변까지 이 물에서 해결하니 수행성 질병을 많이 앓고 있어요. 앞으로 많은 개선이 필요하죠."

동남아시아에서 가장 유명한 사원인 '앙코르와트'가 있는 시엡립에 가기 위해 정기 여객선을 타고 있다. 조이 사모님과 즐비한 수상 가옥을 보며 이야기하고 있다. 지금은 도로가 잘 갖추어져 대형 버스나 비행기로 가지만, 그 당시는 배편이 거의 유일했다.

지난번 시엡립 지역교회가 열악하다는 조이 사모님의 말씀을 듣고, 내내 마음이 쓰였었다. 4시간이나 걸려 도착하니, 청년들이 마중 나와 있었다. 곧바로 교회로 향했고, 한국에서 온 나를 매우 신기해하는 청년들과 찬양, 간증 그리고 즐거운 교제의 시간을 가졌다. 그렇게라도 그동안 우리 교회가 받은 격려에 보답할 수 있어서 감사했다.

"에스더 선교사! 1박 2일 일정이 빠듯하니, 어서 앙코르와트 사원에 다녀와요."

다음 스케줄을 위해 기다리고 있던 차에, 조이 사모님은 교회 성도이며 전문 관광 가이드인 자매에게 나를 당부하며 관광을 재촉한다.

"안녕하세요? 선생님! 시엡립은 앙코르와트로만 유명하지만, 사실 캄보디아의 크메르제국 9세기에서 15세기 동안에 세워졌던 앙코르와트 사원들과 바이욘 사원, 앙코르 톰 사원들이 널리 분포된 그 당시 수도였어요. 너무 넓어 다 관광하려면 일주일은 걸려요. 내일 오전까지 제일 유명한 곳만 다니며 제가 안내해 드릴게요."

앙코르와트 사원. 예전에, 우리나라에서 나를 진찰했던 한 의사 선생님이 이 사원에 대해 한 말이 떠올랐다. 자신은 그 사원에 가 보고 싶은데 아직 가 보지 못했다며 유명한 영화 촬영지라고 했다. 기회가 된다면 꼭 한번 가 보라고 권유했었다.

'이곳을 드디어 가게 되었군!'

사원이 가까워지는 길로 접어들었다. 늠름한 모습과 대비되는, 아기의 보드라운 속살 같은, 나무 표면이 특징인 가로수가 우리를 맞이한다. 그 보드라운 속 살이 햇빛을 받아, 신비한 자태로 아이보리색 금빛으로 빛난다. 하늘을 찌를 듯한 높이의 나무들은 마치 천상에서 내려온 것 같았다. 이곳을 지키기 위해 다시는 천상으로 가지 않을 것을 다짐이라도 한 듯 하다. 그 다짐으로 금빛의 굵은 뿌리마저 넓게 펼치며, 있는 힘을 다해 땅을 지탱하고 있다. 양 옆으로 나란히 서 있는 이런 가로수들이 흡사 사원을 호위하는 무사들 같다. 오토바이를 타고 호위무사들의 안내를 따라 달리니, 저 멀리 작게만 보였던 앙코르와트 사원이 점점 가슴 벅찰 정도의 웅장함으로 우리에게 다가왔다.

늦은 오후, 얼마 되지 않던 관광객마저 떠난 사원에 도착하니, 홀로 이곳을 처음 발견한 탐험가가 된 것 같았다. 그 웅장함에 입을 다물 수 없을 정도로 압도되어, 사원에 대해 열심히 설명하는 가이드의 말조차 귀에 들어오지 않았다.


"애들아! 내가 시엡립에 다녀왔잖아. 사원들을 돌아보며 비록 그 당시 그들의 믿음에 우리가 동의하는 것은 아니지만, 캄보디아 민족이 얼마나 똑똑한지를 내 눈으로 확인하고 왔어. 당시 수로를 이용해 도시 전체에 물을 공급했고, 불가사의한 건축 기술과 벽에 새겨진 수많은 섬세한 부조 작품들을 보고 정말 놀라웠어. 동시대 우리나라 건축술과 부조 작품들보다 훨씬 뛰어났거든. 손기술이 좋다는 것은 머리가 좋다는 증거니, 그들의 후손인 너희들을 다시 보았다!"

문화적 공감을 끌어내려고 청년들에게 한 말이었는데, 부러운 듯 나를 보며 미소 지을 뿐, 예상했던 반응은 아니었다.

"선생님! 사실, 우리는 아직 못 가봤어요. 차로는 너무 멀고 배편은 너무 비싸서요."

나는 놀람과 동시에 순간 한 생각이 번뜩 스치며 떠올랐다.

'자긍심 심어주기! 무작정이 아니라, 근거 있는, 자기 나라를 사랑하는 자긍심 말이야. 그래! 이것부터 시작하자.'

"다들 못 가봤다는 거지. 그럼 이번에 가 보자! 그리고 게스트로 선교사님 교회에서 어린이 성경학교를 열어 사역도 돕고. 모든 비용은 내가 댈게. 후원하는 교회에서 몇 달 전 적자인 내 재정을 보고받고, 이번 달에 그 부족했던 금액을 더해 보내 주셨어. 차편으로 가면 비용이 부족하지 않을 것 같은데, 어때?"

"네? 정말요? 근데 갈 차가 있을까요? 보통 잘 안 가요. 비포장도로를 오래 달리면 차가 망가진다고. 그리고 가려면 건기에 가야 해요. 우기엔 비포장도로에 진흙뻘 구덩이가 많아져 차가 빠지기 쉽거든요. 그래서 우기 때는 못 가요."

"그렇구나. 그래도 웃돈을 주면 가는 차가 분명 있을 거야. 6월부터 우기니, 그 전에 빨리 준비해서 가자!"

청년들은, 아니 우리 모두는 신이 났다. 1층 여주인이 이 소식을 듣고 자신도 가고 싶다며, 그분의 조카까지 더해져 모두 10명이 가게 되었다.


드디어 출발!

가다가 차가 고장 나서 수리하느라 쉬고, 뻘에 빠진 봉고차를 뒤에서 밀기도 하고, 배고프면 길에서 도시락을 먹으며 12시간이나 걸려 한밤중에 시엡립에 도착했다. 험난한 비포장도로를 달렸던 차에서 내리니, 내 몸은 모든 관절을 이어 붙여 만든 목각인형처럼 따로따로 움직였다. 그렇게 모두가 피곤했음에도, 설레고 기쁜 2박 3일의 일정을 시작했다.

어린이 성경학교를 즐겁게 마치고 드디어 함께 앙코르와트에 가는 날!

청년들은 사진 찍을 것을 예상해 한껏 멋을 부렸다. 그러던 중 한 청년이 캄보디아 여성들이 집에서 입는 통치마인, '싸롱'과 다용도 머플러인, 전통 '크로마'를 챙겨와 내게 건네며 말했다.

"선생님! 자국민은 입장료를 안 내는데, 선생님은 외국인이라 20달러를 내잖아요. 이미 방문했었는데 우리 때문에 또 20달러를 내면 너무 아깝잖아요. 그러니 이 싸롱으로 갈아입고 크로마를 두르시면 점검할 때 그냥 통과할 수 있어요. 만약 검문 때 물어보면 외국에서 오래 살다가 온 캄보디아인이라고 우리가 대신 말할 테니, 아무 대꾸하지 마세요. 우리와 함께니 분명 그냥 통과될 거예요. 너무 걱정하지 마세요."

그럴싸했다. 앙코르와트에 가 본 적도 없던 청년의 말을 의심하지 않고 그대로 믿었다. 걸릴 확률도 낮다고 하고, 당시 20달러면 정말 우리에겐 큰돈이어서 욕심이 났다. 나는 청년들이 꾸며 주는 대로 입고 차에 올랐다. 매표소를 가볍게 통과하고 자국민은 캄보디아 말로, 외국인은 티켓으로 검문하는 사원 입구에 도착했다. 떨리는 검문이 시작되었다.


"봉스라이 마비 나? (저기요! 아가씨, 어디서 오셨어요?)"

나는 대답 대신, 마치 미인대회에 나온 여성처럼 환한 미소만 지어 보였다. 그 모습을 본 청년들이 하나, 둘, 나 대신 검문자에게 변명을 늘어놓았다. 그러나 그는 우리의 예상과 달리, 속지 않는다는 듯 살짝 웃으면서 말했다.

"외국인은 티켓을 끊어 오세요. 죄송하지만 들어갈 수 없습니다."

검문에 걸린 것이다! 이 말을 들은 청년들이 새어 나오는 웃음을 참으며, 나를 그늘로 안내했다. 그리고 평소보다 공손하면서도 따뜻한 어조로 부탁했다.

"선생님! 저희 금방 다녀올게요. 그런데 카메라 좀…."

함께하고 싶었던 열망은 물거품이 되었고, 캄보디아인으로 한껏 꾸민 가짜 캄보디아인은 홀로 남았다. 청년들에게 자긍심을 심어 주었을지는 모르지만, 내 자긍심은 단돈 20달러에 사라졌다. 그리고 깨달았다. 정직하게 사는 것이 자긍심을 지키는 기본임을!

정직한 자의 공의는 자기를 건지려니와
사악한 자는 자기의 악에 잡히리라

잠언 11:6

# 신학교에서의 음악 강의

"킥킥킥 크크크"

신학교 학과장이신 미국 선교사 내외분께서 학과장실 문을 살짝 열어 놓고, 혹시라도 우리에게 들킬까 숨죽이며 눈물이 날 정도로 배를 잡고 웃고 계신다.

지난번 선교 찬양단 활약의 영향이었을까? 감동적인 라이브 집회의 여운이 채 가시기도 전에, 신학교에서 1학년을 대상으로 내게 음악 강의를 제안했다. 사실 캄보디아에서는 학교에서 정규 음악 교육이 이루어지지 않는다. 대부분 선교사가 기초가 없는 성도들에게 교회 음악을 가르치지만, 여전히 어려움을 겪는다. 나도 노력해 보았지만, 생각보다 훨씬 어려웠다. 그런데 아이러니하게도, 이곳은 가라오케를 좋아하는 문화다. 휴일이면 이웃집 스피커에서 쩌렁쩌렁 울려 퍼지는 생목 라이브는 그야말로 음치, 박치, 괴성 잔치다. 이 민족에게는 음치 DNA가 있을 것이라는 합리적인 의심마저 든다. 그런 현실에서 음악을 전공하지도 않은 내게 강의 의뢰가 온 것이었다. 그러나 나는 기쁘게 순종하며 강의해 오고 있었다. 특별히 오늘은 중간고사로 여학생 1명과 남학생 37명의 1학년

학생들이 시창·지휘 첫 실기 시험을 치르는 날이다.

"1번 곡을 준비했다고. 좋아! 준비됐지요? 지휘도 함께. 시작!"
"네! 선생님! 시작할게요. 나 같은 죄인 살리신~"
나는 학생들에게 다섯 곡의 찬송가를 미리 제시하고, 그중 한 곡을 선택하여 시창과 지휘를 동시에 하도록 준비시켰다. 간단한 키보드 반주로 시험이 시작되는데, 학생 수가 많아 1절만 듣고 평가해야 했다. 시험이란 것이, 학생이 틀려도 지적할 수 없고 평가만 한다. 그러다 보니 학생의 예상치 못한 엉뚱한 표정과 행동이 나올 때마다, 반주를 계속할 수 없을 정도로 웃음을 참기 힘들었다.

반주와 노래가 따로인 학생. 노래는 얼추 하는데 지휘가 고장 난 로봇처럼 팔이 허공을 찌르는 학생. 너무 긴장한 탓인지 엉덩이를 약간 뒤로 내밀고 노래와 지휘를 하는 학생. 자신은 발로 박자를 맞춘다고 하지만, 발은 엇박자, 지휘는 정박, 노래는 모기 소리만 하게 내어 멀리서 보면 마치 희한한 춤사위만 하는 학생. 이렇게 시험 치르는 모습이 매우 다양했다. 게다가 이를 지켜보는 학생들도 두 부류로 나뉘었다. 시험을 아직 치르지 않은 한 부류는 자기 자리에서 진지한 표정으로 중얼거리듯 노래하며, 지휘를 연습하는 모습이 매우 우스꽝스럽다. 또 다른 부류는, 이미 시험이 끝났으니 시험 결과는 신경 쓰지 않는 듯했다. 그들은 미소와 여유로 시험을 치르는 학생들에게, 내가 눈치채지 못하게 소극적으로 훈수까지 둔다.

이 진귀하고도 우스꽝스러운 광경을, 학과장님 내외분이 학생들이 알아채지 못하도록 몰래 지켜보며 배꼽을 부여잡고 웃으셨던 것이다.

"에스더 선교사! 정말 오랜만에 즐거웠어요. 학생들이 진지하면서도 즐겁게 시험을 치르네요. 혹시 음악 교육을 전공했나요?"

시험이 끝나고 마무리하는 내게 미국인 학과장님이 질문하셨다.

"아니에요. 찬양단 생활 8년이 전부예요. 저는 그들보다 조금 나은 것뿐입니다. 저도 즐거웠어요. 하나님이 제 능력보다 더 근사하게 사용해 주셔서 감사할 뿐입니다. 강의 허락해 주셔서 감사합니다."

정말 그랬다. 처음 강의 제안이 들어왔을 때, 기쁨을 주체하지 못해 방 안에서 방방 뛰었었다. 어떤 방법으로든, 내가 사랑하는 음악을 함께 할 기회가 주어져 어린아이처럼 신났었다. 강의 교재를 만들고 수업을 진행하는 시간은, 정작 학생들보다 내가 더 행복하고 즐거워한 시간이었다. 비록 이들이 당장 뛰어나게 음악을 표현하지 못하더라도, 찬양의 본질인 기쁨과 평안을 마음에 담았다면, 그것만으로 내 강의는 성공이었다.

"와! 선생님! 너무 잘 어울리고 아름다우세요. 진짜 캄보디아인 같아요."

오늘은 신학교 강의 마지막 날이다. 오늘 종강 파티에서, 학생들과 약속한 대로 캄보디아 전통 의상을 입었다. 노출이 심한 기성복 대신, 전통 의상의 틀에 직접 디자인을 가미하여 밝은 남색의 긴 투피스를 입고 강의실에 들어서자, 학생들이 감탄하며 반겨주었다.

"고마워요! 한 학기 동안의 내 강의가 여러분이 앞으로 사역할 교회에 도움이 되기를 바라며 기도할게요. 저는 곧 캄보디아를 떠나지만, 그동안 여러분과 함께한 시간은 저에게 정말 즐거웠고 보람된 경험이었어요. 음악은 우리 영혼에 깊은 영향을 주지요. 그러니 못한다고 포기하지 말고, 계속 배우고 익혀서 교회에서 모두가 선한 영향력을 발휘하길 기도할게요. 떠나기 전까지, 여러분을 위해 찬송가 반주 그리고 캄보디아어로 된 찬송가 시창을 테이프에 녹음해 두겠습니다. 필요하면 언제든지 복사해서 사용하길 바랍니다."

이렇게 인사를 나누고, 즐거운 교제 시간과 함께 기념사진을 찍으며 마무리했다.


'선교 초보인 내가 어쩌다 상상하지도 못했던 신학교 사역까지 돕게 된 걸까?'

처음에는 L 선교사님이 하시는 어린이 주일학교 사역만 조용히 돕고자 왔었는데, 어쩌다 보니 여기까지 오게 되었다. 육체적 연약함의 끝을 경험했고, 청년들의 문제를 고민했으며, 세 교회를 관리하며 L 선교사님과의 화합을 위해 힘썼다. 이번 신학교 사역은, 그동안의 많은 경험이 없었다면 이뤄낼 수 없었을, 이전 모든 사역의 집합이자 결정체였다. 강의 의뢰는 단순히 음악적 은사만 따진 것이 아니라, 그동안 나의 행보를 보고 판단된 것이었다.

한 교회의 어린이 주일학교 사역에서 시작하여 친교회 신학교까지, 사역이 확장되었다. 그동안의 일들이 스쳐 지나가며, 나 자신도 믿기 어려울 만큼 잘 해냈다는 사실이 신기하고 대견할 따름이었다. 하지만 좀 더 깊고 놀라운 하나님의 뜻과 섭리를 생각하자, 시나브로 올라왔던 우쭐했던 마음이 조용히 가라앉는다. 그 평온함은 시원한 산들바람처럼 내 마음을 감싸 부끄러움을 씻어주었고, 나는 조용히 주께 수줍은 사랑 고백을 드리며 미소 지었다. 아하! 지난날 그런 일들이… 그런 경험들이 있었기에… 하나님! 감사합니다.

선교사로 부름받기 전, 마지막 직장이었던, 당시로는 CCTV가 설치되었을 정도로 규모가 제법 큰 어린이집에서 1년간 근무했었다. 어린이집 교사로는 40대 중반의 원장님 부부와 나를 포함하여 동료 교사 세 명이 근무했는데, 그때 나는 경력직 신입 교사였다. 그중 토끼반 선생님은 나와 동갑이었지만, 유독 나에게만 차갑게 굴었다. 그땐 몰랐지만, 얼마 지나지 않아 그 차가움 뒤에 숨겨진 엄청난 이유가 있었음을 알게 되었다.

"김 선생! 내가 김 선생을 뽑은 이유가 뭔지 알아요? 첫째로 인상이 좋았고 그리스도인이라 신뢰가 갔어요. 그래서 말인데… 나 사실 고민이 있는데 좀 들어 줄래요?"

원장님의 아내인 원감님이 퇴근 후 쉬고 있던 나를, 우리집 앞까지 차를 몰고 와 전화로 불러내셨다. 사실 원장님은 그리스도인을 싫어하셨다. 원감님이 나를 뽑았다며, 은근히 싫은 내색을 보일 정도였다. 기분은 그리 좋지 않았지만, 대수롭지 않게 생각했었다.

"네, 원감님! 무슨 일 있으세요? 이 밤중에, 9시가 넘었어요."

"나 사실 그동안 정말 죽고 싶을 만큼 힘들었어요. 그런데 김 선생이 들어오고 나서 그나마 숨을 쉴 수 있었거든. 같은 그리스도인으로서 나를 위해 기도 좀 해줘요. 사실, 사실……. 토끼반 선생하고 원장하고 만나는 것 같아. 처음엔 설마 했는데 이젠 거의 확실해."

그때서야 알았다. 원장님이 내게 싫은 내색을 보였던 이유는, 아내를 싫어하는 마음이 내게 투영된 것이었다. 그날 이후, 원감님은 수시로 밤에 찾아와 자신의 어려운 가정사를 토로했다. 원감님의 이야기를 들어드리면서 때론 그분이 그리스도인으로 바르게 판단하지 못하는 부분은, 정중하게 조언도 해 드렸다. 조심스러웠던 내 마음과 달리, 원감님은 어린 내 말 한마디 한마디를 진심으로 경청했다. 그 진정성 있는 모습이 나에게 깊은 인상을 남겼다.


직장에서는 그 문제의 두 사람과 친한 다른 반 교사까지 포함해, 세 사람으로부터 왕따를 당했다. 일일이 다 나열하기도 민망할 정도로, 마치 삼류 드라마에서 나올법한 왕따였다. 이유는 자신들이 싫어하는 원감님이 나를 신임한다는 이유였다. 이렇게 타인에 의해 밤낮으로 괴로운 나날들이 최고조로 달해 가고 있을 무렵, 어느 날 출근해 보니 원장님과 토끼반 교사가 보이지 않았다. 그리고 원장실엔 원감님만 계셨다.

"김 선생! 두 사람, 결국 나에게 걸려서 내가 쫓아냈어요."

원감님은 그 어려운 일을 해냈다. 증거를 찾아낸 것이다. 그 여파로 나를 괴롭혔던 나머지 선생님마저 나가고 새로 두 명의 교사가 고용됐다. 교사 두 분 중, 한 분은 나와 동갑이었다. 모든 면에서 나보다 뛰어났음에도, 나를 어린이집의 실질적 리더로서 깍듯하게 대우해 주는, 겸손한 분이었다. 우리는 빠르게 친해졌고, 내가 복음을 전해 그분이 예수님을 영접하는 기쁜 일도 있었다. 또 다른 한 분은 피아노 연주 실력이 뛰어난 그리스도인이었다. 쉬는 시간에 울려 퍼졌던 아름다운 찬송가 연주는, 아직도 내 귀에 생생하다.

믿기 어려울 정도로 모든 환경이 바뀌었다. 6개월 만에 내가 최고참으로서 새로운 교사진과 함께 어린이집 전체를 실질적으로 운영하게 됐다. 최고의 팀워크로 어린이집의 모든 어려웠던 공백을 극복하고, 빠르게 정상화했다.


사실, 이유 없이 당했던 왕따의 경험은 생각보다 상처가 컸다. 그럼에도 중간에 그만두지 않고 끝까지 이겨낼 수 있었던 그 중심에는, 간절한 기도와 굳은 결의가 있었다.

'난 앞으로 선교사가 될 사람이야! 이까짓 어려움도 극복하지 못하면 열악한 나라에서 선교는 어떻게 해? 분명! 이 어려움을 허락하신 이유가 있을 거야. 적어도 약속한 근무 계약만료까지는 마쳐야지! 잘 견디면, 하나님께서 내가 해결하지 못하는 일엔 지혜로 도와주실 거야. 그러니 견디자.'

난 묵묵히 견뎌냈을 뿐인데, 하나님은 놀라운 방법으로 해결해 주셨다. 모든 것이 하나님의 은혜였다. 그러니 내가 어쩌다 캄보디아에서 리더가 된 것이 아니었다. 하나님은 이제까지 삶을 통해 하나씩 준비시키셨다. 특히 마지막 직장에서의 사건은 관계의 어려움과 심각한 죄를 직면했을 때, 그 대처 방법을 미리 쉬운 버전으로 경험하게 해 주셨다. 만약 그러한 경험이 없었다면, 선교지에서 닥쳐온 여러 사건의 무게에 짓눌려 내가 먼저 무너졌을 것이다.

지난날을 돌아보며 오늘의 결과를 생각하니, 고난에 대한 성경적 패러다임을 온전히 체험했다. 그것은 영광의 패러다임이다. 때론, 이유 없이 당하는 고난이 있을지라도 그건 고난이 아니요, 영광스럽고 빛나는 미래를 준비하는 첩경이라는 것. 현재 힘에 겨운 고난일수록 미래에는 복에 겨운 영광이 된다는 것. 앞이 보이지 않는 절망스러운 고난일지라도, 하나님께서 우리에게 영광의 기적을 체험하게 하시려고 허락하신 최상의 옵션이라는 것. 그리고 고난을 통과하며 갖추게 되는 겸손은, 예수님의 성품을 닮은 인격으로 우리를 성화한다.

다만 이뿐 아니라 우리가 환란 중에도 즐거워하나니
이는 환난은 인내를 인내는 연단을
연단은 소망을 이루는 줄 앎이로다

로마서 5:3-4

# 너희들을 잊지 않을게



"얘들아! L 선교사님 가정이 우리나라에 잘 도착하셨대."

담임목사님으로부터 L 선교사님 소식을 전해 들었다. 그리고 그동안 선교사역이 힘드셨던 것과 여러 핑계를 대며, 약속한 기간에 캄보디아로 돌아가지 않을 수도 있다는 마음을 은연중에 내비치셨다고 했다. 목사님께서는 이러한 상황을 예의주시하시며, 다른 분의 사역을 돕는 것도 때론 절제해야 한다고 하셨다. 비록 그분이 부재중이더라도, 캄보디아에서 체류를 연장하지 말고 하나님께 맡기며 돌아오는 것이 지혜로울 것이라고, 내게 신중한 조언을 해 주셨다. 간절한 기도와 묵상 끝에, 이곳에서 더 이상 나를 드러내는 것이 덕이 되지 않겠다고 판단하여 예정대로 떠나기로 했다. 그리고 이 상황을 L 선교사님께 보고하고 청년들에게 함께 안부 인사를 드리자고 독려했다.

"모든 일정을 잘 하시도록 우리가 격려해 드리자. 그럼, 내일 예배 후 모두 인터넷 카페에 가서 전화하는 거다?"

청년들은 미소만 지을 뿐 별말이 없다. 다행히 다음 날, 그들은 우려와 달리 L 선교사님과 기쁘고 즐겁게 통화를 마쳤다. 그런 그들의 모습에 안도하며 1년 6개월, 체감적으로는 더 길었던 사역을 마무리하기 시작했다.

"에스더 선교사! 그동안 정말 수고 많았어요, 마지막으로 한 말씀 부탁해요."

캄보디아를 떠나기 한 주 전에, 게스트로 선교사님 가정에서 깜짝파티를 열어 주셨다. 그동안 친분이 있던 동료 선교사님들과 교회 청년들의 감사와 축복 메시지가 이어졌다. 그리고 마지막으로 화답하는 자리에 서니, 만감이 교차했다.

"이렇게 분에 넘치는 파티를 열어 주신 사랑하는 게스트로 선교사님 가정에 깊은 감사를 드립니다. 그리고 부족한 저를 늘 격려해 주시고 배려해 주셨던 선교사님들께도 감사드립니다. 무엇보다 우리 청년들! 어려운 환경에서도, 믿음이 성장해 주님을 의지하는 여러분이 전 정말 자랑스러워요. 그동안 여러분과 함께한 시간은 이제까지 제 삶에서 가장 아름다운 열매였어요. 여러분들을 결코 잊지……."

결국 나는 울음을 터트렸다. 그 모습을 본 청년들도 함께 울며, 순간 울음바다가 되었다. 정말 모두 사랑했다. 아직 L 선교사님이 돌아오지 않은 이곳, 게스트로 선교사님 가정에 이들을 맡기고 떠나려니 마음이 너무 무거웠다. 다시 만날 때까지, 청년들을 다 담고도 남을 만큼, 지금보다 더 큰 사랑의 사람이 되길 소망했다. 지금 못다 한 사랑을 마음껏 줄 수 있게 해 달라고 기도했다.

"희웅! 이 넥타이 색은 누구에게 어울릴까? 그리고 그동안 추억이 담긴 사진 앨범도 개인별로 준비했으니 모두 기뻐하겠지? 희웅이도 출국 준비가 다 되어 가지?"

"네, 비자와 여권 모두 준비되었어요. 와! 형제들이 와이셔츠와 넥타이를 선물 받으면 정말 기뻐할 거예요."

선물을 포장한 뒤, 사진 앨범 밑에는 재미있는 글귀도 직접 달았다. 이렇게 마지막 선물을 정성껏 준비하여 주일에 깜짝 선물을 했다.


드디어 출국 날!

아침부터 분주하게 시간을 보내느라 시간이 가는 줄도 모르고 공항에 도착하니, 청년들이 공항에 나를 배웅하러 와 있다. 내가 사준 새 와이셔츠에, 넥타이를 맨 말끔한 모습이 주일 예배를 위해 모인 청년들 같았다. 내 선물을 받았을 때 기뻐했었지만, 이렇게까지 입고 올 줄은 전혀 예상하지 못했었다. 그 모습에 감동되었고 다들 듬직하고 멋있었다. '이렇게 모두 잘생겼었다고!' 이런 감상에 잠시 젖는 동안, 게스트로 선교사님께서 마지막 기도를 해주셨다.

이제 정말 출국장으로 향하려는데, 그때 청년들이 한두 명씩 손에 든 것들을 내게 건넸다. 다들 크고 작은 무언가를 들고 있었지만, 우리나라에선 공항에서 그렇게 선물하지 않으니, 그것이 나를 위한 것인지 미처 몰랐다. 지난주일 내 선물에 대한 보답으로 준비해 온 것이었다. 그때, 가장 부피가 큰 봉투를 들고 있던 열일곱 살, 타넷 형제가 선물을 건네며, 수줍게 울먹이며 말했다.

"선생님 그동안 제가 점심값을 아껴 모아 산 거예요. 선생님을 잊지 않을 거예요."

그동안 우리집에 점심 식사 때마다 방문하여 가정 문제 상담을 의뢰했었다. 처음엔 반항아였지만 지금은 믿음으로 성장하여 제법 의젓해진 형제다.

'아! 요 녀석, 그래서 그렇게 자주 점심때 밥 먹으러 왔었구나!' 투박하게 눈물을 훔치며 건넨 선물은 '앙코르와트 사원 돌조각 기념품'이었다. 건네받으니 그 무게로 내 팔이 자동으로 축 늘어졌다. 그 외 청년들로부터 받은 선물 무게만 20kg는 되는 것 같았다. 대부분이 나무조각품이나 돌조각 기념품이었다. 일단, 웃으면서 감사히 선물을 받고 출국장으로 들어왔다.

초과된 짐을 기내에 반입할 수 있을지 걱정되었다. 다른 방법으로 짐을 처리할 시간적 여유나 정보도 없어 무작정 들고 들어왔는데, 생각보다 버거웠다. 희응이와 선물을 나누어 들었지만, 내 기본 짐에 더해지니 감당할 수 있는 한계를 넘었다. 공항에서 겪은 새로운 문화적 경험이었지만, 청년들의 정성과 사랑이 담긴 선물을 쉽게 포기할 수는 없었다. 유난히 까다로운 공항 검색에 더 부담이 되었다. 다행히 기내 직원에게 사정을 설명하자, 무게에 다소 놀라 했지만 감사하게도 배려해 주었다.

대한민국행 비행기로 갈아타자마자 신문을 보았다. 그동안 TV나 인터넷을 수시로 접할 수 없어서 세상 물정을 빠르게 알지 못했다. 신문을 읽고 나서야, 왜 공항 검색이 까다로웠는지 이해할 수

있었다. 며칠 전 미국에서 끔찍한 911테러가 발생했기 때문이었
다. 우리가 비행기를 탄 날은 9월 15일이었다.


“학모이 희응씨죠?”
막 입국 절차를 밟고 나오려는 순간, 출입국관리 직원이 우리 일
행에게 다가와 희응이에게 물었다. 그리고 공항 출입국관리사무실
로 우리를 안내했다.
“죄송한데 무슨 일이시죠?”
겁을 먹고 두려워하는 희응이를 대신해, 나 또한 놀란 가슴을 억
누르며 질문했다.
“캄보디아는 현재 우리나라와 교류는 거의 없고, 오히려 중국,
북한과 교류가 많은 나라입니다. 게다가 국가 초청으로도 아닌, 일
반인은 처음인데… 입국 허가를 내줄 수 없으니 다시 캄보디아로
돌아가세요!”
직원은 매우 단호하고 냉정하게, 죄인 취급하듯 말했다. 나는 순
간 그의 태도가 불쾌하여 따지듯 질문을 이어갔다.
“아니 왜죠? 교회에서 초청장과 보증서까지 보내고, 캄보디아
주재 대한민국 대사관에서 정식 절차를 거쳐 비자까지 발급받았
는데, 그냥 다시 돌아가라니요? 절차상 다른 문제가 있다면 말씀
해 주세요.”
“절차상 문제는 없습니다. 대사관 측, 비자 발급은 그다지 중요
하지 않습니다. 만약, 이 사람이 국내에서 문제를 일으키면, 모든

책임을 질 수 있나요?"

그는 더욱 차갑게, 마치 취조하듯, 질문했다. 나는 직원의 설명을 완전히 이해할 수 없었지만, 911 테러로 인해 모든 공항 시스템이 비상 상태임을 직감했다. 그러나 겁을 먹는 대신 결연한 표정으로 단호하게 대답했다.

"네! 제가 모든 책임을 지겠습니다."

직원은 잠시 내 얼굴을 주시하더니, 내 모든 신상을 자세히 조회하고 동의서를 작성케 했다. 그렇게, 긴장되고 힘든 희웅이의 대한민국 입국 신고식을 마쳤다. 인천공항에 도착하니, 어머니와 목사님 내외분을 비롯한 아홉 명의 반가운 성도님들이 우리를 맞이했다. 지금은 공항에서 그런 풍경은 거의 사라졌지만, 환영하는 큰 플래카드를 내걸고 기념사진도 찍었다.

2000년 3월 15일 김포공항을 출국하여 2001년 9월 15일, 정확히 1년 6개월 만에 새 공항인 인천공항으로 입국했다. 크고 쾌적한 새로워진 공항만큼 나 또한 성장한 것 같았다. 이젠 예전의 삶으로 돌아갈 수 없는, 큰 믿음의 강을 건넌 것 같았다. 그 강을 건너보니, 어디에서도 보지 못했던, 순수하고 아름다운 사랑의 보석을 발견했다. 벌써 그리운 청년들 말이다. 그 보석은 놀랍게도 나를 사랑의 사람으로 변화시키고 있었다. 나는 보석들을 잃어버리지 않고 잊지 않기 위해, 내 마음 가장 깊은 곳, 나의 주님께서 선사하신 경이로운 믿음의 상자에 한 명 한 명 담았다.

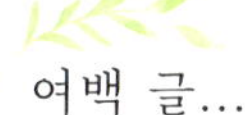

여백 글…

올 때와 마찬가지로, 베트남에서 비행기를 갈아타기 위해 환승 게이트로 향했다. 이번에는 환승 시간이 촉박해, 무거운 짐을 들고 뛰듯 걸었다. 데스크에 도착하니, 정말 팔이 떨어져 나갈 것만 같았다. '아, 하나님! 제 팔이 빠지기 전에 도와주세요.'

환승하기위해 대기줄에 섰다. 직원들이 꼼꼼하게 환승객들을 체크하고 있어 데스크의 줄이 길었다. 아무리 공항이 비상사태라고는 하지만, 유독 우리 줄만 줄지 않는 것 같았다. 이유가 궁금해 시선을 따라가 보니, 한 승객이 직원과 제대로 의사소통이 되지 않아 어려움을 겪고 있었다. 가까이서 보니 그 승객은 우리나라 사람이었다. 그것도 건장한 남자였다! 나는 조심스럽게 다가가 물었다.

"무슨 일 있으세요?"

"아… 네, 제가 영어를 잘 못해서, 이 직원이 무슨 말 하는지 잘 모르겠네요."

얼마나 난처했는지, 남성은 식은땀까지 흘리며 난감한 상황에 멋쩍어 했지만, 이내 나의 개입을 반가워했다.

"잠시만요. 직원에게 물어보고 제가 도와드릴게요."

알고 보니, 문제는 그놈의 'luggage' (수화물) 문제였다.

"아, 직원이 보낸 수화물 개수를 물어보네요."

"아! 그거였군요. 도와주셔서 정말 감사합니다."

남성은 그렇게, 감사와 부끄러움이 섞인 표정으로 빠르게 인사하고 뒤

돌아가려 했다. 나는 그를 붙잡고, 조금은 당당하게 도움을 구했다.

"저... 저기요! 저도 좀 도와주실래요? 제가 짐이 좀 많아서요. 우리나라까지 좀 들어 주셨으면 하는데......."

남성은 내가 들고 있던 나무와 돌들을 보며 조금 황당해 했지만, 기꺼이 아무 말 없이 짐을 들어 주었다. 내 팔이 드디어 편해져서 기뻤다.

난 그 사건 이후로 'luggage' 단어를 떠올릴 때마다 더 이상 부끄러움이 아닌, 유쾌한 자부심이 생겼다. 또한 나를 향한 하나님의 위트 있는 격려에 절로 미소 지으며, 참 편안한 사랑을 느낀다.


**사랑하는 자들아**
**하나님이 이같이 우리를 사랑하셨은즉**
**우리도 서로 사랑하는 것이 마땅하도다**

요한1서 4:11

# 3장

# 그리움이 소망을 살리다
# (6년간의 여정)

# 첫 열매

「Ms. 에스더 선교사 Ms. 희응 자매를 환영합니다!」

교회 식당에 들어서니, 이러한 문구의 플래카드 아래 식탁에 축하 케이크가 놓여있다. 이미 귀국 환영 예배로 감사와 축하를 충분히 받았다고 생각했다. 그런데 이 깜짝 파티 덕분에, 우리는 한바탕 웃음을 터트리며 케이크 커팅까지 했다.

교회는 정식 선교 준비를 위해 실무 경험을 쌓고 싶다는 내 의견을 받아들여, 사무직원으로 바로 채용해 주었다. 교회의 배려에 감사했다. 그리고 성도님들은 희응이가 머문 3개월 동안, 그녀를 따뜻한 사랑으로 각별히 대해 주었다. 바쁜 나를 대신해 집회마다 영어 통역을 맡아준 자매, 담임목사님 가정을 비롯하여 함께 여행을 다니신 분들, 귀한 대접을 해 주신 모든 분들께 희응이는 지금도 감사를 잊지 않고 있다.


시간은 참 빨리 흘러갔다. 희응이가 3개월 동안 받은 적절한 치료로 건강이 많이 회복될 즈음, 어느덧 마지막 예배를 앞두게 되었다. 교회에선 이미 희응이를 위한 특별헌금을 걷어 출국 준비에 보탬이 되도록 배려했다. 그러나 헌금을 받은 희응이는 며칠 동안 고민하더니 나에게 의견을 물었다.

“선생님! 제가 이제껏 사랑을 정말 많이 받았는데, 헌금까지 받을 수는 없어요. 저도 성도님들의 사랑에 무언가 보답하고 싶어요. 그래서 말인데요, 주일 점심에 제가 음식을 해 드리면 어떨까요? 그동안 자매님들께 배운 요리 중 제육볶음은 잘할 수 있을 것 같거든요.”

“그 금액을 모두? 대단한데! 성도들이 희웅이의 선물에 모두 감동할 거야!”

요리에 관심이 많던 희웅이는 그동안 주방을 부지런히 들락날락했었다. 워낙 눈썰미도 좋고 똑똑한 친구라, 요리하겠다는 말에는 그다지 놀라지 않았다. 하지만 성도들을 위해 헌금 전액을 쓰기로 했다는 점은, 희웅이에겐 큰 금액이었기에 매우 놀랐다.

주일날이 돌아왔다. 캄보디아에서 온 요리사 희웅이에게 특별한 점심을 대접받은 성도들은, 그녀의 사랑에 감동해 진심 어린 감사와 격려를 전했다. 드디어 오후 예배 때, 희웅이의 마지막 특별 간증 시간이 되었다. 희웅이는 눈물을 흘리며 순수한 마음으로 간증을 이어갔다. 그러던 그녀의 마지막 뜻밖의 말에, 나는 순식간에 전율을 느끼며 그만 울컥하고 말았다.


“저도 에스더 선생님처럼 잃어버린 영혼들을 위해 복음을 전하는 훌륭한 선교사가 되고 싶어요. 기도해 주세요.”


희웅이는 캄보디아에서 내게 복음을 듣고 구원받은 나의 첫 열매다. 나와 함께 지내면서, 때로는 서로에게 오해와 무지로 예기치 못한 어려움도 있었다. 희응이가 고용된 사람으로서 내 사정을 잘 안다고 생각하여, 그녀의 수고를 당연시할 때가 종종 있었다. 솔직히 돌보아야 할 대상이 아닌, 나의 부족한 점을 채워 줄 동역자로서 대하는 경우가 많았다. 그러다 보니 다른 성도들보다 마음을 살피고 세심하게 신경 써 주지 못했다.

분명 나에게 서운함이 있었을 법도 했다. 그런데 희응이의 간증에는 감사함이, 그 모든 감정보다 더 크게 자리 잡고 있었다. 그렇게 캄보디아인이 나를 인정해 준 최초의 간증을 들으니, 행복하고 평안했다. 그동안의 모든 고생이 보람으로 승화되었다. 동시에, 다른 성도들보다 그녀에게 최선을 다하지 못한 것 같아 미안함과 안쓰러움이 밀려왔다. 하지만 그녀의 진가를 알게 되어 내게 큰 감동으로 다가왔다.


인생을 살면서 누군가가 나를 제대로 알아줄 때만큼 큰 격려가 또 있을까. 나는 25년간의 선교 활동 동안 많은 현지인을 만났다. 학생들에게 내가 선교사임을 항상 밝히고 하나님의 말씀을 증거했다. 또한 믿음과 인성 교육을 중요하게 생각했다. 하지만 내 가르침을 따르는 학생들도 있었지만, 대부분은 그렇지 않았다.

그들은 나를 한국어 선생님, 음악 선생님, 자신의 미래와 학업을 도와주는 조력자, 한국행을 지원해 주는 도우미, 일자리 제공 및 문제 해결을 도와주는 사람으로 여겼다. 어떤 이는 한국이 좋아서 나를 따르는 경우도 있었다. 처음엔 그들 스스로 그것이 잘못된 것인지조차 인지하지 못했다.

하지만 시간이 지나면서 선교처에 나오는 것이 자신의 목적과 맞지 않다는 걸 알게 되거나, 목표를 이미 이루었다고 생각되면, 부끄러워하면서도 어쩔 수 없다는 듯 이런저런 핑계를 대며 내 곁을 떠났다. 그럴 때마다 나는 그들의 인생이 안타까워 마음이 아팠다.

그러나 희응이는 그들과 달랐다. 똑똑하고 지혜로우며 마음이 따뜻하여 이타적으로 행동했다. 본질을 꿰뚫어 볼 줄 아는 통찰력과 믿음을 겸비하며, 동시에 겸손했다. 전형적인 모계중심사회에서 성장하여, 어머니에게 배웠을 강한 말투와 행동이 다소 투박하기는 했지만, 그녀의 사람됨과 그 믿음이 그러했다. 그녀의 부모님 또한, 한국에서 3개월간 자신의 딸을 치료해주고 돌봐준 일로, 25년 동안 나를 딸의 은인으로 생각하고 깍듯이 대우해 주신다. 나의 선의를 잊지 않고 한결같이 기억해 준 학생의 부모님은 처음이었다. 희응이의 감사하는 자세는 아마 부모님으로부터 비롯된 것이 분명했다.


한번은 이런 일도 있었다. 희응이가 떠난 지 약 1년쯤 지난 어느 날, 교회 사무원으로서 업무를 보고 있는데, 한 낯선 남성이 교회 문을 두드렸다.

"무슨 일이시죠?"

"혹시 김희선 선교사님 되십니까? 캄보디아에 희응이라는 사람 아시나요?"

"네 제가 맞는데요. 우리 희웅이를 어떻게 아세요?"

"아! 네, 그 친구에게 제가 좀 도움을 받은 일이 있었어요. 제가 우리나라로 돌아간다고 하니, 자기 부탁도 하나 들어달라 하길래 이렇게 오게 되었습니다. 여기 교회 주소도 적어 주면서 선교사님 찾으면 이것 좀 전해 주라고 했습니다. 자, 여기 받으세요. 그럼, 전 이만 가보겠습니다. 안녕히 계세요."

남성은 임무가 끝나자마자 바로 떠났다. 건네받은 물건은 하얀 비닐봉지 안에 종이로 싸여 있었다. 그것을 펼치니 바지와 티셔츠 그리고 감사 편지가 있었다. 희웅이는 내가 입을 옷이 없을 것을 염려해 보낸 것이 아니었다. 난 그날 따뜻한 마음의 선물을 받은 것이다. 희웅이를 통해 감사는 어떻게 전해야 하는지를 배웠다.


희웅이는 나의 선교 역사와 믿음의 세월을 같이한다. 안타깝게도 믿지 않는 자와 결혼하여 많은 세월을 어렵게 돌아와야 했다. 남편과 자녀들 모두, 그녀가 오랫동안 인내라는 큰 고통을 감수한 뒤에야 비로소 신실한 그리스도인이 될 수 있었다. 어려움에 잠시 휘청인 적도 있었지만, 매번 회개하며 다시 일어나 소망의 기도를 단 한 번도 놓지 않았다. 지금도 자신의 사명을 향해 앞으로 나아가고 있다. 하나님을 사랑하고, 가족을 사랑하며, 민족을 사랑하기 때문이라며, 늘 자신의 믿음을 위해 간절한 기도를 부탁한다.

"선생님! 제 믿음이 무너지면, 우리 가정이, 우리 교회가 무너져요. 그러면 아무런 희망이 없는 우리나라는 어떡해요! 마귀는 엄청난 어려움으로 저를 늘 넘어뜨리려 해요. 그렇지만 절대 제 믿음을 포기할 수 없어요. 전 걱정하지 않아요. 주님이 저와 늘 함께하시거든요. 그러니 제가 어려움보단 저를 사랑하시는 주님만 항상 바라보도록 기도해 주세요.”

단순히 성경 지식이 많은 것보다, 아는 만큼 실천하려 애쓰는 희응이는, 나의 선교 활동의 첫 열매다. 희응이의 굳건한 믿음은 늘 나에게 새로운 도전을 준다.

첫 열매를 보면, 나무가 맺게 될 많은 실과를 가늠할 수 있다. 좋은 열매는 뿌리가 튼실한 나무에서만 나온다. 희응이의 마음에 하나님의 말씀이 신실하게 뿌리내려진 것에 감사했다. 그 다음 열매들은 첫 열매를 닮을 테니, 걱정하지 않는다, 그래서 어떠한 어려움에도 캄보디아를 향한 나의 희망을 버릴 수가 없다. 희응이와 같은, 다른 열매들이 맺기까지 다소 시간이 걸린다 해도 말이다. 정말 신기하게도 25년의 세월이 흐른 지금, 교회에는 희응이와 같은 열매들만 대부분 남아 있다. 첫 열매의 위력을 증명이라도 하듯.

여백 글…

“희응! 한 가지 궁금한 게 있어. 좀 오래된 이야기긴 하지만, 예전에 우리나라에서 3개월 동안 체류했을 때, 난 출근하느라 함께 다니지 못했잖아. 근데 부인반 자매님들하고 어떻게 금방 친해지게 됐어? 말도 잘 안 통했을 텐데 말이야. 어떤 자매님과는 나도 친하지 않았어. 자매님들하고 교제하면서 매우 재미있었거나, 아니면 문화적 충격을 받은 적 있었어? 난 캄보디아에서 워낙 많았잖아.”

난 책 집필을 위해 아주 오래된 기억을 희응이에게 물었다.

“아! 그거요. 하나 있었어요. 아니, 전 정말 처음엔 안 간다고 했었거든요. 근데 자매님들이 이것도 문화체험이라고 하셔서, 저를 데리고 간 곳이 있었어요. 지금 생각해보면, 아마도 아팠던 저를 배려해서 간 것 같아요.”

“어! 어디?”

“사우나요. 처음엔 조금 창피했는데, 다녀오니 몸도 개운하고 피부가 정말 좋아져 감사하기도 하고 재미있기도 했어요. 음식도 맛있었고, 뭔지 모르겠지만 그때부턴가 자매님들과 이상하게 더 친해진 것 같더라고요. ”

“어! 음... 그래서…….”

교회에 오래 다녔지만, 미처 나도 해 보지 못했던, 뭐 그다지 해 보고 싶지는 않은, 초고속으로 친분 쌓기에 좋은, 사우나 교제 또한 희응이는 외국인으로서 최초였다.





**누가복음 6:43, 9:20**

# 애들아! 미안해!

"희응! 잘 있었어? 캄보디아 방문할 날짜가 얼마 안 남아 연락했어. 별일 없지?"

지난 1년 반의 단기 선교 이후, 자비량으로 가는 두 번째 방문이다. 학생들이 너무 보고 싶어 비용만 마련되면 방문을 계획했다. 그런데 이번 방문은 출국할 날이 가까워질수록 왠지 모를 무거운 마음이 커져갔다. 말 그대로 '마음이 무겁다'라는 표현이 맞다. 처음엔 평안한 마음으로 방문을 계획했지만, 그 무거움이 점점 커지자 결국 희응이에게 전화를 하게 되었다. 혹시 무슨 일이 있는지 근황을 묻고, 무거운 마음의 원인을 알아보고 싶었다. 그런데 뜻밖의 소식을 들었다.

"네, 선생님 잘 지내셨어요."

목소리에 힘이 없다. 원래 희응이는 웃음 섞인 하이톤으로 말해, 수화기를 약간 멀리하고 통화해야 할 정도였지만, 평소와 달랐다.

"무슨 일 있었어? 아니면 어디 아프니? 목소리가 왜 그래?"

"선생님! 선교사라면 우리를 사랑해서 오신 분들이잖아요. 그런데 왜 그런 일을……."

　수화기 저편에서 희웅이의 울먹이는 소리를 들으니, 그동안 원인 모를 내 무거웠던 마음에 커다란 무게추가 더해진 듯, 가슴이 철렁 내려앉았다.

“L 선교사님과 무슨 일 있었니?”

“네… 선교사님이 우리를 경찰에 신고했어요.”

　대충 자초지종을 듣고 나니, 하나님의 인도하심에 놀라웠다. 그 알 수 없이 무거웠던 마음은 하나님께서 영혼들을 사랑하시는 마음이었다. 나는 부랴부랴 예매했던 표를 변경하여 출국일을 앞당겼다.


“에스더 선교사! 그동안 무슨 일이 있었는지 알아요? 내가 잠시 필리핀에 다녀오는 동안 도둑이 들었어요. 카메라 등 중요한 고가의 물품들을 훔쳐 갔어요. 청년들에게 맡기고 갔는데, 누구도 책임지지 않고 서로의 눈치만 보길래……. 그들끼리는 누가 범인인지 아는 것 같은데, 다들 말을 안 해요. 이번엔 안 되겠다 싶어 경찰을 불렀습니다.”

　선교사님은 예정보다 일찍 온 나를 반겼다. 그리고 자신의 행동이 틀리지 않았음을 강조하는 듯한 어투로, 그동안 있었던 일들을 조심스럽게 꺼내 놓았다. 가만히 듣고 있자니, 만약 내가 그 상황에 있었다면 어땠을까 하는 생각에 마음이 복잡해졌다. 분명한 것은, 그분이 지금껏 드렸던 선교에 대한 열정과 사랑의 초심이 이번 사건으로 점차 퇴색되는 것 같아 우려됐다.

사랑은 모든 감정을 느끼는 움직이는 생명체여서, 한곳에 머무르지 않고 잔잔한 감동으로 나타나는, 따뜻한 마음을 찾아간다. 사랑이 무엇을 느끼느냐에 따라 언제든지 성장할 수도 있고, 반대로 너무 작아져 소멸될 수도 있다. 사랑은 모든 것의 근원이기에, 그만큼 소중하다. 선교사님과 청년들이 이제껏 서로를 향해 베푼 사랑이 다 소멸되기 전에, 내가 이곳으로 보내진 것이라 생각했다. 그들이 다시 사랑으로 서로를 품을 수 있도록.

"얘들아! 경찰들이 와서 너희들을 신문해서 많이 놀랐겠다. 그러나 난 L 선교사님도 이해해. 타국에서 선교 활동을 하다 보면 외로울 때가 많아. 예민해질 수 있다는 말이지. 그리고 난 너희들 마음도 이해한단다. 경찰들이 왔을 때 많이 무서웠을 테고, 너희들을 의심하는 선교사님이 원망스러웠을 거야. 그런데 우리 조금만 더 서로 이해하려고 노력해 보면 안 될까? 예수님은 우리를 위해 하나님의 아들이심에도 십자가에서 죽으셨잖아. 그러니, 교회를 그만 나오려고 했던 마음은 접어두자. L 선교사님을 대신해서 내가 사과할게. 얘들아! 미안해!"

고개를 숙이고 듣고 있던 청년들이 내 말이 끝나자 하나둘 말을 이어갔다.

"선생님, 우리는 누가 범인인지 알 것 같아요. 그 형제가 분명 가난한데 어디서 갑자기 돈이 생겼는지, 그동안 자신이 사고 싶었던 물건들을 사고 우리에게 자랑했었거든요. 그런데 경찰이 왔을 때는 차마 말할 수 없었어요."

"그래! 그랬었구나. 그러나 심증만으로는 형제를 의심할 수 없으니, 그 문제는 좀 더 하나님께 지혜를 구하자!"

서로 불신하는 마음을 그만 종식 시키고 싶었다. 그렇게 대화를 마무리하고, 맛있는 식사를 함께하며 오랜만에 즐거운 교제 시간을 가졌다.


L 선교사님과 청년들을 돌아본 후, 게스트로 선교사님 내외분이 하는 사역지를 방문했다. 사실, 게스트로 선교사님께서 지방에서 새롭게 보육원 사역을 한다는 소식을 듣고 기도해 오고 있었다. 언젠가 도움이 될 수 있었으면 좋겠다고 생각했는데 방문하게 되어 감사했다.

보육원 아이들은 모두 40명 정도였다. 가장 어린 갓난아기도 있었는데, 선교사님께서 입양하여 직접 돌보고 계셨다. 나로서는 감히 상상할 수도 없는, 엄청난 사역을 사모님과 함께하고 계셨다. 내가 그분들의 사역에 조금이나마 보탬이 될 수 있어 감사할 뿐이었다. 말씀과 찬양을 가르치고, 아이들과 게임도 하며 즐겁게 지내는 중 유독 한 아이가 눈에 들어왔다.

"선교사님! 이 아이는 몇 살이지요? 유독 또래보다 작아 보여요. 근데 식탐은 많고, 매번 급하게 먹어 체할까 걱정이 돼요. 항상 같이 다니는 친구는 아이의 형인가요?"

"맞아요. 둘 다 식탐이 많은데 유독 동생이 심하죠. 그런데 이 아이들은 원래 고아가 아니에요. 아버지가 있긴 하지만, 아이들을 굶주린 상태로 방치하고 술만 마시면 늘 폭력을 가했어요. 여기, 이 아이 새끼손가락을 보세요. 끝에 한 마디가 잘려 나갔지요? 그 아버지가 술 마시고 이런 끔찍한 일을 저지르자, 주변 친척들이 보다 못해 구출해 이곳으로 오게 되었어요. 이제 적응할 만도 한데, 그동안 하도 굶어서 그런지 아직도 음식을 보면 절제하지 못하고 급하게, 마치 폭식하듯 먹네요. 키는 어릴 적 영양결핍 때문에 제대로 자라지 못해 또래보다 한참 작은 거고요.”

　죄의 근성을 가지고 있는 인간의 적나라한 실태를 보는 것 같았다. 이제껏, 내가 경험해보지 못했던 끔찍하고 더러운 죄악의 민낯을 직접 목격했다. 그동안 뉴스에서 접했던 끔찍한 사건 사고들보다 훨씬 더 충격으로 다가왔다. 순간 분노가 치밀어 올라 숨이 막혔다. ‘어떻게 작고 여린 아이에게… 이 아이는 이곳에 오기까지 얼마나 배가 고팠고, 무서웠으며, 절망스러웠을까.’ 난 가슴이 아파 그 잘려 나간 아이의 작고 힘없는 손가락을 내 손으로 감쌌다. 이 아이를 세상에 이렇게 무책임하게 방치한 어른들을 대신해 미안했다. 내가 영적으로 게을러 이제야 와서 손을 감싸준 것도 미안했다.

　“에스더 선교사! 마음이 아프지요? 나는 이 사역을 시작하면서 이런 사연들을 너무 많이 접했어요. 그러다 보니 정말 이들을 끝까지 사랑할 수 있을까? 하고 걱정이 될 때가 있어요. 사람이 싫어지죠. 하지만 죄인들을 사랑하여 십자가에서 죽기까지 희생한, 예수님의 사랑과 그분의 보혈을 생각하면서 다시 힘을 내게 돼요. 그런데도 여전히 그들을 사랑으로 품기에는 내가 너무 많이 부족하다는 것을 느껴요. 나를 위해 기도해 주세요."

선교사님의 이 겸손한 말씀에, 어제 일이 문득 떠올랐다.

보육원의 미니버스를 운전하는 운전기사가 있다. 그런데 무엇을 잘못했는지 모르겠지만, 선교사님께서 그분을 평소보다 약간 엄격하게 혼내시는 모습을 우연히 보게 되었다. 이내, 그 상황이 조금 민망하셨는지 그 광경을 본 내게 다가와 이렇게 말씀하셨다.

"이번이 몇 번째인지 모르겠네요. 얼마나 더 가르쳐야 고칠지 때론 정말 답답합니다."

L 선교사님하고는 비교도 안 되게 점잖게 말씀하셨는데도, 그동안 L 선교사님에 대한 내 피해의식이었을까? 아니면 그 버스 운전기사를 L 선교사님의 청년이라고 생각해 내 감정을 지나치게 표현했던 탓일까? 순간, 나는 약간 선을 넘는 실언을 하고 말았다.

"선교사님! 이들이 부족하니까 하나님이 우리를 이곳에 보내 가르치게 하신 거죠."

"아! 그렇죠! 에스더 선교사 말이 맞네요. 맞아요, 하하."

약간 퉁명스럽게 갑자기 튀어나온 내 발언에 충분히 민망했을 법도 했다. 그러나 선교사님은 한참 어린 내가 선교에 대한 순수한 열정이 다치지 않도록 배려하셨다. 오히려 나를 세워 주고 유쾌하게 넘기셨다.

지금 선교사님은 자신은 사랑이 부족하다며 내게 기도를 부탁하신다. 나는 어제 한 내 실언이 떠올라 부끄러웠다. 속이 메스꺼울 만큼 이 아이의 아버지도 혐오해 용서할 수 없을 것 같은데… 그들이 부족하니 우리가 인내하자고 했던 어제 내 발언처럼, 나는 끝까지 사랑으로 내 학생들을 가르칠 수 있을까.

선교사님은 이보다 더한 사연도 수없이 겪으셨을 텐데, 여전히 자신의 부족함을 먼저 탓하며 이들을 향한 예수님의 긍휼한 마음을 지켜내고 계셨다. 선교는 단순한 단기 활동이 아닌, 진정한 사랑의 사람이 되어야 하는 길임을 깨달았다."


게스트로 선교사님이 입양한 갓난아기의 기저귀를 바쁜 사모님을 대신해 갈아주는 모습을 본 적이 있다. 세상에 버려진 아이를 대하는 측은함과 미안함이 공존하는 성숙한, 사랑의 모습이었다. 난 순간 아이 입장이 되어 참 평안하고 안심이 되어 미소가 지어졌다. 그리고 그분의 아름다운 모습은 내 마음에 각인됐다. 한없이 연약한 아이에겐 게스트로 선교사님은, 생명을 이어가게 할 사랑의 마지막 보루였을 테니까.

우리 청년들도 감히 이와 같다고 생각했다. 고통받는 그들에게, 한없는 긍휼과 미안한 마음이 들었던 것은, 내가 그들에게 마지막 사랑의 보루였기 때문이었다. 그러나 그땐 몰랐다. 세월이 흐른 뒤 깨달은 것은 내가 세상을 살아가는데, 그들도 나에게 마지막 사랑의 보루였다는 것을.

긍휼을 베푸는 자들은 복이 있나니
그들이 긍휼을 얻을 것이기 때문이요

마태복음 5:7

# 다시 만나다

2002년 당시 내가 부모님과 함께 살던 집은 다세대 주택이었다. 어머니를 대신해 공과금을 걷으러 다닐 때가 있었는데, 세입자 중 20대 중반의 파키스탄 청년 2명이 함께 살며 공장에 다니고 있었다. 우리집에까지 외국인 세입자가 들어왔다는 사실은, 어느새 서울 주택가에 많은 외국인이 살고 있다는 방증이기도 했다. 그들과 한국어로 간단히 의사소통하는 데에는 큰 불편함은 없었다. 하지만 가끔 엉뚱한 한국어 구사 때문에 웃음이 터지곤 했다.

"나 속쓰림!"이라는 표현을 "나 배 아파요!"라는 뜻으로 사용하고 있을 정도였다. 어느 제약회사 TV 광고에서 배를 움켜잡은 모습을 보고 '속쓰림'이라는 단어를 알게 됐다며, 그 뜻이 아니냐고 했다. 그 외에도 "목도리, 장갑 잘 신으세요." 등 동사의 활용도 틀릴 때가 많아, 웃고 싶을 땐 그들과 일부러 대화하고 싶었다. 그들을 만날 때마다 안부를 물으며, 나에겐 신선하고 재미있으며 기발하기까지 한 그들만의 한국어를 바로잡아 주었다. 점차 그들의 삶이 내 눈에 들어오면서, 캄보디아의 영혼들이 생각나 더 측은하게 느껴졌다. 외국인들에게 관심을 두기 시작한 시점이 그때부터였다.

어느 날, 동네 공원에서 파키스탄 사람들에 둘러싸인 채, 쿠란과 성경의 차이를 설명하며 복음을 전하고 있는 나 자신을 발견했다.

'안 되겠어! 개인적으로 전도하는 것보다, 교회에서 외국인 부서를 신설해 더 많은 외국인을 전도해야겠어.'

전도하기 위해 직접 해외로 파송되지 않더라도, 우리나라에서 더 쉽고 안전하게 복음을 전할 수 있는 절호의 기회라 여겼다. 이는 해외 선교를 우리나라에서 하라는 주님의 또 다른 부르심이었다. 점점 간절해지는 마음과는 달리, 무엇부터 해야 할지 몰라 부산한 내 마음을, 주님께 솔직히 아뢰며 무릎을 꿇고 기도로 지혜를 구했다. 그러자 어느새 내 안의 열정이 뜨거운 눈물로 흘러내렸다.

"하나님! 이들이 각자의 간절한 소망을 가지고 우리나라에 왔습니다. 그러나 예수님을 믿고 구원받을 수만 있다면, 그 얼마나 다행일까요. 제가 무엇부터 해야 할지 인도해 주셔서, 하나님께서 구원하고자 하는 이들을 만나게 해주세요. 그들을 돕고 싶어요!"

나는 구체적인 사역을 위해 상세히 조사하고 기획안을 만들어 목사님께 보고드렸다. 목사님께서는 기뻐하시며 이를 집사 회의에 부쳐 동의를 구하셨다. 교회는 함께할 교사가 있다면 반 개설을 허락하겠다는 조건이었다. 문제는 바로 교사로 헌신할 분이 없었다. 당시만 해도 외국인 밀집 지역이 아닌, 일반 지역교회에서 외국인 부서를 개설한다는 것은 다소 드문 일이었다.

"성도님들! 물론, 영어를 잘하지 못해도 괜찮습니다. 영어권이 아닌 외국인도 많습니다. 한국어를 잘하는 외국인도 많고요. 그러니 부담 갖지 마시고, 선교적 마음으로 그들에게 따뜻한 하나님의 사랑을 나눠줄 분이면 됩니다. 많은 관심과 기도 부탁드립니다." 이렇게 몇 차례 간증하며 기다리던 중, 한 자매님이 조심스럽게 다가와 말했다.

"저는 영어 못해요! 하지만 함께해 줄 사람이 필요하다면, 헌신할 수 있어요."

"네! 그럼요. 자매님! 모든 것은 제가 다 준비할 테니, 옆에 계시기만 하면 됩니다."

귀한 자매님의 헌신으로 담당 집사님이 정해졌다. 교회의 정식 후원은 물론, 개인적으로 특별헌금을 해 주시는 분들과 자차로 공장 전도를 돕는 분까지 더해졌다. 그렇게 외국인부가 개설되어 본격적인 전도 활동을 시작했다.


사역에 앞서 여러 나라의 외국인을 대상으로 한, 선교 전도지와 부서를 알리는 광고 전단지를 만들었다. 주일 모든 예배가 끝나면, 교사진들과 함께 교회 주변을 지나가는 외국인들에게 전도지와 전단지를 나눠주며 전도를 시작했다. 그리고 점차 동대문역, 수원역, 서울역, 이태원 등 전철역 주변과 공장까지 나아가 전도하기에 이르렀다. 생각했던 것보다 많은 외국인이 관심을 보였고, 교회에 방문하기 시작했다. 동남아시아권, 중앙아시아권, 아프리카 대륙권,

러시아, 필리핀, 베트남, 특별히 몽골은 교회에서 후원하는 몽골 선교사님께서 몽골 유학생을 우리 교회에 부탁하셨다. 그 계기로 자연스럽게 유학생 사역으로까지 이어졌고, 나중에는 몽골반이 따로 생길 정도로 많이 모였다. 사역 초반은, 영어를 제외한 통역 인력이 없어, 영어권이 아닌 분들은 쉬운 한국어로 성경 공부를 했다. 그 뒤로 한국어 수업과 어려움을 들어주고 해결점을 찾기 위한 상담사역도 자연스럽게 이루어졌다. 사역은 교사분들의 헌신과 사랑 그리고 하나님의 은혜 안에서 점차 확장해나갔다.

그러던 어느 토요일 오후, 어느 외진 공장에서 한 동남아 여성에게 전도하고 있었다. 자신의 나라말과 섞어가며 한국어를 구사하는 데 얼핏 듣기에 캄보디아어 같았다. 그때까지만 해도 외국인 이주노동자 중, 캄보디아인은 아직 없다고 생각했기에, 깜짝 놀라 내 귀를 의심하며 질문했다.

"Are you Cambodian? (캄보디아 분이세요?)"

"아니, 나 태국 사람. 캄푸차는 저기 있어요."

역사적으로 캄보디아어와 태국어는 지리적·문화적 교류로 인해 서로 영향을 주고받아 비슷한 발음이 많았다. 그런데 뜻밖에, 캄보디아인이 살고 있다는 사실을 알게 되었다. 놀란 표정으로 한참을 쳐다보니, 그녀는 나를 캄보디아인이 사는 곳으로 안내했다.

세 명의 젊은 남청년들이 숙소로 보이는 컨테이너에서 늦은 점심을 준비하고 있었다. 바로 그때, 풍겨오는 익숙한 캄보디아 음식 냄새! 나는 이미 그들이 캄보디아인임을 알 수 있었다. 그래도 사실인지 확인하려고, 상기된 표정으로 그들 가까이 다가갔다. 순간, 그중 한 청년이 나를 보고 약간 놀란 듯, 컨테이너로 황급히 들어가더니 무언가 꺼내온다. 그리고 다소 겁먹은 표정으로 꺼내 온 것을 내게 내밀며, 어눌한 한국어로 말했다.

"나, 불법체류 아니에요."

그 심각한 표정을 보며, 난 더 장난치고 싶은 마음이 발동하여, 새어 나오는 웃음을 참으며 먼저 말을 건넸다.

"쪼무리업 쑤어!(안녕하세요!)"

"어! 어, 캄보디아 사람? 한국 사람?"

주변에서 나를 관망하고 있던 나머지 두 청년도, 호기심과 반가움이 섞인 웃음을 지으며 내게 다가왔다. 우리는 서로 함박웃음으로 기뻐하며, 어눌하지만 각자 상대방 나라의 언어로 열심히 이 상황을 설명했다. 나의 짧은 캄보디아 실력조차, 그들에게는 멀리 타국에서 듣는 따뜻하고 반가운 소리였을 것이다. 한국인들 사이에서 느꼈던 외로움과 고단함이 치유되는, 조금은 특별한, 정겨운 고향의 소리였을 것이다.

준비된 만찬을 즐기며, 오랫동안 알고 지내던 고향 사람을 만난 것처럼, 우리는 한동안 회포를 풀었다. 외국인부의 캄보디아 사역은 그렇게 시작됐다.

또 이르시되

너희는 온 천하에 다니며

만민에게 복음을 전파하라

마가복음 16:15

# 좀 더 사랑했더라면

스물다섯 살, 스마이는 캄보디아인 치고는 꽤 큰 키인 183cm였다. 은근히 유머 감각도 있어서 늘 분위기 메이커였다. 스물일곱 살, 완나는 다정다감한 성품에 부지런하고 성실한 사람이었다. 스물여섯 살, 원드리는 부끄러움이 많고 내성적인 성격을 지녔다. 안검하수가 심해 고개를 약간 치켜드는 습관이 있었다. 이렇게 세 명의 캄보디아인을 시작으로 많은 캄보디아인을 만나기 시작했다.

외국인부 사역이 더욱 활기차게 되어갈 무렵, 그동안 아낌없는 지원과 사랑으로 늘 기도해주셨던 담임목사님께서 다른 교회로 가시게 되셨다. 그리고 예상하지 못한 문제가 발생했다. 새로 부임하신 목사님은 외국인부 사역 방향이 나와 달랐다. 어쩔 수 없이, 전 담임목사님께서 부임한 교회로 나 또한 갈 수밖에 없었다. 감사하게도 사역을 위해 떠나는 나를, 사랑하는 성도님들은 응원해 주었다.

교회를 옮기고 보니, 담임목사님께서는 이미 외국인부를 신설해 교회에 나오는 외국인들을 돌보고 계셨다.

"김희선 자매 맞지요?"

"네, 그렇습니다."

"난 올해 처음 개설된 외국인부를 맡은 담당 집사입니다. 담임목사님께서는 내가 이 부서를 맡았으면 하시는데, 난 영어는 좀 할지 몰라도, 외국인을 어떻게 대해야 할지… 도통 은사가 없네요. 희선 자매 소식은 익히 들어 알고 있어요. 자매는 은사가 있으니, 맡아주면 정말 감사할 것 같은데……."

"네? 네… 그렇다면 먼저 담임목사님과 집사님들의 동의를 얻어 교사로 임명해 주시면, 노력해 보겠습니다."

정든 교회를 떠나 마음이 허전했지만, 새로운 교회에서 다시 외국인부 사역을 맡게 되었다. 한편, 새롭게 외국인부를 시작했다는 소식을 접한 스마이, 완나, 원드리는 내가 떠난 뒤 소통에 어려움을 이겨내지 못하고 결국 내게로 왔다.


사역을 시작한 이후 여름 휴가철, 추석, 설 연휴에는 외국인들과 함께했다. 사실 명절이면 내가 싱글인 이유로 어머니의 걱정 섞인 말씀을 형제들 앞에서 들어야 했고, 막내로서 내가 하는 일이라곤 두 올케 사이에서 설거지 정도뿐이라, 가족들의 양해를 구하고 외국인들과 시간을 보냈다. 게다가 조카들도 모두 성장하여 더 이상 놀아주지 않아도 되었다. 아이러니하게도, 이 사역을 하기에 내 상황은 오히려 완벽했다.

주요 놀이동산과 유람선, 동물원, 고궁, 통일전망대, 서울 시내 여러 관광지, 민속촌, 공원, 설악산과 바다, 남이섬, 동굴, 스키장, 공연장, 예쁜 카페까지 — 일명 데이트 장소라 부를 만한 곳은 거의 모두 외국인들과 함께 섭렵했다. 내가 가이드가 되어 교사진들과 함께 다양한 국적의 외국인들을 때로는 50명 이상을 인솔하고 다녔다. 평상시 일하느라 바빴던 그들에게 연휴 기간에 우리나라의 명승지 외 여러 곳을 다니면서 알리고 싶었다. 그들과 함께하는 모든 시간이 내겐 큰 기쁨이었다. 그중에서도 가장 즐거웠던 것은, 명절 기간에 지방에서 올라온 외국인들을 위해 교회에서 게스트하우스를 제공해 주어, 그들과 함께 지냈던 일이다. 헌신하러 오신 교사분들과 함께 레크리에이션을 진행했던 시간은 잊을 수 없다. 그들의 순수함과 엉뚱함에 나의 위트까지 더해져, 웃다 눈물이 날 정도로 즐거웠다. 또한 밤늦은 시간까지 속 깊은 많은 이야기를 나누었던 추억은 아직도 정겨움으로 내 마음속에 남아 있다. 나는 그렇게 적어도 캄보디아 이주노동자들 사이에선, 조금씩 유명인이 되어가고 있었다.

어느 날, 어떻게 내 전화번호를 알았는지 경상도 사투리를 진하게 쓰시는 중년의 한 남성분으로부터 전화가 왔다.

"여보세요? 김희선 선생님이십니까?"

"네! 제가 맞는데요. 실례지만 누구신가요?"

"아! 네, 다름이 아니라 제가 구미에서 공장을 운영하는 중소기업 사장인데요, 제 공장 캄보디아 직원들과 좀 문제가 생겨서요. 그게……."

사장님은 초면인 내게 어렵게 문제를 열심히 설명하셨지만, 나는 그분의 초반 말만 알아들었다. 사장님의 감정이 점점 격해질수록 잘 알아들을 수 없었다.

"사장님! 죄송하지만 말씀이 빨라 알아들을 수가 없네요. 메일 주소를 알려드릴 테니, 수고스럽더라도 자세한 내용은 메일로 보내 주시면 감사하겠습니다."

그날 나는 처음으로 한국어가 외국어처럼 들리는 낯선 경험을 했다.


문제는 이러했다. 쓰레기 분리수거를 지도했다고 한다. 그런데 교육한 대로 따르지 않았고, 계속 쓰레기를 함부로 버렸다고 한다. 만약 개선하지 않으면 과태료를 부과받을 수 있다는 말을 들은 뒤부터는 일터에 나오지 않는다며, 도무지 말이 통하지 않으니 도와달라는 내용이었다.

메일 확인 후, 다시 사장님께 전화를 걸어 직원들이 분명 오해한 부분이 있었을 것을 알렸다. 그들의 관점에서 문제를 이해하고 해결해야 할 것 같아, 공장 방문 날짜를 정하고 구미까지 내려갔다. 사장님은 미안한 마음이 담긴 표정으로, 직접 찾아온 나를 따뜻하게 맞아 주셨다.


"사장님 우리한테 거짓말했어요! 화내고 나빠요. 그래서 우리 일 안 해요!"

이들의 오해는 이러했다. 분리수거를 못 했다고 어떻게 100만

원이나 과태료를 내느냐는 것이었다. 그것도 화를 내시며 우리 월급에서 내겠다고 하셨다는 것이다. 캄보디아에서는 분리수거라는 개념이 없기에, 그들은 당연히 해 본 적도 없다. 게다가 자신들의 돈을 써가며 쓰레기봉투를 사야 하는 현실도 받아들이기 어려웠을 것이다. 그런데 과태료라니! 100만 원 미만을 무조건 100만 원으로 오해했고, 단 만원도 그들에겐 큰돈인데, 100만 원이나 하는 엄청난 과태료를 그들의 월급에서 내겠다고 엄포를 했다는 것이다. 직원들은 과태료라는 거짓말로, 사장님이 자신들의 월급을 갈취할 것이라고 했다. 그러니, 오해한 그들로선 단체 시위를 할 만도 했다. 소통의 부재가 이런 어처구니없는 오해를 낳다니!

나는 경계를 풀어주기 위해, 일단 그동안 캄보디아 노동자들로부터 어깨너머로 배운 캄보디아어를 사용해 친근함을 주었다. 그리고 쉬운 한국어를 사용해, 우리나라의 쓰레기 처리 시스템을 최대한 이해하기 쉽게 설명했다. 한참을 설명한 끝에 다행히 모든 오해는 풀렸고, 결국 직원들은 사장님께 사과하고 문제는 그렇게 일단락되었다.

"오늘 정말 감사합니다. 이렇게 먼 길까지 오시고. 실례가 되지 않는다면, 댁 주소를 알려 주시면 감사의 뜻으로 우리 공장에서 만드는 화과자를 보내드리고 싶습니다."

이분의 공장은 파리바게트의 협력 업체로 화과자를 만들어 납품하고 있었다. 그 이후 사장님은 잊지 않으시고, 몇 년 동안 해마다 한 차례씩 화과자 세트를 보내 주셨다. 말씀이 빠르고 다소 억양이 강하셨지만, 사장님은 정이 많은 분이셨다.

그동안 다양한 매체에서 노동자들의 인권 사각지대를 운운하여, 주로 노동자들만이 어려움을 겪는 줄 알았다. 그런데 외국인부 사역을 하면서 어려움에 처한 적지 않은 고용주들을 만나보니, 오히려 그분들이 더 안쓰러울 때도 많았다. 지금은 많이 개선되었는지 모르겠지만, 당시는 그분들을 위한 다양한 지원과 도움이 필요함을 느꼈다. 또한 항상 지혜롭게 양쪽 입장을 모두 듣고 문제에 접근해야 한다는 것도 배웠다.


그즈음, 스마이와 완나와 달리 비자 연장을 받지 못한 원드리는 불법체류자가 되고 말았다. 나는 시간이 허락되는 대로 그가 몰래 근무하는 공장을 찾아가 심방을 했다.

"원드리! 이렇게 불법체류를 하지 말고 캄보디아로 돌아갔다가 다시 절차를 밟고 오면 어때? 네가 매번 이렇게 불안해하잖아."

"하하, 선생님! 괜찮아요. 제가 잘 해결할게요."

"괜찮긴 뭐가 괜찮아! 이 술병들은 뭐야? 예전엔 이러지 않았잖아."

공장을 방문할 때마다 늘어나는 빈 술병들을 보며, 나는 걱정 어린 잔소리를 늘어놓곤 했다. 불법체류자가 된 이후, 점차 교회도 오지 않고 내 연락도 피하며 멀어졌다. 나 또한 공장을 하도 옮겨 다녀, 이젠 거처도 알 수 없는 원드리를 점차 잊고 있었다.

그런데…

어느 추운 겨울날, 원드리가 음주를 지나치게 한 탓에 저체온증으로 사망했다는 소식을 접했다. 음주로 인한 저체온증이라니… 충격이었다. 그렇게 착했던 친구가! 처음엔 술도 마시지 않았던 원드리였는데…. 그에게 복음을 전했고, 주어진 환경에서 최선을 다해 성경을 가르치며 하나님의 사랑으로 관심을 표했지만, 이런 결과를 접하니 현실이 믿기지 않았다. 마음이 아팠고, 죄책감이 몰려왔다. 죄책감이…. 내가 원드리에게 했던 말이 문득 떠올랐기 때문이다.

"원드리 내가 기도해줄게! 너무 걱정하지 마!"

불안해하던 그에게 버릇처럼 했던 말이다. 그런데 난 그를 잊고 기도조차 하지 않았다. 비록 원드리가 하나님의 사랑을 떠났다 해도, 내가 매번 모든 사람들을 기억할 수 없었다고 해도, 그에게 했던 약속만큼은 지켰어야 했다. 게으름으로 기도를 드리지 못해 그를 도울 수 없었다. 밀려오는 죄책감에 눈물로 기도하며 회개했다.

'내가 좀 더 사랑하여 기도했더라면…….'

또한 나로 말하건대
너희를 위하여 기도하기를 쉼으로 내가 결단코 주께 죄를 짓지 아니하고
선하고 바른길을 너희에게 가르칠 터인즉

사무엘상 12:23

# 나는 침례 요한

외국인부는 감사하게도, 더 많은 교사진과 교회 청년들이 전도에 동참하면서 성장을 거듭했다. 어느덧, 믿음 생활을 성실히 해 오던 캄보디아의 원나와 스마이도 고향으로 돌아갈 때가 다가오고 있었다. 우리 외국인부 교사진들은 이들을 캄보디아에서 어느 교회로 연계할지 상의했다. 시간이 흘러, 두 사람은 비자가 만료되어 캄보디아로 돌아갔고, 나는 그들에게 적절한 교회를 연결해 주기 위해 캄보디아 방문을 계획했다.

그 무렵 캄보디아에서는 내가 사랑했던 청년들이 L 선교사님과 끝내 관계를 회복하지 못한 채, 마음의 문을 완전히 닫고 흩어졌다는 안타까운 소식을 접했다. 남겨진 희응이마저 믿지 않는 자와 결혼해 많은 어려움 속에 있었다.


마지막 방문을 기점으로 4년 만에 무거운 마음으로 다시 찾은 캄보디아. 그곳의 선교환경은 이미 예전과 크게 달라져 있었다. 새로운 선교사 수가 늘었고, 협력했던 예전 선교사님들도 사역의 규모가 커지면서 나라별로 친교하고 있었다. 내가 믿고 성도들을 보낼 수 있는 게스트로 선교사님은 안타깝게도 지방에서 사역하셔서, 원나와 스마이에게 소개해 줄 수 없었다.

"희응! 비록 남편이 믿지 않아도 믿음을 포기하면 안 돼!"

"네, 선생님. L 선교사님 교회는 가끔 나가고 있어요. 선교사님께 개인적으로 조금 아쉬운 점은, 제가 믿지 않는 사람과 교제할 때, 무엇이 잘못되었는지 제대로 알려 주시지 않은 거예요. 교회에서 캄보디아식 결혼까지 허락해 주었는걸요. 술 마시고 춤추는 그런 결혼식이요. 남편을 사랑하지만, 결혼하고 나서 제가 무엇을 잘못했는지 알게 되었어요. 나중에 선생님이 결혼에 대해 바르게 조언해 주셨을 때는, 이미 상견례가 끝나 돌이킬 수 없는 상황이었어요. 여전히 영적으로 맞지 않아 힘들 때도 있지만, 전 절대 포기하지 않아요!"

희응이는 첫 아이를 임신한 상태였다. 그녀가 그렇게 믿음의 길을 힘들게 돌아서 걸어가고 있는 모습이 한없이 안쓰러웠다. 다행히 남편인 소왓은 내게 친절하고 호의적이었다. 처음에는 믿음은 없었지만, 아내를 사랑하고 나를 신뢰해서 주일날 예배는 참석했다. 그리고 하나님의 은혜로 3년이 지난 어느 날, 예수님을 영접하고 그리스도인이 되었다.

"희응! 이번에 캄보디아로 돌아온, 외국인부에 다녔던 청년 두 명이 있어. 일전에 얘기했던 청년들이지. 출석교회를 기도하고 있는데, 출석할 만한 마땅한 교회가 있을까?"

"선생님! 저는 잘 모르겠어요. 솔직히 소개하고 싶은 교회가 없어요. 죄송해요."

"그래? 그러면 지금 당장 형제들을 보낼 교회는 없다는 거지. 일단 며칠 후 외국인부 담당 집사님께서 캄보디아에 오셔. 집사님은 평소 외국인들에 대해 긍휼함이 많아, 이번 캄보디아 방문도 하게 되셨어. 그분과 원나, 스마이 그리고 내가 희웅이의 집에서 기도 모임을 했으면 하는데 괜찮겠니?"

"네, 준비할게요."

이후 기도 모임 가운데, 우리의 간절한 소망을 하나님께 아뢰었다.


"하나님! 이곳에 하나님의 사랑이 넘치는 교회가 세워지도록 역사하여 주세요."


우리나라로 돌아오자마자 이 사실을 교회에 알렸다. 감사하게도 젊은 한 형제가 기꺼이 헌신해 주었다. 그 결과 교회는 나를 6개월간 준비위원으로 파송하기로 결정했다. 떠날 날이 가까워질수록, 상처받고 떠났던 청년들과 외국인부에서 자신의 나라로 돌아간 성도들을 다시 만날 생각에 오랜만에 가슴이 설레기 시작했다.


2007년 8월 30일, 선교를 위해 7년 만에 캄보디아로 돌아왔다. 키 큰 스마이가 공항까지 차를 대절해 마중 나와, 함박웃음을 띠며 나를 반겼다.

"캄보디아에 오신 것을 환영합니다, 하하!"

"하이! 스마이 반가워! 그동안 잘 지냈지? 더 멋있어졌는데, 하하!"

나는 스마이와 차로 예약한 숙소로 이동하면서 그동안 교회에서 무슨 일들이 있었는지 상세히 설명해 주었다.

"최대한 빨리 6개월 동안 내가 살 집을 구해야 해. 내일 아침부터 알아보도록 하자."

나는 짐을 챙겨 차에서 내리며, 내일 일정을 말했다.

"알겠어요. 내일부터는 오토바이로 다닙니다. 그래야 구석구석 빠르게 다녀요."

우리는 내일 일정을 위해 간절히 기도하고 헤어졌다. 날이 밝자마자, 프놈펜 수도 여기저기 집을 보러 다녔다. 다행히 반나절 만에, 6개월간 머물, 기본 주거시설이 갖춰진 집을 구했다. 그렇게 수도 프놈펜의 쪼므란펄 지역에서 6개월간 선교준비위원의 삶이 시작됐다.

"나는 여러분의 선교사가 올 때까지, 이미 캄보디아로 돌아간 외국인부 형제자매들을 돌아보기 위해 왔습니다. 여러분의 간절한 기도가 오늘 이렇게 이루어졌어요. 외국인부에서 믿음 생활했던 것처럼 우리 열심히 해요."

원나, 스마이, 스마이 친구 그리고 나, 이렇게 우리는 2007년 9월 2일 주일 오전, 내가 온 이유와 앞으로 해야 할 일들을 공유하며, 시원한 타일 바닥에서 첫 성경 공부와 기도 모임을 가졌다.


어느 날, 이미 캄보디아로 돌아온 성도들을 찾아 돌보며 문득 한 가지 생각이 떠올랐다. '이곳에 있는 동안 한국어 무료 교실을 열면 어떨까? 전도도 겸할 수 있고, 7년 전과 비교하면 한국어의 인기가 확실히 많이 높아졌어.'

사실 우리나라를 떠나기 얼마 전, 대학에서 한국어교육 강사 수료를 마쳤었다. 사역에 혹시 도움이 될까 준비해 둔 것이었다. 원나에게 부탁해 그의 여동생과 함께 지내며, 우리는 한국어 무료강의 광고지를 만들어 골목 곳곳에 붙이며 다녔다. 반응은 상상 이상이었다. 처음 5명으로 시작해 얼마 지나지 않아 약 20명의 학생이 모여들었다. 말씀을 듣고 구원받는 학생들도 늘어나기 시작했다. 그럴 때마다 "나는 여러분의 선교사가 아닙니다!"를 설명하고 나에게 관심이 쏠리는 것을 주의했다.


그러던 중 한국 교회에서 안타까운 소식을 전해왔다. 교회에서 선교사 파송이 취소되었다는 내용이었다. 이곳 성도들에게 큰 희망을 주었던 일인데……. 그러나 이미 벌어진 문제이기에 당장 지혜롭게 해결해야 했다. 그렇지 않으면 연약한 양들은 겁을 먹고 모두 흩어질 테니 말이다. 나는 캄보디아 성도들과의 약속을 떠올리며, 내가 좀 더 강해져야 함을 절실히 느꼈다. 이렇게 포기하는 것이 과연 하나님의 뜻인지 묻고 또 물으며, 황급히 귀국길에 올랐다.

'어쩔 수 없어! 포기해야지. 내가 해결할 수 있는 문제가 아니야.'라고 생각하면, 그동안 학생들에게 자신 있고 희망차게 말해왔던 것이 떠올라, 내 심장을 후벼팠다. 자존심이 상했다. 이런 나약한 생각을 하는 자신에게 화가 치밀어 올랐다.

'전능하신 하나님의 자녀라고 하면서 생명의 위협이 가해지는 위험한 나라도 아니고…. 이 정도 현실의 벽에 무너져 믿음의 의리도 지키지 못한다면, 그런 삶이 무슨 가치가 있다고! 세상에는, 이보다 더한 선교 현장에서도 묵묵히 자신의 길을 걸어가는 겸손한 주의 종들이 얼마나 많은데! 우리와 같이 평범한 사람들은 감히 이해할 수도 없는 분들 말이야!'

한없이 작아지는 나를 보며, 포기하는 길은 분명 하나님의 뜻이 아님을 깨닫고 담임 목사님을 찾아갔다.

"목사님! 오래 기도하며 내린 결정입니다. 제가 캄보디아로 유학 가겠습니다. 유학하는 동안 새로운 선교사가 정해지길 소망하겠습니다. 저는 어떠한 방법으로든 문제를 해결하실 하나님을 믿고, 유학하는 동안 영혼들이 흩어지지 않도록 지키겠습니다. 캄보디아 성도들을 포기하는 것은 믿음의 도리가 아니라고 믿습니다. 그리고 모든 경비는 자비량으로 하겠습니다."

교회는 내가 인준된 정식 선교사가 아님에도, 준비위원으로 갔을 당시 사역비의 50퍼센트를 유학 내내 후원해 주었다. 그 외에 개인적으로 후원하는 고마운 집사님도 계셨다. 그리고 나를 사랑하시는 하나님은 한국어 강사 일을 통해 필요한 재정을 채워주셨다.


나는 선교 유학을 본격적으로 준비하면서 그동안의 사역을 정리했다. 교회를 옮기면서까지 이어온 총 6년의 외국인부 사역을 통해, 국내에서만 21개국의 외국인들을 만나 전도했었다. 나에겐 값지고 소중한 경험이었다. 많은 분들의 기도와 후원, 교회의 아낌없는 지원 덕분에 가능했다. 각 나라 사람들의 사고와 문화를 경험하며 영적으로 소통했다. 때론 두세 번의 통역을 거쳐 복음을 전하며, 간절했던 순간들도 마음에 간직했다. 하나님께서 이루신 기적이었다.

또한 여러 모습으로 도와준 가족들도 힘이 되었다. 믿지 않는 가족들이 내 삶을 이해하기 어려울 텐데도, 받은 사랑만큼 갚지도 못하는 나를 한결같이 인정해 주었다. 때에 맞는 어머니의 든든한 큰 후원금이 있었다. 롯데월드에서 근무하는 큰 오빠는 매번 롯데월드 무료 입장권을 구해 줘서 외국인부 사역에 도움을 주었다. 또한 어머니를 비롯한 형제들과 일부 조카들까지, 때때로 방문하는 국내 외국인들과 선교처 성도들을 위해 집을 허락하고, 환대해 주었다. 특별히 유학이 시작된 시점부터는 언니와 작은 오빠네가 정기적으로 보내 준 유학 후원금과, 귀국 때마다 베풀어 준 배려와 대접이 내게 격려가 되었다.

무엇보다 이 중대한 선교 유학을 결정을 하는데 하나님의 뜻임을 확신했던 이유는 바로 어머니의 구원이었다. 내가 떠나기 일주일 전, 교회에 방문하여 죄를 회개하고 기도를 통해 예수님을 마음에 영접하여 구원을 받으셨다. 19년 만에 드디어 맺은 기도의 결실이었다. 이는 이 중대한 일을 결정하는데 주께 드렸던 내 소원이었고, 난 더 이상 선교 유학이 하나님의 뜻인지 운운하지 않았다.

그렇게 두려운 마음보다는 평안한 마음이 승하여 나를 인도했고, 외국인부 사역은 남겨진 교사분들에게 맡기고 드디어 선교 유학길에 올랐다.

### 여백 글…

"선교사님! 오랜만에 인사드려요. 제가 6개월 후에 오실 선교사님을 대신해 준비위원으로 먼저 파송되었어요. 우리 선교사님이 오면 모든 게 처음이니까, 잘 좀 부탁드릴게요."

선교 준비 위원으로서 다시 캄보디아에 도착하자마자, 레이니얼 선교사님께 인사를 드리려고 찾아뵈었다. 이분은 예전에 친분이 있던 필리핀 국적의 싱글 선교사님이다.

"아! 그럼, 에스더 선교사는 예수님이 오시기 전, 그 길을 준비했던 침례 요한이네요, 하하."

그렇게 농담처럼 말했던 침례 요한의 시간은 끝나가고, 선교 유학의 시간이 도래하고 있었다.

이제 유월절 전에 예수님께서 자기 때가 이르러
자기가 이 세상을 떠나 아버지께로 가야 할 줄 아시고
세상에 있던 자기 사람들을 사랑하시되 끝까지 사랑하시니라

요한복음 13:1

# 4장

# 선교사가 아닌 선교사로 살다

## (18년의 여정)

# 36세에 캄보디아 국립 대학에 입학하다

"저는 어학당에 먼저 등록하고 싶습니다. 크메르어(*Khmer, 캄보디아어 정식 명칭)를 제대로 배워 본 적이 없어서요."

"지금 어느 정도 대화가 가능한데요. 이 정도면 충분합니다. 바로 이번 9월 학기 입학이 가능하겠어요."

크메르어 통역 인력이 없어 혼자 말씀을 가르치다 보니, 현지인과 자연스럽게 소통하게 되면서 회화 실력이 많이 늘었다. 그러나 읽고 쓰기는 서툴렀다. 사실 처음 캄보디아에 왔을 무렵, 한 미국인 사모님의 하신 말씀이 생각나 겁을 먹고 배우기를 주저했었다. 사모님이 크메르어를 배우다가 스트레스를 견디지 못해 남편 앞에서 울었다는 이야기를 들었다. 그러다 보니 나 역시 은연중에 부담을 느끼던 참에, 왕립 프놈펜 대학교(Royal University of Phnom Penh) 학과장의 말이 귀에 솔깃했다.

"크메르어 국문학과는 외국인이 학습하기에 어려운 크메르어 언어 특성상, 이미 자국에서 학위를 소지한 외국인이라도 학사과정만 입학 허가를 내줍니다. 이곳에서 4년 학사 과정을 마친 뒤, 원하시면 대학원에 입학할 수 있습니다."

학과장은 내 크메르어 실력이면, 바로 입학할 수 있다고 계속 설득했다. 학과장의 주장을 완전히 이해한 것은 아니었지만, 그의 말대로 바로 9월 학기에 입학을 지원했다.

나는 정식 선교사가 되기 위한 준비를 시작했을 때, 신학교에서 이론을 먼저 배우는 것보다 교회에서 실무를 익히는 게 더 중요하다고 판단했다. 그런 이유로 곧바로 교회 사무원으로 근무하길 원했다. 하지만 선교사로서 영어 실력은 기본이라고 생각하며, 어떻게 공부할지 고민했었다. 기존에 다녔던 영어학원을 생각하니, 시간도 맞추기 어렵고 비용도 부담스러웠다. 고심 끝에 시간적 제약이 없고 경제적 부담도 훨씬 적은, 한국방송통신대(방송대) 영문과에 입학했다. 4년제 학사를 공부하며 토플 시험도 준비하고, 늘 가고 싶었던 미국 신학교로 유학을 계획했었다. 조금은 막연했지만, 그렇게 방향을 정하고 낮에는 교회 사무원으로 일하며, 남은 시간에는 사역과 방송대 공부를 병행하느라 정신없이 바쁜 나날을 보냈다.

당시 방송대는 스스로를 엄격하게 통제하지 않으면 공부를 끝까지 해 내기 어려운 환경이었다. 방대한 학습량과 시험 위주의 평가는 때로 낙제의 고배를 마시게 했지만, 오히려 그 과정은 나를 단련하는 시간이었다.

부족한 과목의 실력을 향상시키기 위해, 주 1회 진행되는 스터디그룹에 한 학기 동안 참여한 적이 있었다. 그곳은 또 하나의 신선한 배움의 장이었다. 모인 학우들은 현업에서 다른 언어로 통번역 업무에 종사하며, 미래를 대비해 영어 능력을 향상시키려는 분들이었다. 그중 일본어 통역사로 일하는 동갑인 임산부 학우와, 중국어 번역사로 일하는 50대 학우의 열정에 도전을 받았다. 바쁜 일상을 쪼개 자신의 꿈을 위해 열정적으로 살아가는 모습을 보면서, 오히려 나를 되돌아보게 되었다. 그렇게 방송대 생활은, 환경에 굴하지 않고 꿈을 향해 도전하는 구체적인 삶의 자세를, 새로운 각도에서 배우는 시간이었다.

우리나라 국립대에서 유일하게 캠퍼스가 없는 방송대 영문과를 졸업하고, 캄보디아에서 유일하게 캠퍼스가 있는 왕립 프놈펜 대학교에 입학했다. 계획했던 미국 유학은 아니었지만, 캄보디아 선교를 목적으로 한 유학 생활이 걱정 반, 기대 반으로 시작되었다.

첫 수업, 강의실에 60명이 넘는 학생들은 내 중학교 시절을 연상케 했다. 이제 막 고등학교를 졸업한 학우들의 왜소한 모습이 우리나라 학생들과 비교하면 그랬다. 그 외, 사고 수준을 포함한 모든 면에서도 대학생 답지 않아서 매우 놀랐다.

우리 반 외국인 유학생은 나 외에 한국인이 한 명 더 있었다. 우리나라에서 대학 입시를 치르지 않고 크메르어 전문 통번역가가 되겠다는 목표로 학교에 입학한, 스무 살의 키가 작은 통통한 귀여운 여학생이었다. 아무리 노력해도 반에서 현지인보다 실력이 턱없이 부족했던 우리는, 뒤에서 1, 2등을 다투며 4년을 함께 보냈다.

학교에 적응해 갈수록 놀라움의 연속이었다. 학교가 이런 방식으로 운영된다는 것 자체가 신기할 정도였다. 교수가 수업 시간을 지키지 않는 것은 물론, 개인 사정으로 결강도 잦았다. 학생들도 그에 질세라 지각은 일상이었다. 폭우라도 쏟아지는 날에는 침수로 대놓고 늦는 것도 모두 허용됐다. 지각한 이유의 진위를 따지는 교수는 거의 보지 못했다. '아! 선교처 청년들이 예배 시간에 아무렇지도 않게 1시간 이상 늦는 이유가 바로 여기에 있었구나!' 선교처 청년들에게 이것이 잘못됐다는 인식을 심어주는 데만, 수년이 걸렸다.

'쏨쯔밥'이라는 제도는 우리나라에서 조퇴나 결석할 때 허락받는 제도와 같았다. 그러나 지각과 결석 사유의 진위를 확인하지 않는 경우가 대부분이었다. 물론 출석 일수가 부족하면 졸업이 안 되긴 했지만, 사돈의 팔촌이 아파도 조퇴와 결석은 쉽게 허락됐다. 그래도 이 정도의 놀라움은 귀여운 수준이었다.

무엇보다 가장 충격적이었던 것은, 수업 시간에 교재가 따로 없이, 교수님이 불러 주는 수업내용을 각자 공책에 받아 적으며 공부하는 식이었다. 다른 학과는 잘 모르겠지만, 일명 '받아쓰기'로 이루어지는 수업이 우리 학과는 약 70 퍼센트였다. 판서를 해 주는 친절한 교수님도 있었지만 드물었다. 나와 같은 외국인은 바로 받아 적을 수가 없어서, 글씨 잘 쓰는 학우의 노트를 매번 베껴 써야 했다. 문제는 분명 같은 내용이어야 하는데, 어떤 단어는 학우마다 그 글씨 모양이 달랐다.

한글은 모음이 오른쪽과 아래에 붙어 소리를 만든다. 그러나 크메르어는 모음이 동서남북으로 붙어 소리를 만든다. 어떤 단어는 아래로 두 개의 모음이 겹쳐 붙는 경우와 발음상 묵음인 경우도 많다. 신기하게도, 한 단어를 발음 나는 대로 쓰면, 여러 모양의 글자가 생긴다. 그래서 표준어를 따로 공부하지 않으면, 글쓰기가 모두 제각각이 된다. 학우들의 노트에 적힌 필기가 바로 그런 식이었다.

모든 공립 초·중·고등학교는 나라의 지원이 턱없이 부족했다. 특히, 초등학교의 열악한 교육시스템은 학생 출석 관리가 제대로 되지 않는 것은 기본이었다. 게다가 체계적인 모국어 교육도 제대로 이루어지지 않아 고학년임에도 문맹률이 높았다. 그렇게 대충 공부한 학생들이 대학에 오니, 자국어를 제대로 쓰지 못하는 것은 그리 놀랄 일도 아니었다. 그래서 부자들은 자녀들을 비싼 사립학교에 보낸다.

시험 때는 더 가관이었다. 거의 모든 교수들이 오픈 테스트를 허용했고 커닝도 예사로 했다. 그러나 유학생의 경우는 특혜가 있었는데, 교수마다 조금씩 달랐다. 현지인과 같은 방식으로 시험을 볼 수 없다면, 영어로 시험을 치르거나 구두시험, 혹은 교수님이 내주는 과제로 대체할 수 있었다. 대신, 유학생은 현지인보다 등록금이 더 비쌌다.

'아! 그래서 그 학과장이 말할 수 있으면, 학기 등록하라고 한 뜻이 바로 이거였구나! 왜 교육 후진국인지 알겠어! 이런 환경에서 성장한 학생들을 앞으로 어떻게 지도해야 할까…….'

나는 학교 공부를 원활히 하기 위해 현지인 튜터를 두고 함께 공부했다. 학과는 나와 달랐지만, 같은 대학 선배로서 석사과정을 밟고 있었다. 그런데 그 친구는 영어도 매우 잘했고, 정식 신문기자가 되기 위해 관련 인턴과정도 밟으며 열심히 공부하는 학생이었다.

"우리 튜터 선생님은 다른 일반 대학생하고 다르게 정말 열심히 공부하는 것 같아."

"아, 네. 우리 대학은 아실지 모르겠지만, 두 개 반으로 학생을 선발해요. 장학 반과 일반 반으로요. 일반은 고등학교 졸업증만 있으면 누구나 입학할 수 있어요. 지금 선생님이 다니시는 반은 일반 반이고요. 장학반은 고등학교 우수 성적과 학교장의 추천서가 있어야 입학할 수 있고, 전액 장학금을 받아요. 우리 대학은 국립대 잖아요. 그래서 석사·박사 교수진은 거의 외국 분들로서, 캄보디아의 발전을 도우러 온 NGO에 소속된 분들이 많아요. 현재 제 담당 교수님도 그런 분이세요. 캄보디아에서도 자신이 열심히 노력하면, 조금 어렵더라도 기회를 만들어 낼 수 있어요."

나는 이 말을 듣고, 앞으로 내게 오는 학생들을 어떻게 지도해야 할지에 대한 지혜를 얻었다. 그때부터였다. 학생들이 새롭게 선교처에 오면, 늘 이렇게 먼저 질문하기 시작했다.

"꿈이 뭐야? 앞으로 어떤 일을 하고 싶니? 어떤 사람이 되고 싶니?"

그렇게 그들의 꿈을 위해 함께 기도하며, 구체적인 길을 찾고 동행해 주었다.

캄보디아에서 크메르어 국문학과를 졸업하고 든 생각은, 앞으로 교회를 세우든 학교를 세우든 체계적인 행정 시스템 구축이 절실하다는 것이었다. 후에 내가 없더라도 현지인들이 자립할 수 있는 능력을 갖추도록 돕고 싶었다. 그 일환으로 선교사역에 도움이 되고자 방송대 행정학을 편입하여, 사역과 병행하며 학과를 졸업했다. 비록 국가 행정을 공부했지만, 선교사역에 응용할 것이 많아 도움이 되었다.

이런 나에게 선교처의 한 형제가 자신의 박사학위 논문을 건네며 질문했다. 형제는 선교처의 첫 한국 유학생으로, 8년을 넘게 캄보디아 성도들이 기도해 주었다. 형제도 성실하게 공부하며, 바쁜 시간을 쪼개어 사역을 도왔었다.

"선생님은 왜 매번 학위만 취득하시고 석사·박사학위는 따지 않으세요?"

"그건, 내가 하는 모든 공부의 목적이 성경을 더 잘 설명하기 위함이니까 그렇지. 석사·박사는 그 분야에 전문적으로 종사할 사람들을 위한 거야. 나도 예전에는, 성경도 신학교에서 석사·박사를 받아야 더 잘 가르칠 수 있다고 생각한 적이 있었어. 물론 도움이 되는 부분도 있고, 꼭 필요한 사역에 드려지는 경우도 많아. 그런데 선교 현장에서 내가 깨달은 것은, 지금 나에게는 알고 있는 성경 말씀을 실천하는 것만으로도 충분히 벅차다는 거야. 부족한 지식은 점차 보완해 나가면 된다고 생각해."

"그럼 성경은 몇 년을 공부하면 마스터할 수 있어요?"

"평생! 다른 모든 학문은 성실하고 똑똑할수록 빨리 마스터할 수 있지만, 성경을 이해하는 건 예수님처럼 겸손해졌을 때거든. 세상 어느 학문도 겸손을 목표로 가르치지 않아. 그게 목적이 아니니까. 성경을 이해한다는 건, 두뇌가 좋은 것과는 크게 관련이 없지. 말씀을 정직하게 실천하는 사람만이 그 겸손을 얻을 수 있거든. 그래서 필요한 공부는 하되 굳이 석사·박사학위까지 공부하지 않는 거야. 이 선교지에서 나에게 가장 필요한 것은, 예수님처럼 겸손하게 낮아져 사람들을 사랑하고, 숱한 어려움을 이겨낼 지혜거든."

"……."

형제는 더 이상 말이 없었다.


여백 글…

"와! 희선 언니! 우리 엄마랑 나이가 같아요. 우리나라에서는 그 나이에 공부 안 해요."

1학년 신입생이었던 같은 반 학우들은 지방에서 올라온 친구들이 많았고, 그들 부모 중에는 십오, 십육 세에 결혼한 분도 있어 그런 이야기를 듣게 되었다. '뭐, 이런 황당한 경우가…!'

또 하루는 같은 반 남학생이 장난기 어린 표정을 지으며 나에게 말했다.

"희선 누나! 우리가 외국인 유학생 인기투표를 했는데, 희선 누나가 2등, 꼴찌예요."

인기 투표에서 1등을 한 유학생은 또래 학우들과 잘 어울렸다.

'그동안 학우들에게 한 내 잔소리가 좀 심했었나? 뭐, 이런 황당한 경우가…!'


때가 이르리니
사람이 바른 교훈을 받지 아니하며
귀가 가려워서
자기의 사욕을 따라 스승을 많이 두고

| 디모데후서 4:3

# 정원을 가꾸다

　처음 스마이와 계약했던 집은 기한이 되어 새로운 곳으로 이사해야 했다. 선교처에 새로 나오는 학생들을 고려해 인근으로 옮겼다. 낡은 집이었지만 마당이 꽤 넓어, 점점 늘어나는 학생들의 오토바이와 자전거를 수용하기에 충분했다. 이사한 집 남주인은 점잖고 친절하나 조금은 투박했고, 여주인은 친절했지만 약간 깐깐한 성격과 욕심도 있었다. 모계 중심 사회가 그렇듯, 이 집안 역시 다부진 인상의 차분한 말투를 지닌 여주인의 주장이 지배적이었다. 그러나 난 중요한 의사를 물을 땐, 항상 남주인과 먼저 상의하며 그를 세워 주었다. 우리 성도들에게 본을 보여주고 싶은 마음에서였다.

　한편, 선교처는 한국어를 배우러 오는 학생들이 점차 늘어 혼자 감당할 수 없게 되었다. 100명 가까운 학생 중 성실하고 실력 있는 학생들을 중심으로 반을 나누어 맡겼다. 주 1회는 통합 수업으로 기초 음악을 교육했고, 희망하는 학생에게는 피아노도 가르치기 시작했다. 멋들어진 피아노 반주자를 길러낼 실력은 아니었지만, 내가 가진 모든 것을 내어 주었다. 그들 중 예수님을 믿고 구원받은 학생들은, 주일 예배에도 상당수가 왔다. 유학 생활 동안 학기 중에는, 학업에 크메르어 말씀 준비 그리고 한국어 무료교실까지 하다 보니, 새벽부터 밤늦게까지 가장 분주했던 시기였다.

학생들과 가까이 지내면서 가장 놀랐던 점은 80퍼센트 이상이 결손 가정에서 자라 정서적 결핍을 안고 성장했다는 사실이다. 일일이 나열하기도 어려운 사유가 많았다. 그 여러 사연 중 두드러진 것은, 아버지의 외도로 어머니의 고통을 보고 자란 학생들이 가장 많았다는 점이다.

"선생님! 우리 아빠는 바깥에 여자들이 여러 명 있어요. 한 달에 한 번 집에 올 때마다, 엄마랑 돈 때문에 싸워요."

"저는 이미 이복동생이 있어요."

"저희 엄마는 아빠의 둘째 부인이에요."

"그래, 그렇구나. 그럼 부모님의 그런 모습에 너희들 기분은 어떠니?"

"뭐, 창피하죠. 그런 싸우는 소리 자꾸 들으니까 집에 있기도 싫고요. 근데 우리나라는 이런 집이 많아요. 그래서 같은 처지의 친구들이랑 얘기하다 보면 좀 풀려요. 괜찮아요."

나는 이런 가정 문제의 근본 원인을, 지나친 모계 중심 사회에서 비롯된 것이라 여겼다. 집안의 모든 대소사는 가장인 남편이 아닌 아내가 결정한다. 남편이 부재한 어쩔 수 없는 상황이 아님에도 모든 정상 가정 또한 그러하다. 하나님께서 창조하신 가정의 질서를 찾아보기 어렵다.

남편은 가정에서 리더로서의 본성이 충분히 발휘되지 못하고 있다. 반면, 아내는 남편의 울타리 안에서 사랑과 보호받고 싶은 본성이 제대로 존중받지 못하고 있다. 서로 뒤바뀐 역할이 그들 스스로 숨이 막힐 정도로 옭아매고 있다.

인정받지 못한 남편은 마음을 차갑게 닫은 채, 아내에게 주어야할 사랑을 외도로 왜곡한다. 사랑받지 못한 아내는 차갑게 변한 남편에게 실망해 존경을 거두고, 점점 강퍅해져 자신을 찌른다. 그들의 어린 자녀들은 몸과 마음이 쉴 자리를 잃고 방황하며, 여기저기 방탕의 길로 빠져들고 있다.

당시 내가 만났던 청소년 대부분이 이런 환경에 그대로 노출되어 있었다. 정작 그들의 부모는 자녀가 어떠한 사람으로 성장하는지보다는 돈을 많이 버는 직장을 갖는 것을 더 중요하게 여겼다.


"그럼, 학교는 어때? 너희들은 선생님을 어떻게 생각하니?"

"친구처럼 편하게 대해 주는 선생님은 좋아요. 그런데 간혹 돈 받고 시험 답안지 파는 선생님이나, 등수 조작하는 선생님은 우리도 싫어하죠. 우리가 돈이 있으면 괜찮은데, 없으니 피해 보잖아요."

학생들이 문제의 근원이 무엇인지 모르고, 돈의 유무로 판단해 버리는 현실이 내겐 더 충격이었다. 게다가 '선생님을 존경한다.' 라는 말의 의미를 제대로 이해하지 못하고 있었다. 앞으로 이들에게 본을 보이고 존경을 이끌어 낸다는 것은, 큰 희생이 따를 것만 같은 예감이 마음 한편을 스쳤다.

"얘들아! 돈이 많아도 답안지를 사거나 등수를 조작해 달라고 하는 것은 잘못된 거야."

"선생님! 우리나라는 속이는 사람보다 속는 사람을 더 바보라고 여겨요. 어떠한 방법을 쓰더라도 들키지 않고 자신이 원하는 것을 가지면 된다고 생각하거든요."

"그래, 알고 있어. 그 부분은 내가 크메르어 고전 문학작품을 공부할 때, 거의 모든 작품 속에 그런 사상이 있어서 깜짝 놀랐었지. 그런데 우리는 그리스도인이잖아. 이젠 그런 잘못된 욕심은 버리고, 정직해져야지!"

정석 같은 내 대답은, 죄의 본성으로 제멋대로 억세게 자란 그들의 마음을 변화시키기에는 한없이 부족해 보였다. 그도 그럴 것이, 태어나서 부모로부터 또는 학교나 사회로부터 한 번도 올바른 인성교육을 체계적으로 받지 못했다. 그들의 마음 밭에는 거짓과 교만, 아집과 완고, 게으름의 잡초가 무성하게 자라있었다. 나는 시간이 걸리더라도, 말씀을 접목시켜 근본적인 것부터 개선해야겠다고 마음먹었다.


선교 초창기에는 이 나라에 뿌리 깊게 자리한 게으름을 발견했다면, 지금은 그 부정적 영향이 가정과 사회에서 어떻게 나타나고 있는지, 그 심각성을 체험하고 있었다. 이 문제를 풀어낼 수 있는 근본을 찾고 기도하던 중, 예전에 보았던 한 인터넷 기사가 떠올랐다. 기사 내용은 대략 이러했다. 문제 학생들을 모아 놓고, 그들을 교화하는 프로그램으로 동물 키우기와 텃밭 가꾸기를 실행했다. 그 결과, 생명의 소중함을 느끼고, 사랑을 나누며 얻는 정서적 안정감으로 학생들의 자아 개발에 긍정적 효과가 컸다는 내용이었다.

'그래! 정원 가꾸기를 하자!'

"주인아저씨! 제가 사는 동안 마당 넓은 한쪽 공간에 정원을 좀 꾸며도 될까요?"

"네, 선생님! 얼마든지 하셔도 됩니다."

나는 주인 아저씨와 이야기를 마친 뒤, 학생들이 모여 있는 공간으로 다가갔다.

"얘들아! 앞으로 선생님이 이 선교처에 예쁜 정원을 만들 거야. 여기 비어 있는 넓은 공터 보이지? 쓰레기가 놓였던 곳을 예쁘게 꾸며 볼 텐데 너희들이 함께해 주었으면 해. 정원을 다 꾸민 뒤 동물원으로 소풍도 갈 계획이야. 그런데 이번엔 무료가 아니고 회비를 걷을 거야. 만약 회비 낼 돈이 없다면 정원 만드는 일을 더 도와주면 돼. 그 대신 용돈을 조금 줄 생각이야. 동물원에 꼭 가고 싶다면 다른 데 쓰지 말고 그것을 모아 회비를 내도록 해."

당시 학생들은 내가 무엇을 한다고 하면, 거의 다 동의하며 따라주었다. 무료했던 그들의 일상에 나는 재미있고, 신기하고, 늘 새로웠다. 게다가 내 서툰 크메르어 실력과 장난이 더해지면 학생들의 웃음이 끊이지 않았다. 그렇게 신청한 학생들과 나는 새롭게 꾸밀 정원을 조성하기 위해, 열심히 땅을 일구었다. 그런데 금방 끝날 거란 예상과 달리 돌은 끝없이 나왔다. 알고 보니, 이 집은 건축을 마무리하며 벽돌 쓰레기를 마당에 묻어 버린 상태였다. 그렇게 며칠을 걸쳐 돌을 걸러 내니, 이젠 제법 땅이 고르게 되었다. 나는 학생들의 마음도 이러하기를 바랐다.

평소 친분이 있던 선교사님이 운영하는 전문 조경업체에, 정원 조성을 의뢰했다. 화단 안에 벽돌길을 만들고, 각종 꽃 화분을 놓고 그 사이사이에 화초를 심었다. 망고나무, 파파야 나무, 석류나무도 조화롭게 배치하니, 정원이 한층 풍성하게 느껴졌다.

"와! 선생님 우리 선교처가 새로워졌어요. 꽃도 아름답고 나무도요."

아름다운 정원을 본 학생들은 모두 감탄하며 기뻐했다. 주인집 아저씨는 평상시 말도 먼저 하는 분이 아닌데, 자신의 집도 이렇게 꾸미겠다고 하며, 환하게 웃었다. 그리고 나를 조용히 부르더니, 마당 빈 곳 여기저기를 안내하며 내가 원하면 더 꾸미라고 선심 쓰듯 말했다.

그날, 우리는 아름다운 정원 덕분에 마음이 따뜻하게 하나가 되었다. 하나님께서 만드신 자연을 약간 조경했을 뿐인데… 역시! 자연은 우리 마음을 풍요롭게 했다. 정원의 위대함을 발견한 날, 그 힘은 놀라웠다.

아침 햇살을 맞이하는 정원은 햇빛에 반사되어 눈이 부셨다. 나는 물을 주며, 햇살 속에서 반짝이는 정원의 생명들과 나만의 대화를 나누었다. 때때로 시든 꽃은 새로 심어주어야 했고, 처음 꾸밀 때보다 그 생명들을 지키는 일이 더 많은 손길과 부지런함이 필요했다.

처음엔 모두 신기해하던 정원 가꾸기도, 세월이 지나면서 그 열매는 학생들 사이에서 확연히 다르게 나타났다. 자신의 집을 깨끗하게 꾸미게 된 학생, 몸이 청결해진 학생, 성품이 온화해진 학생, 삶을 규모 있게 계획하기 시작한 학생들이 생기기 시작했다.


여백 글…

"형제! 오늘 화원에 함께 와 줘서 고마워! 내가 잠깐 한국에 가 있는 동안, 절대 화단의 꽃, 죽이면 안 돼! 물 주는 것 잊지 말고. 부탁해! 와, 이 꽃 정말 예쁘다. 저 꽃도!"

"선생님! 화분 좀 그만 사시면 안 돼요? 얼마 안 가 죽는데 왜 계속 사세요? 돈 아깝잖아요." 최대한 예의를 차린 말투였지만 내겐 매우 차갑게 들려왔다.

"그래? 그럼 형제는 왜 매일 밥을 먹어? 냄새나는 화장실에 매일 가야 하는데. 음식은 우리 몸을 이루고, 남은 것을 배설해 독소로부터 몸을 보호하지. 정원을 가꾸는 일도 우리의 영혼을 사랑으로 아름답게 가꾸며 풍요롭게 만드는 거야. 게다가 늘 살피고, 그 생명이 다한 것을 치우는 부지런함에선, 영혼을 좀먹게 하는 게으름과 나태함을 없애 주거든. 돈으로 그 가치를 매길 수 없지."

"아니요! 저는 일하기 싫어요. 제 삶의 목표는 적게 일하고 편하게 사는 거예요."

"그래? 그게 꿈이야?"

"네! 저는 최대한 적게 일하고 편하게 살 거예요. 그래서 공부하는데요. 다른 사람, 꽃, 정원, 모두 돈이 안 되는데 왜 힘들게 수고해요? 그리고 힘든 일 많이 하면 빨리 늙어요."

"그렇구나! 최대한 편안한, 아무 수고도 하지 않는 삶이라… 음… 생각나는 게 하나 있긴 한데…. 그럼, 그런 삶의 끝이 뭔지 아니?"

"뭔데요?"

"사망! 다른 사람을 돌보는 사랑과 수고도 필요 없고, 자연의 아름다움도 못 느껴 감흥도 없는, 편안히 누워 있는, 귀찮은 모든 관계가 끊긴, 딱 그런 상태."

형제는 끝까지 내 말의 의미를 깨닫지 못했다.


어느 날, 형제는 자신이 배울 만큼 배웠다며 감사의 인사를 남기고, 조용히 선교처를 떠났다. 마치 학교를 졸업하듯이. 나는 형제가 언젠가 깨닫고 돌아오길 오늘도 기다린다.


**욕심이 잉태한즉 죄를 낳고**
**죄가 장성한즉 사망을 낳느니라**

**| 야고보서 1:15**

# 우리집은 살아있는 생물도감



한밤중, 누군가 내 창문을 열고 방으로 들어왔다. 난 그 모습에 놀라 잠자리에서 일어나 도망치려 했지만 몸이 말을 듣지 않는다. 소리를 질러 보았지만, 소리도 나오지 않는다. 고통 가운데 몸부림치다 눈을 뜨니, 가위에 눌려 있었다. 온몸은 식은땀으로 범벅이 되었지만, 안도의 숨을 내쉬었다.

'다행이야. 꿈이었어…!'

며칠 전, 수업을 마치고 선교처로 돌아오는 길이었다. 선교처는 내가 사는 집이기도 하다. 큰길에 들어서자, 집에서 믿기지 않는 광경이 펼쳐지고 있었다. 우리집 정원에는 내가 새로 심은 작은 망고나무 외에도, 집주인이 예전에 심어 놓은 이미 자란, 큰 망고나무도 있었다. 품종은 '스와이 커 로더으'였는데, 뜻은 '망고 철이 아닐 때 열리는 망고'라는 뜻이다. 현지인들에게 인기는 있지만, 열매가 작아 상품성이 떨어지는지 드물게 재배되는 귀한 망고였다. 마침, 그 망고나무에 익은 열매가 먹음직스럽게 주렁주렁 맺혀 있었다.

그런데 내가 학교에 간 사이를 틈타, 이웃의 청년들이 담을 넘어 망고를 따고 있었다. 담 너머에는 동네 꼬마들이 손을 내밀며 망고를 달라고 외쳤고, 동네 어른들은 그런 장면이 재미있다는 듯 지켜보고 있었다. 그 모든 광경을 목격한 나는 무슨 일인가 해서 자전거 페달을 힘차게 밟으며 집으로 달려가고 있었고, 그런 나를 발견한 청년들은 소스라치게 놀라 달아나는 모습이었다. 그야말로 황당하고 우스꽝스러운 광경이었다.

나는 내 학생들을 불러 익은 망고를 모두 따게 한 후, 망고를 들고 청년들을 찾아갔다. 그들은 사과하지 않았지만, 난 망고를 나누어 주며 다시는 우리집 담을 넘지 말라고 당부했다. 그리고 그날 밤, 가위에 눌렸다.


'이제 혼자 지내는 건 무리야! 이렇게 가위까지 눌리다니… 다시 강아지를 키워야겠어.' 함께 살던 자매가 사정상 고향으로 내려간 김에, 혼자 자립해 보겠다고 애쓰던 중이었다. 사실 강아지를 키우려고 여러 번을 시도했었다. 주위에서 주기도 했고, 애완동물가게에서 비싸게 사 오기도 했었다. 그런데 모두 죽었다. 벌써 4마리를 보낸 상태에서 또 강아지를 들이기가 두려웠다. 그런 고민을 하던 중, 근무하는 한국어 교육센터에서 강아지 두 마리가 눈에 들어왔다.

"와우! 너무 귀여워! 원장님 얘네들 뭐예요?"

"내가 우리나라에서 데려온 사냥개가 있는데 어느 날 보니 임신을 했더라고요. 아빠는 누군지 모르겠지만 얼마 전 출산했어요. 모두 9마리를 낳았는데 7마리는 어미를 닮아 검은색이고 얘네 둘만 젖소처럼 얼룩이가 나왔네요. 검은색 일곱 마리는 이미 분양해 갔고, 이 두 마리만 남았어요. 원하면 한 마리 가져가세요. 나는 어미만 키울 거라서요."

한국인인 원장님은 어미가 똑똑해서 아마 키우기 쉬울 거라며 불안해하는 내 가슴에 불을 지폈다. 나는 어느새 귀여운 젖소 한 마리를 자전거 앞 바구니에 태우고, 한껏 들뜬 마음으로 집으로 향하고 있었다.


## 보디가드 반려견들

"조화! 이제부터 네 이름은 조화야! 제발 아프지 말고 겁 많은 나와 오래오래 살아줘!"

그렇게 조화는 내게로 왔다. 젖소처럼 귀부터 눈 밑까지는 검은 털이고, 갈색 눈동자가 그나마 눈의 위치를 알려주었다. 등에는 큰 원형 모양의 검은 털과 오른쪽 아래, 꼬리뼈 위쪽으로 손바닥만 한 하트 모양의 검은 털이 나 있다. 나를 반길 때마다 돌아서서 이 하트를 보여주며 사랑을 표현했다. 하지만 그런 조화마저도 몇 달이 지나자 시름시름 앓기 시작했다.

"하나님! 제발 이 강아지만은 살려 주세요. 이 넓은 집에서 혼자 살 수 없잖아요!"

그렇게 기도가 끝날 무렵 갑자기 '꿀'이 떠올랐다. '아! 꿀을 먹이면 나을지도 몰라.' 나는 꿀에 대해 아무것도 몰랐지만, 곧바로 마트에 가서 꿀을 사서 먹였다. 구토와 설사를 반복했지만, 꿀물을 계속 먹였다. 다음 날, 조화는 기적처럼 살아났다. 그 이후 조화의 활약은, 살아야 할 이유가 분명히 있는, 마치 사명감이 부여된 특수견처럼 대단했다.

5년 후엔 선교처의 한 학생이 자신의 개가 새끼를 많이 낳았다며 한 마리만 키워 달라며 간곡히 부탁했다. 그렇게 조화 동생, 희망이가 왔다. 우리나라 진돗개 만한 조화와 작은 시바견 블랙탄 같은 희망이는 훌륭한 보디가드가 되어 나를 지켰다.


우리집은 선교처로 사용해야 했기에, 마당이 넓은 것에 매료되어 이 집을 계약했었다. 위치와 가격이 딱 들어맞는, 그만한 다른 선택지는 없었다. 그런데 지붕 공사를 하고 들어왔음에도 건물 자체가 워낙 낡아서, 내 방 화장실은 잦은 고장으로 나중에는 물을 직접 퍼서 사용해야만 했다. 폭우 때 부엌은, 지붕 틈새로 폭포수가 내렸다. 이럴 때는 가스를 켜고 요리할 수도 없었다. 그러나 그런 것들은 내게 조금 불편했을 뿐, 정작 문제는 여러 동물의 갑작스러운 출몰이었다.

### 터줏대감 도마뱀

우리집에는 쥐, 바퀴벌레, 엄청난 모기떼 외에도 벽에 타고 다니는 귀여운 작은 도마뱀과 정원에서 자주 마주치는 도마뱀들도 있었다. 그중에 '떡까에(*토케이게코 도마뱀)'라는 도마뱀은 제법 컸다. 땅에 기어 다니기도 하고 주로 벽에 붙어살며 부엌에 자주 출몰했다. 회색 바탕에 주황색 점무늬가 몸 전체 퍼져 있는, 길이 약 15cm쯤 되는 제법 통통한 도마뱀이다. 벽에 조용히 붙어 있다가 뻐꾸기시계의 '뻐꾹' 소리처럼 일정한 간격으로 자신의 이름과 같은 '떡까에'라는 소리를 반복해서 냈다.

학생들은 내게, 이 도마뱀은 사람을 물면 절대 떨어지지 않으니 잡지 말라고 신신당부했다. 특이하게도 한 집을 정하면 그곳에서 계속 사는 특징이 있다. 처음 발견 당시, 놀라고 무서웠지만, 곧 익숙해졌다. 가끔 요리할 때마다 나타나면, 이 집의 터줏대감에게 '떡까에'라고 똑같이 소리를 흉내내며 내가 먼저 인사했다.

### 처음엔 무서웠고, 나중엔 가여웠던 쥐님들

당시 우리집에는 고양이도 함께 살았다. 어느 날, 고양이가 쥐를 잡아 재미있게 놀다가 결국 잡아먹는 모습을 생전 처음 가까이서 보았다. 도시에서 나고 자란 나로서는 신기하면서도 끔찍한 광경이었다. 때론 거실 천장에서 분홍빛의 갓 태어난 새끼 쥐가 떨어지기도 했다. 처음엔 웬 '분홍색 비엔나소시지'가 천장에서 떨어지나 싶었다. 이는 고양이가 가장 좋아하는 고급 간식이었다. 하지만 가장 힘들었던 점은, 집안에 쥐도 많은데 고양이가 정원에서 잡은 쥐를 집안으로 들여와 반쯤만 먹고 버리는 일이었다. 아침마다 그 잔해를 치우는 일은 가장 끔찍한 고역이었다.

조화는 어느덧 성견이 되어 밤에는 마당에서 지내며 나를 지켰다. 어느 날 한밤중, 정원의 후미진 곳에 망부석처럼 앉아 있는 것을 보았다. 불러도 오지 않는다. 다음날 새벽, 어젯밤 그대로 그 자리에 있는 조화를 발견했다. 헉! 그 순간, 내 눈에 들어온 것은 조화 옆, '커다란 죽은 쥐!' 밤새 쥐구멍을 발견하고 혼자 소탕 작전을 벌였던 것이다. 그러나 조화는 아직 미션이 끝나지 않은 듯 미동도 없었다.

부엌에도 쥐가 많았는데, 갑자기 튀어나올 때마다 내 심장이 멎는 줄 알았다. 그럴 때면 부엌에 들어가기 전 일부러 비명을 질러 조화를 출동시켰다.

"꺄악! 조화야 쥐! 쥐 쫓아내 줘!"

한국어를 알아듣는 조화는 마당 어딘가에서 하던 사냥놀이를 멈추고 부엌으로 돌진하여 점검해 주었다. 5년 후, 희망이도 합세했다. 내 심장이 지금까지 건강하게 뛰고 있는 이유 중 하나이기도 하다.


### 전갈의 모성애

"컹컹컹! 컹컹컹!"

"무슨 일이야? 헉… 이게 뭐야? 전갈이잖아! 어… 등에 하얀 게 뭐지? 헉… 새끼다!"

조화의 경계성 짖음이 평소와 달라 나가 보니, 책에서만 보던 그 전갈이 내 눈앞에 있었다. 자신과 똑같은, 아주 작은 하얀 새끼를

등에 업고 있었다. 짙은 검은색의 전갈은 날카롭고 무시무시한 집
게 팔을 양쪽으로 치켜세우고, 독이 든 꼬리를 한껏 말아 올린 채,
조화와 팽팽히 대치 중이었다. 조화가 짖을 때마다, 그 소리 쪽으
로 방향을 절도 있게 틀며 공격하려 했다. 무섭기도 하고 신기하기
도 했다. 전갈은 새끼를 지키기 위해 신중하게 움직이려는 듯, 다
행히 민첩하지 못했다. 나는 조화를 제지하고, 전갈을 긴 집게로
잡아 병에 넣었다. 이후 학생들이 안전하게 처리했다. 정원이 있고
낡은 나무가 있는 집이라, 전갈이나 지네가 자주 출몰했다.


### 기울어진 벌집

아침마다 물을 줄 때면, 물보라로 인한 빛의 분산으로 푸른 나무
들 사이로 생기는 무지개를 사랑했다. 그 무지개가 마치 나를 향한
하나님의 사랑 고백으로 느껴졌다.

새들은 혹시 내가 영적으로 둔해져, 시각적으로 보이는 아름다
운 하나님의 사랑을 놓칠까 봐, 무지개의 깊은 뜻을 쉼 없이 지저
귐으로 내레이션을 한다. 그렇게 아름다운 소리를 감상하던 순간,
어느새 대나무처럼 곧게 자란 파파야 나무줄기 사이로 귀여운 벌
집을 발견했다.

"우와, 벌집이다! 정말 귀엽다."

벌들에 둘러싸인 작은 벌집을 직접 보니 신기했다. 벌집은 시간
이 지나며 점점 커지더니 어느새 큰 반달 모양이 되었다.

어느 날, 평상시와 같이 문을 열어 놓고 한국어 수업을 하고 있었다.

"어? 어! 어…!" 문을 열면 바로 보이는 마당의 파파야 나무가 왼쪽으로 천천히 기울어지더니, 이내 무너지고 말았다. 황급히 사태를 파악하기 위해 나가보니, 놀란 벌들이 시야를 가렸다. 한 학생이 오토바이 헬멧을 쓰고 뛰쳐나가 빠르게 수습했다.

"선생님! 원인은 쥐들이 여기저기 파놓은 구멍에 계속되는 폭우로 지반이 내려앉은 거예요. 벌들은 다른 곳으로 다 날아갔고, 벌집은 아직 꿀이 없는 빈 벌집이었어요."

"아… 아쉽다. 미래의 우리 꿀……."

### 미스터리한 뱀

처음 선교처에서 발견된 뱀은 죽은 구렁이였다. 이사하고 첫 주일이었다. 동물원에서나 보았던, 노란색 큰 구렁이를 누군가 선교처 문 앞에 버리고 갔다. 당시 전도를 할 때면 드물게 소금을 가지고 와서 내게 뿌리는 주민도 있었기에, 그들과 비슷한 의도였을 것이라 짐작했다.

마당에는 옛 주인이 만들어 놓은, 오랫동안 사용하지 않은 야외 간이 수족관이 있었다. 나는 그곳을 깨끗하게 정비해 작은 물고기와 수중 화초로 아름답게 꾸몄는데, 어느새 성도들의 '물멍' 장소가 되어 있었다.

"선생님! 어제 폭우가 내린 뒤 새끼 코브라 세 마리가 수족관으로 떠내려왔어요. 물리면 큰일 나요!"

코브라라니! 간혹 뱀이 발견되기는 했지만, 코브라는 처음이었다. 그러나 이 정도는 시작에 불과했다.

처음 선교처는 6년 정도 살았고, 사역 때문에 잠시 이전을 해야 했었다. 새집은 정원도 마당도 없는 평범한 곳이었다. 그런데 그곳에서 믿기 어려운 일을 경험했다.

어느 토요일 오후, 여느 날과 같이 전도를 마치고 돌아오는데 선교처가 가까워질수록 범상치 않게 짖는 반려견들의 소리가 점점 크게 들려왔다. 선교처는 반려견을 안으로 들여놓고 철제문을 굳게 닫고 나왔었기 때문에, 우리 일행은 안을 볼 수 없어 더 궁금했다.

"컹컹! 왈왈왈! 컹컹! 왈왈왈!"

도착한 우리 소리를 들은 반려견들은, 더 거세게 짖어 무언가 우리에게 위험을 알리는 듯했다. 한 남학생이 용기 내어 먼저 들어가더니, 곧 사색이 된 얼굴로 나왔다.

"선생님! 배… 뱀이에요. 크… 큰 뱀이 조화랑 ……."

그 소리를 듣자마자 들어가 보니, 길이 2미터는 족히 되는 뱀이 의자 밑에서 똬리를 틀고 있었다. 뱀은 바로 앞에서 사정없이 짖어대는 조화를 향해, 혀를 날름거리며 공격하려 하고 있었다. 작은 몸의 희망이는 조화 뒤에서 방방 뛰며 짖어 댔으나, 전혀 위협적이지 않는 협공을 하고 있었다. 나를 발견한 조화는 더 거세게 뱀을 향해 짖어 댔다. 나는 황급히 작은 희망이부터 꺼내 밖으로 내보냈다. 그 틈에 남학생이 긴 나무 막대기로 뱀을 의자 바깥으로 유인했다. 그리고 순간 막대기를 뱀쪽으로 내리쳤다! 그런데 잘못하여 꼬리를 내리치고 말았다.

순간! 뱀이 일자로 몸을 세웠다!

그 모습에 놀란 우리는 비명을 지르며 뒤로 물러섰다. 그러자 조화가 달려들어, 선 뱀의 몸통을 물고 마구 흔들어 재끼다 바닥으로 내리쳤다. 이어 고통에 꿈틀거리는 뱀을 조화는 달려들어 다시 물려 했다.

"안 돼! 조화! 조화가 뱀에게 물리지 않게 빨리 붙잡아! 모두 빨리 밖으로 나가자!"

우리 힘으로는 잡을 수 없음을 깨닫고 옆집으로 황급히 달려갔다. 말이 전혀 통하지 않는 중국 남성에게 손짓발짓으로 간신히 상황을 설명했다. 그는 단 몇 분 만에 그 큰 뱀을 맨손으로 잡아 들고 나왔다. 그 후에도 다른 종의 독사가 두 번이나 들어왔지만, 매번 반려견들이 발견했다.


건기 중 가장 더운 5월에 일어난 일이었다. 뱀은 살이 익어버릴 정도의 폭염을 피해 우리 선교처를 선택했다. 정원도 없고, 쥐구멍도 없던 그 건물에 뱀이 어떻게 들어 왔는지 알 수 없다. 동네 주민들도 드문 경우라 했다. 집주인은 세상의 부를 상징하는 뱀이 세 번이나 들어왔다며 자신은 곧 부자가 될 것 같다며 기뻐했고, 내겐 거듭 축하한다는 말을 전했다.

　같은 5월, 선교처 앞에는 동네 주민들이 오가며 축복을 비는 신당을 짓고 있었다. 그 무렵, 나는 바쁜 일상 중에도 매달 주제를 정해 성경 말씀 특강을 하고 있었다. 5월의 주제는 '사탄'이었다.

여백 글…

"얘들아! 너희들도 알다시피 난 도시에서 나고 자라서 선교처에서 갑작스런 여러 동물의 출몰이 충격적이었어. 그런데 이런 내용까지 책에 꼭 넣어야 할까? 이 나라에서는 이런 환경이 일상인 사람도 있을 텐데."

"선생님, 프놈펜에서도 한두 가지는 겪을 수 있지만, 이렇게 다양하게 경험하는 경우는 드물어요. 게다가 선생님은 연약한 여성이잖아요. 하나님의 보살핌이 없었다면, 이 열악한 환경에서 이겨낼 수 없었을 거예요. 이런 명백한 사실을 당연히 기록으로 남기셔야죠!"

그분의 보이지 아니하는 것들
곧 그분의 영원하신 권능과 신격은
세상의 창조 이후로 분명히 보이며
만들어진 것들을 통해 깨달아 알 수 있나니
그러므로 그들이 변명할 수 없느니라

로마서 1:20

# 필연의 깨달음

"얘들아! 이번에 선교처 처음으로 시하누크빌 지역에서 캠프를 하게 돼. 캠프 마지막 날은 침례식도 있어. 그래서 선교처의 첫 침례식을 주례하시러 담임목사님과 그 일행들이 캄보디아에 와서 우리와 함께할 거야."

"선생님, 침례는 무슨 의미예요? 그리고 교파가 여러 가지로 나뉘게 된 이유도 궁금해요."

"그래, 궁금할 수 있지. 그럼 설명해 줄게.

예수님은 이스라엘 민족으로 태어나셨고, 당시 이스라엘은 로마의 식민지였어. 어느 날 예수님이 돌아가신 후, 믿는 사람들이 점점 많아지자 로마 교황은 위기감을 느꼈지. 그래서 세계 여러 종교를 혼합해 정치적 통치의 수단으로 천주교를 만들었어. 그들은 가장 영향력이 있던 그리스도인들이 믿는 성경 말씀을 교묘히 인용해, 자신들의 교리에 맞게 변형시켰어. 그리고 그리스도인들을 포섭하기 시작했고 천주교식 믿음을 강요하며 심한 핍박도 가했지. 이는 교회의 영적 암흑시기가 시작된 거야. 그 유명한 로마 콜로세움 경기장에서 사자의 밥이 되었던 사람들 대부분이, 천주교의 교리를 반대했던 초대 성도들이야. 그들은 '카타콤'이라 불리는 무덤이나 동굴에서 몰래 예배를 드렸지.

그 무렵, 천주교는 물속에 직접 들어갔다 나오는 침례를 간소화해 '세례'라는 의식을 만들었어. 그러나 믿음의 초대 성도들은 심한 핍박이 있었음에도 성경대로 침례를 지켜왔어. 천주교 사람들이 자신들이 받는 '세례'와 다르게 행한다고 해서 그들을 '침례교도'라고 별명처럼 부른 것이, 지금 침례교의 시작이야. 침례교도라 불렸던 초대 성도들은 한 번도 천주교에 속한 적이 없었지.

이후 루터를 중심으로 16~17세기 종교개혁이 유럽 전역에서 일어났어. 많은 사람이 성경을 직접 접하고 진리를 깨닫게 되면서, 천주교를 타도하고 나오기 시작했지. 그때 자신들이 따르던 지도자들에 의해 결집 되어 나온 무리가 지금의 각 교파가 된 거야.

다음으로 우리도 곧 하게 될, 하나님이 명하신 침례식과 주의 만찬을 하는 이유를 설명할게.

침례는 약식인 세례와 달리, 성경에 예수님이 받으셨던 그대로 머리부터 발끝까지 완전히 물속에 들어갔다가 나오는 의식이야. 예수님을 믿고 구원받은 사람이 '이제부터 하나님의 자녀로 살겠다.'는 순종의 마음을 교회 앞에서 행동으로 간증하는 첫 의식이지. 침례식 때는 먼저 자신이 예수님을 어떻게 믿었는지 회중들 앞에서 직접 간증을 해야 해. 그 간증을 듣고 교회는 '아! 저 사람은 우리와 믿음이 같구나!'하고 판단되면 회원으로 동의하고 침례를 베풀고, 교회는 새 회원을 기쁘게 맞이하며 축하하는 거야!

그리고 캠프에서 돌아온 후, 주일에는 '주의 만찬'도 행할 예정이야. 이는 예수님이 죄인들을 구원하기 위해 우리 대신 찢기시고 피 흘리신 희생과 사랑을, 살과 피를 상징하는 떡과 적포도즙으로 기념하는 의식이야.

교회는 믿는 사람들이 모인 예수님이 직접 세우신 공동체이고 이 두 가지 의식만 행하라고 말씀하셨어. 정규적으로 행하는 중요한 교회의 예식이지.”

“그럼, 생일이나 결혼기념일 같은 건가요?”

“음, 의미를 되새긴다는 점에선 비슷할 것 같아. 생일은 태어난 날로 미래의 소망을 축복받는 날이고, 결혼기념일은 두 사람이 법적으로 사랑을 맹세했던 날을 기념하며 처음 사랑을 다짐하지. 그런 의미에서 침례와 주의 만찬도 구원받은 기쁨을 되새기고 자신을 돌아보는, 그리스도인에게 소중한 시간이야.

주의 만찬에는 특별히 시작 전에 자신의 죄를 회개하는 시간이 있어. 그 시간을 통해 과거의 잘못된 생각과 행동에서 돌이켜 우리 죄를 대신해 주신 예수님의 희생을 기억하라는 의미인 거지.

하나님은 항상 우리가 구원의 기쁨을 다시 회복하길 바라셔. 그래서 이 모든 의식은 하나님의 깊은 사랑을 의미해. 교회는 숫자보다 각 성도의 깨끗한 삶이 더 중요하다는 뜻이야. 그러니 모두 기쁘게 준비하고 동참하자!”

나는 생소할 법한 교회 의식에 대해 자세히 설명한 뒤, 캠프에 앞서 형제 두 명과 함께 해안 도시 시하누크빌로 사전 답사를 떠났다.

"Esther! Esther!"

형제들과 캠프 계획을 나누며 해변을 걷고 있을 때, 어디선가 내 영어 이름을 부르는 소리가 들렸다. 주위를 둘러보니, 저 멀리 제법 큰 밀짚 파라솔 아래서 누군가 손을 흔들며 연신 내 이름을 부르고 있다. 영어 이름만으로 나를 부르는 경우는 거의 드물어, 혹시 동명이인을 부르나 싶어 조심스럽게 다가갔다.

"에스더 선교사 맞지? 내가 정확히 봤다니까!"

L 선교사님과 사모님이었다! 두 분은 세월의 흔적이 역력해, 한눈에 알아보기 어려울 만큼 변해 있었다. 선교사님은 예전보다 훨씬 왜소해 보였고, 사모님은 흰 머리가 많이 생겨 바로 알아보지 못했다.

"어머, 사모님! 두 분 여기 어쩐 일이세요? 이게 얼마 만이예요? 와! 이런 우연이…!"

"에스더 선교사는 하나도 안 변했네! 정말 그대로야! 에스더 선교사야말로 여기 어쩐 일이에요?"

"몇 주 후에 이곳에서 캠프를 열 예정이라 답사차 왔어요."

나는 앞으로 있을 캠프 사역과 근황을 전했다.

"우리는 프놈펜에서의 사역을 접고, 이곳 롤링스재단(Rollings Foundation)으로 옮긴 지 꽤 됐어요. 잘됐어요! 캠프 마지막 날 프놈펜으로 올라가는 길에 우리 재단에 들러 점심 함께해요. 캠프 인원 모두 초대할게요. 오랜만에 목사님도 뵙겠네요."

사모님에 이어 선교사님도 뜻밖의 만남에 무척 반가워하며 우리를 초대했다.

'롤링스 재단'에 대해서는 익히 들어 알고 있었다. 미국의 침례교 성도인 한 부호가 여러 개발도상국에 넓은 부지를 구입해 교회, 신학교, 캠프장, 리조트 등 그리스도인들을 위한 편의시설을 세운 재단이다.

선교사님이 프놈펜에서 사역을 접고 시골로 옮겼다는 소식은, 희응이가 우리 선교처로 옮기면서 접하게 되었다. 그러나 이 재단이 캄보디아에 새롭게 설립된 사실과 선교사님의 협력 여부는 처음 알게 됐다. 재단은 프놈펜과 시하누크빌 중간쯤에 있다.

"오늘 남편이 너무 피곤해서 잠시 휴식차 나왔는데, 이렇게 에스더 선교사를 만나다니 정말 반가워요! 믿기지 않네요. 그동안 우리에게도 많은 일이 있었어요. 남편은 큰 교통사고를 당했고, 건강이 많이 약해졌지요. 나도 셋째까지 낳고 사역을 하다 보니 몸이 쇠약해져, 우리 둘 다 정규적으로 본국에 돌아가 건강 검진을 받고 있어요. 많은 일을 겪으며 깨달았어요. 현지인이든 선교사든 우리를 좋아하지 않는다는 걸요. 참 외로운 시간이었지만, 주님과 더 가까워지며 성숙할 수 있는 시간이었어요. 하나님의 은혜가 아니었다면…. 그래도 우리는 절대 캄보디아를 포기하지 않아요. 에스더 선교사는 우리 미워하지 않지요?"

사모님의 뜻밖의 질문은 많은 의미를 담고 있었다. 두 분 다 예전에 그 차갑던 모습이 아니었다. 나는 초대에 응하고, 바쁜 일정으로 그 자리를 떠났다. 그 순간 잠재해 있던 그분들에 대한 내 분노의 감정이, 시나브로 긍휼한 마음으로 바뀌어 있음을 느꼈다.

　캠프에서 침례 간증 후 이어진 첫 침례식은, 마치 아름다운 야외 예식 같았다. 푸른 하늘과 하얀 구름 그리고 푸른 바다에서 우리의 죄가 예수님과 함께 장사되는 장면이 펼쳐졌다. 성도들의 몸이 바닷속에서 잠겼다 올라오며 만들어내는 하얀 물보라는, 죄를 용서받고 다시 태어난 부활의 상징처럼 눈부셨다. 그렇게 우리를 품은 바다는 온화했고, 너그러웠다. 침례식이 끝나자 스무 명의 성도들이 바다에서 물장구치며 기뻐했다. 그 모습은 말씀에 순종해야만 얻을 수 있는 평안이며 행복이었다.

　"L 선교사님! 우리 성도들이 모두 배고프다고 난리입니다. 캠프 인원이 50명이나 되는데 괜찮을까요? 게다가 침례에 순종한 친구들은 지금 거의 아사 직전이에요." 하하.

　"에스더 선교사! 이렇게 독립적으로 사역하며 이런 열매를 맺다니 정말 대단해요. 그렇지 않아도 요리사에게 부탁해서 많이 준비했으니 맘껏 드세요. 요즈음 망고가 한창이라 리조트 마당에서 바로 따 올 테니 망고도 많이 들고요."

　우리 일행은 선교사님의 안내로 재단 이곳저곳을 돌아본 후, 조금 늦은 점심을 함께했다. 허기진 학생들이 밥을 산처럼 쌓아 놓고 즐거운 식사를 하는 동안, 선교사님은 오랜만에 담임목사님의 위로와 격려의 교제를 나누었다.

　이분들과의 만남은 결코 우연이 아니었다.

지혜로우신 하나님! 마치 은행에 오래전에 저축해 둔 금액을 가장 필요할 때 찾은 것처럼, 지난날 가장 외롭고 어려웠을 때 그분들에게 받지 못했던 격려를 지금 받는 듯했다. 사랑의 하나님은 내가 사랑하는 사람들 앞에서, 마음을 다한 가장 아름다운 격려를 받게 하셨다. 사랑의 교제가 필요했던 두 분에게는, 목사님으로부터 격려와 위로를 받게 하셨다. 그리고 두 분이 나에게 마음의 큰 빚을 갚게 하시며 평안과 다시 일어설 용기를 갖게 하셨다.

주일 오후, 선교처 첫 주의 만찬을 맞이했다. 무의식중에 자리 잡고 있던 그분들에 대한 쓴 뿌리가 사라진 마음으로 예식에 참여하자, 내 영혼 깊이 평안함이 찾아왔다. 순전한 마음으로, 선교처의 첫 주의 만찬을 드릴 수 있어 하나님께 깊이 감사드렸다.

'두 분과의 만남은 필연이었어. 주께서 그분들을 종으로 부르셨고, 회개하며 그 부르심을 포기하지 않으니, 하나님은 끝까지 빚으셔서 바른 길로 인도하시는구나! 하나님의 사랑이 놀라워! 그렇다면 어떠한 상황에서도 내가 하나님을 다시 바라본다면, 하나님은 나도 결코 버리지 않으시겠네. 정말 다행이야. 부족한 나에게 이 사랑의 깊이를 알게 하시니…….'

**너희를 부르시는 분은 신실하시니 그분께서 또한 그것을 행하시리라**

| 데살로니가전서 5:24

# 경찰들이 들이닥치다

"안녕하세요! 김희선 선교사님이시죠? 저는 코피아 소장입니다."

"네! 안녕하세요? 소장님! 일전에 어머니로부터 연락받고 기다리고 있었습니다."

"선교사님, 식사라도 한 번 하면서 자세한 얘기 나누고 싶은데, 시간 괜찮으신가요?"

"네, 소장님, 시간과 장소 정해서 알려 주시면 제가 나가겠습니다."

대한민국의 외교부와 농촌진흥청 산하의 해외농업기술개발사업, KOPIA(Korea Patnership for Innovation of Agriculture)에 캄보디아로 새로 부임한 중년의 남자 소장님께서 만나자는 연락이 왔다. 어머니의 지인을 통해 알게 된 분으로서 캄보디아에 궁금한 것이 많은 듯했다. 나도 소장님을 알게 되어 반가웠다. 당시 학생들에게 주제별로 정기적인 세미나를 열며 새로운 경험의 기회를 만들어주고 있었기 때문이었다.


"안녕하세요! 김희선입니다. 소장님, 만나 뵙게 되어 반갑습니다! 도움이 될지 모르겠지만, 궁금하신 부분은 성의껏 답변해 드리겠습니다.”

“선교사님, 안녕하세요! 저는 필리핀에서 코피아 소장으로 일하다가 이번에 캄보디아로 부임했습니다. 기회가 된다면, 현지 학생들에게 저희 프로젝트를 홍보해 보고 싶어요. 캄보디아는 농업 중심 국가인데, 농업 기술에 대한 인식이 너무 낮더군요. 무엇보다 절망스러웠던 것은, 캄보디아 정부가 파견한 공무원들에게 우리 정부 기술을 무료로 가르쳐 주겠다고 해도, 오히려 돈만 요구하더라고요. 어떻게 프로젝트를 성공적으로 이끌지 막막합니다. 필리핀과는 완전 다르더군요.”

“소장님, 이 나라는 전쟁 이후 교육 후진국이 되어 버렸어요. ‘교육은 백년대계’라고 하잖아요. 캄보디아가 다른 나라보다 쉬울 것이라 생각하는 분들이 많지만, 겉보기와 달리 쉽지 않습니다. 잘못된 것을 바로잡고, 지도하는 게 여간 어려운 게 아니에요. 내전 이후 문호가 개방되어 외국 자본이 유입되고는 있지만, 취약한 인프라로 발전 속도는 여전히 느리죠. 공무원들의 부정부패는 이미 도를 넘어선 지 오랩니다. 그래도 자라나는 어린이들과 청소년들에겐 희망이 있어요. 필요하시다면, 우리 학생들과 함께 코피아 센터에 방문하도록 하겠습니다.”

그날 이후 소장님은 우리 학생들을 자주 초대했다. 학생들은 캄보디아가 농업에 있어 얼마나 축복받은 나라인지를 배우며 자긍심을 갖게 되었다. 동시에 문제점도 파악하며 나라를 위해 기도하는 계기가 되었다.

내가 다니던 대학교는 캄보디아의 다른 대학들처럼 한 달마다 오전반과 오후반으로 나뉘어 강의했다. 그달은 오전반이었다. 학교에 돌아와 선교처에서 한국어 수업 준비를 하며 잠시 쉬고 있었다. 그때, 살짝 열려 있던 바깥 대문을 열고 네 명의 경찰들이 경직된 얼굴로 신발을 신은 채 교실 안으로 들어왔다.

"여기 담당자 누구예요?"

"접니다. 무슨 일이죠?"

순간 놀랐지만, 사정없이 짖어 대는 조화를 제지하며 차분히 대답했다.

"여기 등록된 학원입니까?"

"네? 등록이요? 문 앞에 붙여둔 간이 홍보물과 간판 못 보셨어요? '한국어 무료강의'라고요."

"무료요? 진짜 무료예요? 어느 나라 사람이에요? 캄보디아에 뭐 하러 왔어요?"

"한국인입니다. 유학하러 왔어요. 공부하며 시간을 내어 어려운 이웃들에게 무료로 한국어를 가르치고 있는데, 그게 문제가 되나요?"

경찰들은 외국인이 유학하는 경우가 거의 없어서 처음엔 내 말을 믿지 않았다. 그런데 내가 학생증과 비자를 보여주자, 갑자기 태도가 공손해졌다.

"아! 그러셨군요. 우리나라를 위해 좋은 일 하시네요."

"네, 그럼 확인하셨으니 이제 나가주시죠."

"저… 그런데요, 점심값이라도 좀 주면 안 될까요? 외국인은 돈이 많잖아요. 우리나라는 가난하고 경찰인 우리도 가난해요."

가난을 자랑하다니! 조금 전까지만 해도 무섭고 경직돼 있던 표정이 순식간에 완전히 멋쩍은 웃음으로 바뀌어 있었다. 큰 체격과는 어울리지 않게 공손히 말하는 경찰의 모습이 우스꽝스럽기까지 했다. 그러나 나는 단호히 거절했다. 잘못된 관행에 동조하고 싶지 않았다. 이는 분명 정신을 병들게 하는 뿌리 깊은 악습이었다.

"네? 왜 드려야 하죠?"


나중에 안 사실이지만, 이곳은 작은 노점상부터 큰 회사까지 경찰이나 공무원들의 이런 횡포가 일상이었다. 외국인에게는 현지인보다 더 많이 트집 잡고, 더 많은 금액을 요구했다. 간혹 길을 걸어가다 어느 나라 사람이고 무슨 일을 하냐며 신문을 당하는 일도 있었다. 그때마다 유학생 신분이 나를 지켜주었다.

'외국인은 돈이 많다. 외국인이 교회를 세운다. 그래서 교회는 돈이 많다. 그러니 공짜로 받아도 된다.'라고 대부분 현지인은 교회를 그렇게 생각했다.

'선교처가 무료 한국어센터로 전락하는 건 아닐까?' 하는 우려가 마음속에 싹튼 것이 그 사건 이후부터였다.


오랜만에 우리나라로 귀국해 휴식을 취하던 때였다. 주일, 외국인부서에서 예배를 드리고 나오는데 지방에서 유학 중인 한 형제가 다가와 말했다.

"선생님! 제가 다니는 대학원 근처 교회에서 계속 캄보디아 통역자로 오라고 합니다. 사실 서울 교회까지 오가는 교통비가 많이 들어요. 물론 후원해 주시지만 제게 남는 건 거의 없어요. 그곳은 집에서 가깝고 저를 잘 챙겨 주고, 공부할 시간도 아낄 수 있거든요. 선생님이 허락해 주신다면 옮기고 싶습니다."

형제는 초창기부터 사역을 함께해 온 사람이었다. 한국 유학을 준비하는 과정에서도 복잡한 서류를 돕고, 교회의 보증, 성도들의 헌신과 후원이 있었다. 캄보디아에서 함께했던 시간과 기도들이 떠올라 처음엔 그의 말을 농담으로 들었다. 나도 없는 상황에서 형제마저 빠지게 되면, 앞으로의 사역이 흔들릴지도 모른다는 생각이 스쳤기 때문이다.

그가 유학을 준비하며 선교처에서 간증했던 말이 문득 떠올랐다. "유학을 마치고 돌아오면, 후원에 감사하여 우리나라 발전에 힘쓰겠습니다." 그의 간증을 떠올리니, 어쩌면 우리가 바라던 방향과 형제의 생각 사이에는 처음부터 미묘한 차이가 있었을지도 모른다는 생각이 들었다. 하지만 지금 돌이켜보니, 형제의 중심을 제대로 살피기 전에 그의 겉으로 드러난 인품과 재능만 보고 급하게 판단했던 것은 나의 불찰이었다. 형제가 원했더라도 그의 영적 상황을 고려하여, 그에 맞는 헌신만 허락했어야 했다. 그러나 사역을 유지하기 위해 도움이 절실했던 나와, 유학이 절실했던 형제의 만남은 정작 가장 중요했던 하나님께 둔 중심이 약했다. 그 결과 이런 동상이몽을 일으킨 장본인은 다름 아닌, 지도자인 바로 '나'였다.

그 일을 돌아보는 가운데, 내가 무엇을 중심에 두고 있었는지 살펴보게 되었다. 그리고 '하나님은 우리의 중심을 보신다.'라는 말씀을 다시 생각했다. 중심에 바른 가치를 세우지 않으면, 어떠한 일이라도 결국 사랑과 신뢰를 잃고 무너질 수 있다는 것을 깨달았다.

## 여백 글…

어느 날, 여주인이 나를 찾아와 무표정한 얼굴에 차분한 어투로 말했다.

"선생님, 지난번 경찰들이 왔었지요? 무료교실도 안된다느니, 우리도 돈 벌기 힘들다느니 하도 투덜거리길래 선생님 대신 내가 밥값 주고 간신히 돌려보냈어요. 그 간단한 것을…. 다음에 또 오면 그때는 선생님이 주세요."

"네? 제가요?"

돈을 사랑함이 일만 악의 뿌리가 되나니
이것을 탐내는 자들은 미혹을 받아 믿음에서 떠나
많은 근심으로써 자기를 찔렀도다

디모데전서 6:10

# 이게 진짜 피아노야!

"선생님! 50쪽이요. 쁘레앙~ 썽꾸르~~"

벌써 두 곡째다. 찬양 순서를 기다리고 있는 다른 학생들도 몇 명 더 있는데, 이러다간 정작 중요한 성경 공부는 시작도 못 할 것 같았다. 주일 오후 예배와 수요일 기도 모임 때 갖는 간증과 찬양 시간은 늘 찬양 대기자가 많았다.

"선생님! 한 곡 더 불러도 돼요?"

내가 아주 어릴 적 TV에서 한 가수를 본 기억이 있다. 긴 마이크 선을 둥글게 말아 손에 감고, 눈을 지그시 감으며 감정을 담아 노래를 멋들어지게 부르던 모습이었다. 방금 찬양을 마친 형제의 모습이 딱 그랬다. 반주에 맞춰 노래를 부를 기회는 당시 이들에겐 파티 전문 업체가 왔을 때나 가능했다. 그래서인지 유독 이 시간을 은연중 즐기는 학생이었다. 하지만 학생들이 찬양을 좋아할 수 있다면 난 개의치 않았다. 그중엔, 간혹 진지한 표정으로 부를 찬송가 페이지만 말하며 반주를 부탁하는 학생도 있었다. 그럴 땐 내가 마치 노래방 반주기가 된 듯한 묘한 기분이 들기도 했다. 그러나 이런 광경은 혼자 보기 아까울 정도로 학생들이 귀엽고 사랑스러웠다.

"형제! 다음 사람도 있으니 오늘은 여기까지."

선교 초창기, 나는 음악 교육의 불모지인 이곳에서 기회가 주어지는 대로 기초 음악 교육과 찬양을 지도했었다. 지금은 수도 프놈펜에서 재능기부 차원인 무료 클래식 음악공연이 간혹 열리기도 한다. 그럴 때면, 수소문해 학생들을 데리고 다녔다. 어릴 때부터 기계음이 주가 되는 가라오케를 듣고 자란 이들이다. 나는 학생들에게 최대한 우리 심장 박동과 비슷한 템포의 아름다운 클래식 음악을 들려주고 싶었다. 정서적으로 결핍되어 불안정한 마음에 위로가 되길 바랐다. 그리고 영적 치유가 되는 찬송가도 직접 불러주며 즐겁게 가르치다 보니, 감사하게도 학생들이 찬송가를 좋아하게 됐다. 그러나 예고 없이 찾아오는 잦은 정전은, 어설픈 내 반주에 맞춰 부르던 찬양도 속수무책으로 중단될 수밖에 없었다.

'이럴 때 진짜 피아노가 있다면 얼마나 좋을까…!'

어느 날, 학생들이 어느 클래식 음악 후원 단체에서 여러 클래식 악기와 전문 연주자가 들려주는 진짜 피아노 선율을 들을 기회가 있었다. 시끄러운 가라오케 음악만 듣던 청년들이 바이올린, 첼로 등 클래식 악기들을 처음 접했을 때, 그들의 호기심 어린 눈빛은 내게 안쓰러움으로 다가왔다. 그나마 피아노는 그들에게 익숙한 악기였다. 사실 '진짜 피아노'를 아는 학생들은 거의 없었다. 건반이 있는 모든 악기를 현지인들은 '프자노'(피아노)라 불렀다. 한참 세월이 흐른 뒤, '프자노'가 무엇인지 알게 되어서야 '피아노'라고 바르게 부르기 시작했다.

선교처에는 초창기 사용하던 작은 키보드와 몇 해 전 악기 상가를 전전하며 어렵게 구했던 전자피아노가 전부였다. 건반이 모두 있는 전자피아노를 구한 것만으로도 우리는 감격스러워했었다. 그런데 지금, 아름답고 감미로운 소리—청아하고 영롱하여, 영혼을 맑게 해 주는 듯한 처음 듣는 소리—에 학생들은 완전히 매혹되었다.

"선생님! 이게 진짜 '프자노'지요? 소리가 정말 예뻐요." "그래! 정말 아름답지! 우리에게도 언젠가 이런 멋진 피아노가 생기길 기도하자."


그렇게 소망으로 기도하던 어느 날이었다.

"선생님! 선생님! 이 광고 전단지 좀 보세요. 피아노 전문점이에요. 드디어 우리나라에도 피아노 파는 곳이 생겼어요!"

"정말? 어딘데? 빨리 가 보자!"

정말이었다! 한국인이 운영하는 곳이었다. 넓은 홀 안에는 여러 대의 피아노가 우리를 반겼고, 그중 아이보리색 업라이트 피아노가 유난히 눈에 띄었다.

"3,500달러입니다. 교회에서 쓰실 거죠? 이 피아노가 예식장에서 계속 쓰던 거라 소리가 죽지 않았더라고요. 원하시면 3,300달러까지 해 드릴게요."

아무리 해외 운송비가 포함됐다지만, 다 낡은 중고 피아노를 이렇게나 비싸게…. 열심히 설명해 준 주인에게 감사하다는 인사를 하고 돌아서며 아쉬운 마음을 달랬다. '이렇게 비싼 걸 어떻게 사.'라고 마음속에선 말했지만, 학생들에게는 굳이 '비싸서 못 산다.'라고 말해 희망을 꺾고 싶지 않았다.

"얘들아! 우리, 소망으로 하나님께 헌금부터 드리자. 선생님도 열심히 헌금할게. 그러다 보면 그 열심을 보시고, 사랑하시는 하나님이 우리가 할 수 없는 일을 도와주실 거야."

우리는 그렇게 십시일반 헌금을 드리기 시작했다. 피아노 구입은 어느새 선교처가 꼭 이루어야 할 사명으로 삼고 기도하고 있었다.

그러던 어느 날, 정말 우리 능력을 넘어선 도움이 찾아왔다.

"죄송한데요. 뭔가 착오가 있는 것 같습니다. 금액 좀 다시 확인해 주시겠어요?"

유학 중이던 나는 매달 들어오는 후원금이 1,000달러를 넘은 적이 거의 없었다. 그런데 기본 후원금 외에 2,000달러가 추가로 입금된 것이다. 혹시 은행 실수일까 싶어 다시 확인을 요청한 것이다.

"맞습니다. 보내신 분 확인해 보세요."

영문 함자를 눈으로 천천히 따라 읽으니 익숙한 이름이었다. '아! 집사님이?'

작년 연말, 수능 시험을 마친 고생한 아들을 격려차, 온 가족이 선교처 방문 겸 여행을 오셨던 한 가정의 집사님이셨다. 귀국 전, 기도 제목 리스트를 요청하셔서 적어 드렸던 기억이 떠올랐다. 그래도 평범한 가정이 한꺼번에 보내기엔 금액이 많다고 여겨 바로 전화를 드렸다.

"자매님! 집사님이 큰 금액을 헌금하셨네요. 알고 계셨어요?"

"응! 알고 있지. 우리 아들이 이번에 장학생으로 대학에 들어갔거든. 선교처를 위해 기도하던 중, 맨 마지막에 기도제목이었던 '피아노 구입'이 마음에 남아서. 다른 기도 제목들은 우리가 직접 도울 수 있는 게 아니더라고. 아들과 상의하고 받은 장학금을 피아노 구입 지정 헌금으로 드린 거야."

그 말을 듣는 순간 감동하여 전율을 느꼈다! 세심하게 챙겨주신 두 분과 가족에게 감사드렸다. 이 소식을 들은 학생들도 "와! 우리가 함께 간절히 기도했던 내용이, 이런 방법으로 응답을 받다니…!"하며 마냥 신기해하고 기뻐했다.


"소오올~~"

학생들의 시선이 내 손끝에 집중되는 가운데 내가 '솔'을 살포시 쳤다.

"우와! 선생님, 소리 정말 예뻐요."

1988년생, 수많은 결혼 커플의 결혼식 연주를 맡았을 이 아이보리색 피아노는 학생들의 환대를 받으며, 이제 우리 선교처에서 그 소리를 뽐내고 있었다.

"얘들아! 우리에게도 드디어 진짜 피아노가 생긴 거야! 정말 기쁘지?" 그동안 우리가 드린 헌금과 지정헌금 그리고 이번 달 내 사역비를 거의 다 보태서 구입한 거야.

한동안 학생들 사이에서는, 피아노 소리를 바로 들을 수 있는 책상 맨 앞자리를 차지하기 위해, 쟁탈전이 벌어지곤 했다. 내 부족한 연주도, 학생들에겐 이름 모를 피아니스트의 연주보다 더 아름답게 들리는 모양이었다. '진짜 피아노'의 위력이었다! 그 순간, 난 세상 어느 피아니스트보다 행복한 연주자가 되어 있었다.

어느 날, 난 방에서 말씀을 묵상하고 있었는데 익숙한 멜로디가 들려왔다. 그것도 도입부가 아닌, 가장 어려운 스케일 부분을 속도감 있게 치고 있었다. 깜짝 놀라 방문을 열고 피아노가 놓인 곳으로 향했다. 레이(가명) 형제가 피아노를 치고 있었다. 그가 연주하는 곡은 우리에게 너무나 익숙한 '엘리제를 위하여'였다.

"이 곡 누구한테 배운 거야?"

"유튜브에서 많이 들었어요. 그래서 한번 쳐 봤어요."

평소 장난기 많고 부산스러운 레이가 멋쩍고 쑥스러운 표정으로 대답했다. 레이 형제는 열다섯 살인, 피아노 기초를 배우고 있는 학생이었다. 집에 피아노가 없는 학생들을 위해 나는 전자피아노의 볼륨을 줄여 선교처에서 연습을 허락했다. 그런데 청개구리 같은 레이는, 종종 업라이트 피아노를 쳐서 내게 잔소리를 듣곤 했다.

"나중에 레이의 피아노 실력에 대해 전공 선생님과 상담을 했더니, 예상보다 놀라운 결과를 듣게 되었다. 레이는 재능을 다소 늦게 발견하긴 했지만, 노력한다면 충분히 일정 수준의 연주자가 될 가능성이 높다고 했다."

우리 선교처 88년생 피아노가, 자신을 아름답게 연주해 줄 미래의 연주자를 만난 것에 참 기뻤다.

세월이 흘러, 이제 우리 피아노는 건반을 두드리면 쇳소리가 날만큼 노후 됐다. 이젠 피아노가 쉴 때도 됐지만, 여전히 그 어떤 피아노보다 아름다운 연주로 하나님과 성도들을 섬기고 있다. 이토록 하나님께 쓰임 받고 있으니, 얼마나 멋진 피아노인가! 이도 하나님의 허락하심이 아니고서야 불가능한 일이다. 생명이 다할 때까지 쓰임 받는 피아노처럼 나도 그렇게 하나님의 도구로 쓰임 받기를 소망한다.

우리가 소망으로 구원을 얻었으매
보이는 소망이 소망이 아니니
보는 것을 누가 바라리요
만일 우리가 보지 못하는 것을 바라면
참음으로 기다릴지니라

로마서 8:24-25

# 순수함을 지킨다는 건

작은 키에 작고 다부진 얼굴, 말할 때마다 사슴처럼 동그란 눈이 유독 맑게 빛나, 나도 모르게 한참을 쳐다보게 된다. 선한 외모의 열여섯 살인 B 자매는 새로 더해진 선교처 학생이다. 자매는 한국어 교실뿐만 아니라 예배에도 열심히 참석했고, 선교처에서 주최한 성경 암송대회에서 1등을 할 정도로 제법 똑똑했다. 하지만 집은 너무나 가난하여, 고아와 가난한 사람들을 지원하는 한 NGO 센터에서 공부하고 있었다. 공부는 그다지 열심히 하지 않았지만, 난 그 원인이 자매의 열악한 환경 탓이라 여겼다.

그렇게 B 자매를 알아가던 중 한 사건이 일어났다.

개인 교통수단이 없던 자매는 평소 선교처까지 걸어 다녔다. 그날도 걸어와서는 내게 가게를 잠시 다녀오겠다며, 날씨가 너무 더우니 내 자전거를 잠시 빌려 달라고 했다. 나는 그러라고 흔쾌히 허락했다. 그런데 얼마 지나지 않아, 자매는 자전거 없이 터벅터벅 혼자 걸어 들어왔다. 그리고 한국어 수업을 하고 있던 내게 멋쩍은 표정으로 말했다.

"선생님! 죄송해요. 자전거를 잃어버렸어요. 가게 앞에 세워 두고 물건을 사려는데, 어떤 아주머니가 급한 일이 생겼다며 잠시만 자전거를 빌려 달라는 거예요. 그래서 빌려 드렸는데… 다시 안 돌아왔어요. 그 아주머니가 자전거를 훔쳐 간 것 같아요.”

속상했지만 어쩔 수 없었다. 가난한 어린 자매에게, 새것으로 사오라고 매몰차게 할 수도 없는 노릇이었다. 드문 일이었지만 그럴 수도 있다 생각하며 그 사건은 그렇게 지나갔다.


어느 날 밤, B 자매가 날 찾아왔다.

“자매! 이 저녁에 무슨 일이니? 무슨 문제라도 있니?”

“선생님! 우리 아빠가 술 마시고 와서 저를 때렸어요.”

“뭐라고? 아버지가? 정말 그게 사실이야? 많이 놀랐겠다. 일단 오늘은 여기서 자고, 내일 함께 집에 가 보자.”

그날 밤, 울먹이는 자매를 진정시키며 그동안 어떤 환경에서 자랐는지 자세히 물었다. 자매의 부모님은 나이가 많으셨다. 원래 그분들에게는 자매 위로 아들이 있었다고 한다. 그런데 안타깝게 병으로 아들을 잃고, 늦은 나이에 자매를 낳았다고 했다. 가난하고 정서적으로 불안한 상태에서 자녀를 키우다 보니, 두 분 모두 폭언과 술주정이 잦았다고 자매는 털어놓았다. 이번엔 폭력까지…. 나는 그 위험한 장소에 자매를 다시 돌려보낼 수 없었다. 그날 이후 자매의 부모님을 설득해 선교처에서 함께 지내도록 했다.

한 달쯤 지난 어느 날, 나는 사역일 때문에 외지에 나가 있었다. 그때, 자매의 학교 공부를 도와주던 청년으로부터 급하게 연락이 왔다.

“선생님! B 자매가 없어졌어요. 짐도 다 가지고 갔고요. 자매 집으로 연락하니 집으로는 돌아오지 않았고, 부모님도 모르는 사실이래요.”

처음엔 너무 놀랐지만, 다행히 자매에게 연락이 닿았다. 친구 집에서 지낸다는 것이었다. 그런데 내가 좀 의아했던 것은, 자매 부모님의 태도였다. 그분들은 내게 아무런 원망도 없이, 마치 늘 겪던 일인 듯 담담해 보였다. 그 모습에 ‘정상적인 가정이 아니구나’ 싶었다. 나는 그저 자매가 무사히 돌아오길 기도하며 기다렸다.

한 달쯤 지나, 자매가 돌아왔다는 연락을 받고 급히 자매의 집으로 향했다. 그런데…….

선교지에서 오랫동안 사역하다 보면 예측하기 어려운 상황을 자주 겪게 된다. 내가 경험한 바로는 상식으로 이해하기 힘든 일들이 많았다. 현지인들이 마음만 먹으면 얼마든지 속일 수 있는 조건을 가진 사람이 선교사일 수도 있다는 사실도 깨달았다. 그만큼 올바르고 정확하게 판단하는 것이 때때로 불가능해 보일 때가 있었다.

모든 판단의 기준이 ‘성경 말씀’인 나에게, 현지 문화와 사고방식은 늘 낯설었다. 어느 정도 소통이 가능하더라도, 말씀을 기준으로 바르게 인도하는 것은 또 다른 차원의 어려움이었다. 그나마 그 언어적 소통 마저 잘 이루어지지 않을 땐, 정말 능력의 한계를 경험하곤 했었다.

그런 나에게 하나님은 특별한 은사를 주셨다. 그것은 단순한

'촉'이나 '직감'이라기보다, 하나님께서 상황을 깨닫게 하시는 '통찰의 은사'였다. 내가 원했거나 믿음의 근거로 삼은 적은 없지만, 불가피하게 무언가 드러나야 할 일이 있을 땐 설명할 수 없는 감각이 찾아왔다. 상황을 매우 빠르게 파악하는, 아니 파악되는 것이었다. 이는 '내가 너와 함께 사역하고 있다'는 하나님의 동행이었다. 이방인으로서 지혜를 발휘하는데, 한계가 있는 나를 도와주시는 하나님의 은혜였다. 연약한 성도들을 긍휼히 여기시고, 바르게 지도하시려는 사랑 많으신 하나님의 마음이었다.

그런데 지금, B 자매를 보며 순간 떠오른 단어는 '임신'이었다.

출산 경험도 없고, 그에 관한 의학 지식도 없던 나였지만, 이상하게 그 단어가 문득 떠올랐다.

"왜 선교처를 갑자기 나갔니?"

"죄송해요. 너무 외로웠어요. 공부도 하기 싫었고 답답해서 친구 집에서 지냈어요."

"그래. 그동안 어떤 친구 집에 있었니? 혹시 남자친구?"

"네? 네…."


병원에 가서 확인하니 내가 예상한 대로였다. 열여섯 살에 임신이라니! B 자매의 남자친구는 열일곱 살이었고 우리 선교처 학생은 아니었다. 그동안 자매에게 공부 환경과 좋은 기회를 만들어 주려 했던 내 노력은 모두 물거품이 됐다. 지금 당장 새 생명을 지키기 위해, 이 철없는 두 사람을 보호해가며 출산 전에 함께 살도록 기반을 마련해야 했다. 그러나 남자쪽 부모가 반대하자, 나는 내 학생을 대변했다.

"두 사람이 함께한 일인데, 이렇게 책임을 회피하면 안 되지요. 책임을 지지 않겠다면 우리도 그에 맞는 법적 대응을 할 수밖에 없습니다."

남자 쪽 부모는 잠시 망설였지만, 결국 이 상황을 받아들이기로 했다.

문제를 일단락 짓고, 선교처로 돌아와 자매와 마주 앉았다.

"선생님! 저는 어릴 때부터 혼자 자라서 외로워서 그랬어요. 죄송해요."

"그래! 잘못한 거 알았으면 다시는 같은 실수를 반복하지 마. 그리고 비록 결혼식은 아니지만, 하나님 앞에서 새 생명을 위해 기도하며, 선교처 학생들과 함께 너희 두 사람을 위해 작은 격려 파티를 마련할 거야. 그러니 다시 용기를 갖자!"

우리는 두 사람을 용서하고 사랑으로 다시 품었다. 그러나 얼마 후, 배가 불러오는 자매를 홀로 남겨두고, 철없는 남자친구는 감당하기 어려웠던 현실을 피해 도망쳤다. 이런 자매의 현실이 너무 마음 아파, 나와 성도들은 자매를 끝까지 지켰다.


예쁜 남자 아기가 태어났다.

그런데 아기가 젖을 뗀 어느 날부터 자매는 선교처에 나오지 않았다. 걱정되어 자매의 집을 방문을 했다. 자매를 대신해 아기를 재우고 있는 어머니를 만났다. 어머니는 잠든 아기를 확인한 후 문 밖으로 나와선, 담배를 한 대 태우며 내게 믿기 어려운 충격적인 소식을 전했다.

"선생님! 내 딸년! 다른 놈하고 집 나갔어요. 못 나가게 오토바이도 숨겨 놨는데 어떻게 찾았는지 나갔네요. 걔는 믿으면 안 돼요. 하는 말마다 거짓말에. 어떻게든 사람 만들려고 재 아빠도 때론 혼내기도 하고, 나도 매일 잔소리했지만 안 돼요. 믿고 교회에 맡겨 놨더니 동네 창피하게 임신이나 시켜오고… 이게 뭡니까?"

사슴처럼 맑게 빛나던 선한 눈, 표정, 차분한 말투, 회개하며 흘리던 눈물 그리고 도난당했다던 내 자전거도 모두 거짓이었다.

'난, 이 나라에 왜 온 걸까……'


그날, 그동안 분주했던 마음들을 내려놓고, 깊은 상념에 잠겼다. 한동안 어떠한 말도 떠오르지 않았다. 단지, 불신으로 한순간에 무너진 마음의 집을 다시 세우기 위해, 식어가는 내 마음속의 온기를 담아줄 한 단어를 찾고 있었다.

선택의 기로에 서 있었다. 상처받은 선교사들처럼 의심과 냉소로 굳은 사람이 될 것인지. 아니면 죄의 판단은 하나님께 맡기고 처음의 순수함을 지켜, 더 강한 열정으로 사랑하는 하나님의 방법을 택할 것인지.

그때 나를 지켜낼 단어로 '순수함'이 떠올랐다. 처음 그 마음, 세상의 기대와 타협하지 않았던 그때의 나처럼. 나는 그 순수함을 다시 움켜잡았다. 그러자, 평안이 따뜻한 온기로 무너진 마음의 벽을 부드럽게 감싸 안기 시작했다.

하나님께서 함께 했던 모든 은혜 외에, 성급하게 외모로 판단했던 내 허접한 모든 축을 회개했다. 하나님은 외로운 선교지에서 가장 조심해야 할 취약점을 깨우쳐 주셨다. 나는 다시 사랑을 선택했다. 어떠한 열악한 상황에서도 순수함을 지켜내는, 변함없는 자연과 같은 평안을 보여 줄 수 있는 사람이 되길 간절히 기도하면서.

여백 글…

"선생님 오랜만이에요. 몇 년 만인지 모르겠어요. 이쪽은 지금 함께 사는 남자친구예요. 그동안 많은 일이 있었어요. 선생님께 죄송해서 회개도 많이 했어요."

아주 오랜만에 B 자매가 새로운 남자친구와 선교처를 방문했다.

"그래. 정말 오랜만이네. 이렇게 와 줘서 고맙다. 회개하고 용서를 구하니 다행이야. 우리도 기다리고 있었어."

"사실… 결혼하려는데 돈이 없어서요. 결혼만 하면 아이도 잘 키우고 믿음 생활도 안정될 것 같아요. 기도해 주세요."

"결혼… 그래, 도와줄 수 있지. 하지만 성경에는, 결혼은 동거가 먼저가 아님을 가르치고 있어. 몰랐다면 지금부터라도 회개하고 동거를 중단하자. 그리고 남자친구가 구원받을 수 있도록 함께 믿음 생활을 다시 시작

하렴. 그 과정에서 남자친구가 구원받고 두 사람이 함께 열심히 돈을 모
으며 결혼 준비를 하면, 그 믿음을 보고 부족한 부분은 도와주도록 할게.
어때, 그렇게 할 수 있겠니?”

“……”

나의 물음에 자매는 아무 말 없이 바닥만 내려다보았다.


아무것도 염려하지 말고
다만 모든 일에 기도와 간구로
너희 구할 것을 감사함으로 하나님께 아뢰라
그리하면 모든 지각에 뛰어난 하나님의 평강이
그리스도 예수 안에서 너희 마음과 생각을 지키시리라

| 빌립보서 4:6-7

# 선교사님이 떠났어요

"선교사님! 이 논문집 제가 좀 빌려 가도 될까요? 흥미롭네요."

"네! 얼마든지요. 선교사님도 바쁘신데, 매번 제 사역을 도와주셔서 감사드려요."

나는 시간을 내어 피아노 무료학원에서 자원봉사를 했었다. 그곳은 우리 학생들도 다니며 도움을 받는 곳으로, 나와 동갑인 여자 싱글 선교사님이 운영하고 있었다. 이화여자대학교 소속 교회에서 파송되어 지방과 프놈펜을 오가며 학교 사역을 하는 분이었다. 학원은 마침 우리집과 가까워, 그분이 부재중일 때는 무료 봉사를 했었다. 그러던 어느 날, 우연히 그곳에서 한 논문집을 읽게 되었다. 그 내용이 내 초기 선교사 시절을 평가하는 논문이어서 흥미로웠고, 대략 내용은 이러했다.

"캄보디아 초기 선교는 주로 미국과 필리핀 침례교 선교사들이 주도했지만, 성공하지 못했다. 구제 중심의 사역이었기에 후원이 끊기자 현지인들 대부분이 떠나버렸다. 앞으로의 선교 방향은 현지인들이 선교사의 후원금을 바라지 않도록 하는 데 초점을 맞춰야 한다. 이를 위해 선교사 스스로도 후원금에 의존하지 않고 자립의 본을 보이며, 느리더라도 함께 성장하는 것이 바람직하다."

가정이 있는 평범한 선교사에게는, 다소 비현실적인 이상처럼 들리는 논리였다. 달리 표현하면, "캄보디아 사람들은 돈을 사랑하기 때문에 말씀을 가르치고 실천하도록 이끄는 것이 쉽지 않다. 그러므로 선교사가 몸소 본을 보여야 한다"는 뜻이었다. 그 문제의 중심에는 무너진 교육 현실이 가장 컸다.

논문에 실린 내용처럼, 나 역시 그 시대를 함께하며 협력했던 많은 교회가 문을 닫은 사실을 부인할 수 없었다. 현지인에게 맡겨진 교회조차 자립하지 못하고 여전히 해외 성도들에게 손을 내밀고 있는 현실이 마음 아팠다. 그래서 '어떻게 이 문제를 타파할 수 있을까? 늘 고민하던 때였다. 그런데 그 논문을 읽으니, 마치 냉철한 평가를 받는 듯한 기분이었다. 그러나 이상하게도 마음이 상하기보다는, 새로운 진리를 깨달은 듯한 신선함이 밀려왔다. '캄보디아 선교'는 이제 구제단계를 넘어 자립의 시기로 접어들었구나.'


"아이고! 6·25 전쟁 끝나고 내가 살던 그 시대를 내 딸이 여기서 살고 있네, 아이고……."

졸업식 참석을 위해 일흔을 넘기신 어머니께서 홀로 비행기를 타고 캄보디아로 오셨다. 하지만 연세가 많으시고, 갑작스러운 기온 차로 면역력이 약해지셔서 병원에 입원하셨다. 어머니께서 퇴원하시며, 선교처로 돌아오는 길에 여기저기를 둘러보며 하신 말씀이었다. 그러고 보니, 난 늘 걱정만 끼쳐드리는 어머니에게는 철부지 딸임을 새삼 느꼈다. 다행히 어머니의 건강은 빠르게 회복되어, 예정된 졸업식에도 참석할 수 있었다.

캄보디아를 대표하는 국립 대학의 졸업식은, 한 나라의 총리가 직접 참석할 정도로 검문부터 시작해 시끌벅적했다. 크메르어를 좀 공부해 볼 만하니까 벌써 졸업이었다. 시간이 참 빨리도 지나갔다. 지루했던 졸업식을 마치고, 캠퍼스 호숫가에서 어머니 그리고 축하하러온 선교처 성도들과 함께 영원히 기억될 아름다운 추억을 사진으로 남겼다.


유학을 결정할 때, 나는 하나님께 간절히 이렇게 기도했었다.

"유학하는 동안 이곳에서 사역할 하나님의 종을 보내주세요."

그로부터 1년쯤 지나, 한 가정이 소망을 갖고 기도하기 시작했다. 그날 이후 나는 앞으로 오실 선교사님이 사역하기 편하도록, 학생들의 마음 밭을 일구는 기초 사역에 매진했다. 내 단골 멘트는 늘 같았다. "너희 선교사님이 오시면…" 으로 시작해 "…그분을 잘 도와드리렴." 으로 끝맺곤 했다.

"얘들아, 선생님은 새로운 선교사님이 오셔도 가끔 캄보디아에 와서 함께할 거야. 이제까지 잘 해 온 것처럼, 새로 오실 선교사님도 잘 도와드려야 한다."

학생들은 기도하면서 기다려온 선교사님을 자연스럽게 받아들였다. 졸업 후 모든 사역을 넘겨주고 떠나려니, 지난 세월이 주마등처럼 스쳐갔다. 그리고 새로 오실 선교사님이 녹록하지 않은 현지 생활을 잘 적응할 수 있을지, 학생들은 새로운 선교사님과 무리

없이 잘 지낼지, 걱정이 많았다. 그러나 내가 가장 마음에 걸렸던 것은, 교회에서 최종 파송 결정을 앞두고 그분이 내게 보낸 한 통의 메일 때문이었다.

"S 선교사님! 캄보디아에 오신 것을 환영합니다!"

공항에서부터 환영 예배까지, 우리는 진심으로 그분을 맞이했다. 선교사님의 다른 가족은 선교사님이 어느 정도 정착한 뒤 합류할 예정이라고 했다. 일주일 후 내가 떠날 때까지 머물 숙소를 마련해 드리고, 곧바로 인수인계를 시작했다. 선교사님과 나는 서로의 이야기를 나누며 선교처를 정리해 갔다. 또한 그분이 원하신다면 언제든지 협력할 뜻도 전했다. 그분의 권위를 세워드리기 위해 요청할 때만 돕는 것이 옳다고 판단했기 때문이다.

S 선교사님은 하회탈처럼 밝게 웃는 모습이 인상적이었다. 하지만 사역을 설명하거나 질문할 때는 덤덤했고, 중요한 사항은 흘려보내는 듯했다. 내가 조목조목 설명하자, 그저 살짝 미소 지으며 말했다. "내가 다 알아서 할게요." 그 순간, 나는 마음 한편에서 서늘해지는 것을 느꼈다. 그러고 보니 그동안 수고에 감사하다는 그 흔한 인사조차 듣지 못했다. 그러나 독립적으로 사역을 감당하려는 의지라는 생각도 들어, 순간 느꼈던 감정을 애써 부인했다. 그렇게 나는 선교 유학 사역의 마지막 페이지를 마무리하며, 캄보디아를 떠났다.

"선생님! S 선교사님이 떠났어요! 어젯밤에 아내와 아들이 급히 자신을 찾는다며, 한국으로 가셨어요. 아들이 아프대요. 우리 어떡하죠?"

귀국한 지 7개월쯤 되었을 때, 선교처의 한 학생으로부터 급하게 연락이 왔다. 새로운 일을 시작하느라 분주한 나날이었고, 선교처 소식도 아무 문제 없이 잘 지낸다는 말뿐이라, 안심하고 있었는데 갑작스러운 소식에 더욱 놀랐다.

"그래? 언제 돌아온다는 말은 없으셨고? 짐도 그대로?"

"네, 짐도 그대로 놓아두고 급히 가셨어요. 그 후로는 연락도 안 되고요."

놀란 학생들을 진정시키며, 사태가 파악될 때까지 잘 지내길 당부했다. 그러나 그분은 끝내 캄보디아로 되돌아가지 않았다. 그 어떤 설명도, 변명도 없이. 마치 처음부터 아무 관계도 없었던 사람처럼…….

학생들에 따르면, 선교사님은 식사를 거의 하지 않아 점점 야위어 갔다고 했다. '그렇게 체력관리를 안 하셨다고?' 캄보디아는 각종 질병이 만연하고, 가장 더울 때는 체감온도 45℃가 넘는 더위를 몇 달씩 견뎌야 한다. 지병이 있는 경우는 생명이 위독해질 수도 있는 곳이 캄보디아다. 게다가 당시 선교처에는 에어컨도 없었다. 현지에선 잘 먹고 잘 쉬는 것도 사역이다. 그런데 잘 안 드셨다니! 그러나 단순히 가족 문제나 건강 문제가 사태의 근본 원인이라 생각되지는 않았다.

문득, 예전에 선교사님이 내게 보냈던 그 메일 내용이 떠올랐다. 내 마음속에 일었던 그 불길함의 근원이 무엇인지, 이제야 퍼즐이 맞춰지듯 짐작할 수 있었다.

"김희선 자매가 그곳에서 너무 오래 사역하니 사람들이 나를 인정하지 않는 것 같고, 교회에서도 파송이 지연되는 것 같아요."

소명은 우리가 하는 그 어떤 사랑보다 강렬하고, 그 열정이 어떠한 장애도 넘어설 수 있게 한다고 믿어왔다. 그러나 주저하는 마음이 있다면, 이 선교지에서 끝까지 감당하기 어려울 수 있다는 생각이 들었다. 그때부터 나는 조금씩 내 마음속의 불안감을 진지하게 돌아보았다. 자신에게 주어진 소명이 확실하다면, 그런 주저함이 일어날 수는 없었을 텐데. 그런 생각이 계속 마음속에 맴돌아 그분을 위해 기도하기 시작했다. 그분이 겪고 있을 갈등과 어려움을 하나님께 맡기고, 다시 한번 소명의 길에서 확신을 얻을 수 있기를 바랐다.

그러나 그분은 캄보디아로 돌아가지 않았다. 이유를 자세히 알 수는 없었지만, 그 시점에서 무언가 깊은 고민이 있었던 것만은 분명했다. 그 후 학생들은 잠시 다른 선교사에게 맡겨졌으나, 그 새로운 환경에 적응하지 못하고 흩어지기 시작했다. 나는 학생들을 진정시키려 애썼지만, 마음 한편에는 무거운 책임감이 자리 잡기 시작했다.

그즈음, 한 학생으로부터 연락이 왔다.

"선생님! 우리 너무 힘든데, 그냥 선생님이 다시 오시면 안 돼요?"

많은 걱정과 우려가 있었지만, 나는 다시 캄보디아로 돌아가기로 결심했다. 모든 판단은 하나님께 맡겼다. 협력하여 선을 이루시는 하나님의 긍휼을 바라며, 인생에서 가장 어려운 결정을 내렸다. 가장 두려웠던 것은, 약해진 내 건강이 버티지 못할까 하는 불안이었다. 그러나 양들이 상처받고 흩어지는 모습이 내 눈에 생생하게 보여 더는 지체할 수 없었다.

그렇게 하나님께 순종하자, 더 명확히 보였다. 하나님은 캄보디아 선교의 방향을 바꾸고 계셨다. '이제 선교사가 직접 하는 시대가 아니라 현지인 스스로 성장하도록 돕는 시대구나.' 아직까지는 내가 그들의 성장에 꼭 필요하기에 또 부르신다는 확신이 들자, 나의 두려움은 서서히 평안으로 물들어갔다.

우리는 S 선교사님도 사랑하며, 언젠가 다시 만나길 기다리고 있다. 그 짧은 사역의 시간조차 성도들은 감사의 추억으로 간직하고 있다. 언젠가 그분이 돌아와 선한 일을 사모했던 그 마음을 회복하기를 바란다. 하나님께서 보시기에는, 선한 일을 사모한 그 마음 자체가 이미 아름다운 가치였으므로 그 명예를 다시 회복하길 기도한다. 진정한 소명 의식은 일의 '시작'이 아닌 '끝맺음'에 있다고 나는 믿는다.

**일의 끝이 시작보다 낫고 참는 마음이 교만한 마음보다 나으니**

전도서 7:8

# 지금 나에겐 190달러 밖에 없다

"뚜뚜뚜! 뚜뚜뚜! 선생님! A 형제님이 전화 안 받는데요!"

"그럴 리가! 무슨 일 생긴 게 아닐까?"

불길한 마음이 스쳤다. 그 순간, 우리나라에서 형제와 나누었던 마지막 대화가 떠올랐다.

"형제, 나는 이제 캄보디아 성도들의 요청으로 선교처로 다시 돌아가게 되었어. 이미 알고 있듯, 그동안 불미스러운 문제가 있었잖아. 이젠 교회 정규 후원금 없이, 우리 스스로 운영해야 해. 하지만 너무 걱정하지 말고 하나님을 의지하자. 하나님의 종은 돈을 의지하지 않는 거야. 우리의 필요를 채워주실 하나님을 신뢰하자!"

"네, 알겠어요, 선생님."


A 형제는 나와는 오랜 인연이 있었다. 선교 초창기 신학교에서 강의했을 때, 1학년 신학생 신분으로 내 수업 통역을 맡았던 형제였다. 내가 다시 캄보디아에서 사역을 시작한다는 소식을 듣고 연락을 해왔다. 형제는 당시 집안 문제로 신학교를 중퇴하고 잠시 교회를 떠났었다고 한다. 그러나 "이제라도 부르심에 순종하고 목사가 되고 싶다."라며 내게 훈련을 부탁했었다. 그런데 그 말을 한 지

며칠 뒤, 한국으로 외국인 근로자 신청이 통과되어 나와의 계획을 잠시 미루겠다고 했다. 자신도 이렇게 합격할 줄 몰랐다며, 부양가족이 원하니 5년만 일하고 반드시 돌아오겠다고 했다. 그리고 선교처에서 이렇게 간증했었다.

"여러분! 저는 하나님을 사랑합니다. 우리 민족도 사랑합니다. 지금은 잠시 떠나지만, 꼭 다시 돌아와 하나님의 종으로 제 삶을 드리겠습니다. 저와 우리 가족을 위해 기도해 주세요."

우리는 형제의 간증을 잊지 않고 있었다. 그는 우리 교회를 세울 마지막 희망이었다. 그런데 지금 연락이 두절된 것이다. 며칠 뒤, 형제로부터 문자가 왔다.

"선생님! 죄송해요. 저는 믿음이 없어요. 선생님과 한 약속을 지킬 수 없을 것 같습니다."

그 한 문장으로 A 형제는 우리와의 모든 관계를 끊고 떠났다. 받아들이기 힘들었지만, 선교처는 한국인 선교사에 이어 자국인 형제에게도 외면당했다.

"얘들아! 마음 아프지만 두 사람을 잊고 이제 우리가 이곳을 지켜나가자. 그래서 선생님은 앞으로 새롭게 선교처를 이끌 계획이야. 그러니 어렵더라도, 함께 실천하자.


첫째, 한국어 무료교실을 종료하려고 해.

캄보디아 국립 대학에 한국어 학과가 생기고 저렴한 한국어 학원도 많이 생겼어. 이제 선교처의 원래 목적, 성경 말씀을 배우고 예배하는 장소로 돌아가는 거야. 그러니 실망하지 말고, 한국어를 배우지 않더라도 잘 모여 주렴. 선교처는 미래에 교회를 세우기 위한 준비 장소로서, 앞으로는 교회 시스템으로 운영할 거야.”

한국어 공부를 위해 나오던 학생들이 그만두는 것은 예상된 일이었으나, 나는 개의치 않았다. 당연한 과정으로 여겼다.


“둘째, 미래 한 가정의 멋진 가장이 될 형제들을 말씀으로 세울 거야.

교회는 믿는 사람들이 모인 곳이야. 하나님이 부르신 종, 곧 목사가 있고, 모든 행정을 돕는 집사가 있어. 신약 성경은 이 두 가지 직분을 남자에게만 허락하셨단다. 그리고 기타 은사에 맞게 섬기는 분들이 있지. 천주교처럼 높고 낮음이 있는 건 아니야. 우리 모두는 말씀을 따라야 하는 성도일 뿐이지. 다만, 일의 효율성을 높이기 위해 직분을 주셨고, 그 안에서 서로 사랑하고 섬기라고 말씀하셨어.

그럼, 우리 선교처처럼 목사도, 집사도, 교사도 없는 곳은 어떻게 할까? 처음에는 아무도 없을 수 있지. 하지만 우리에겐 여전히 구원받은 멋진 형제들이 있잖아. 그래서 희망이 있는 거야.

하나님은 교회를 세우기 전에 가정을 먼저 만드셨단다. 신부가 하얀 드레스를 입은 결혼식, 영화에서 본 적 있지? 그 모든 아이디어도 성경에서 비롯된 거야. 신기하지? 성경을 안 믿는 사람들도 따라 하고 있으니. 그리고 한 가정의 가장을 남편으로 세우셨어. 남편은 가정에서 예배를 통해 말씀으로 아내와 자녀를 잘 인도하라고 하셨지. 그러므로 모든 그리스도 형제들은 결혼하기 전부터 하나님 말씀을 공부하는 게 맞는 거야. 결혼 후 말씀 안에서 남편은 존경받고 아내는 사랑받으며 자녀는 그 안에서 안정감을 누리는 가정을 이루어야 하지.

미래에 그런 행복한 가정을 꾸리고 싶지 않니? 선생님은 너희가 정말 아름다운 가정을 모두 이루길 소망하고 있어. 그런 행복한 가정들이 모인 교회는 바르고 건전하여, 세상에 빛을 발할 수 있단다. 이렇게 성경은 가정과 교회가 같은 원리로 이루어진다고 말씀하고 있어. 그러니 형제들이 말씀을 배우며 이곳을 지켜나간다면, 하나님의 때에 귀한 캄보디아인 목사를 우리에게 허락하실 거야.”

모계 중심 사회에서 자란 형제들은 처음엔 수동적이었다. 그러나 하나씩 성경적 질서를 세워나가며, 기초 훈련을 하기 시작하니 점차 즐겁게 동참해 나갔다.


“셋째, 이제부터 헌금을 제대로 드리는 거야.

그동안도 열심히 했지만, 이제부터는 좀 더 책임감을 갖고 해야 해. 교회는 믿는 사람들을 성도라 부르고, 성도들은 함께 교회 재정을 책임지지. 만약 교회가 돈이 없다고 생각해 보렴. 캄보디아는 다른 사람에게 도와 달라는 사람 많지? 교회가 그렇게 되면 될까? 그동안 무료로 누렸던 것은 한국 성도들이 너희들을 책임졌기 때문인데, 이젠 우리 스스로 서야 할 때가 온 거야. 선생님도 이제부터 너희들을 책임감 있는 성도로 대할 거야.

헌금에는 내가 열심히 일해서 번 수입의 10분의 1일을 드리는 십일조가 있고, 어려운 사람을 돕기 위해 내는 구제헌금, 선교를 위해 내는 선교헌금, 교회 건축을 해야 한다면 건축헌금 등 그 종류도 다양하지. 다른 헌금은 몰라도 십일조만큼은 성도들이 책임감 있게 드려야 교회를 운영할 수 있어. 그러니 이 헌금만큼은 모두 동참하길 바란다.

국민이 세금을 내지 않으면 국가가 운영되지 않듯, 교회도 그렇단다. 다만 모든 헌금은 세금과 달리 강제적이진 않아. 사랑은 강제적일 수 없거든. 우리가 누군가를 사랑하면 그 사람을 위해 마음껏 주고 싶은 것처럼 말이야. 그래서 하나님을 사랑하는 마음이 없으면, 진정한 헌금을 할 수 없는 거야. 돈을 더 사랑하기 때문이지.

반대로 헌금은 우리가 돈만 사랑하지 않도록 우리 마음을 지켜준단다. 돈에 거리를 두면 마음이 엄청 평안해지거든. 난 너희들이 그 평안함을 경험했으면 해. 또한, 하나님은 우리가 감사히 드리는 헌금을 기뻐하시고, 드린 것보다 더 많은 것으로 채워주신다고 약속하셨어. 그러니 헌금을 드릴 땐, 이 믿음으로 인색하거나 불평하면서 내는 것이 아니라 기쁨으로 드리는 거야.

이렇게 헌금을 드리는 이유는, 교회 운영과 세상에서 복음을 전하는 선한 일을 위해 사용하기 때문이란다. 너희들이 이제까지 한국 성도들의 헌금으로 누렸던 것처럼 말이지. 선생님은 하나님을 사랑하고 너희들을 사랑해서 앞으로도 내 기본 생활비만 빼고 다 헌금으로 드릴 거야."

성도들은 어려움을 겪는 가운데 우리가 자립해야 함을 깨달아 가고 있었다. 다소 민감한 교육이었으나 감사하게도 믿음으로 받아들였다.

우리나라에서는 나를 사랑해 주시는 목사님 내외분과 지인분들이 후원회를 결성해 주셨다. 지금까지 1년에 두 번씩 모여 내 사역을 위해 기도해 주며, 아무 대가도 바라지 않고 믿음과 사랑으로 동역해 주는 고마운 분들이다. 또한 믿는 이모네 가족의 따뜻한 격려와 세심한 사랑에도 감사드린다. 그분들의 이 사랑의 행보는 지금까지 캄보디아 성도들에게 본이 되고 있다. 그 헌신 덕분에 지금의 선교처가 존재한다고 해도 과언이 아니다. 한 분 한 분을 소중히 여기며, 우리 성도들과 늘 함께 기도드린다.


새로운 직장을 찾고 있던 어느 달이었다. 사역비를 거의 다 사용하고, 남은 190달러로 한 달을 살아야 할 형편이었다. 월세 및 선교처 운영비를 최대한으로 아낀다 해도 400달러는 더 필요했다. 금전적 도움을 요청할 곳이 전혀 없는 선교지에서, 순간순간 닥쳐오는 어려움을 해결하는 유일한 방법은, 오직 기도뿐이었다. 그날도 모든 걱정을 내려놓고 간절히 기도를 드렸다.


"하나님! 이제 겨우 성도들에게 헌금의 의미를 이해시켰습니다. 우리가 적은 금액이라도 정직하게 드리면 하나님께서 부족한 것을 채워주신다고 가르쳤습니다. 그 가르침을 스스로 간증할 수 있도록, 이번 일도 하나님께서 놀라운 방법으로 채워주시길 구합니다.

가족이나 지인들에게 도움을 청하면 해결될 수도 있지만, 하나님을 사랑하는 성도들이 감동으로 드리는 역사를 함께 경험하고 싶습니다. 타인의 도움에만 의지하던 성도들에게 믿음의 본을 보이게 해 주시고, 어려움 앞에서 먼저 하나님께 구하며 스스로 설 수 있는 힘을 갖게 해주세요. 하나님의 말씀이 살아 역사하심을 삶으로 증거하게 하시고, 성도들이 '돕는 삶'과 '자립하는 삶'을 깨달아 믿음이 자라도록 도와주세요. 예수님의 이름으로 기도합니다. 아멘."

기도하며 기다리기를 일주일, 주일 오후 헌금 주머니를 확인하던 나는 소름이 돋을 만큼 놀랐다. 400달러가 적힌 헌금 봉투가 들어 있었다. 헌금의 주인공은 희웅이었다.

"희웅! 이 큰 금액을 어디서 나서 헌금했니? 지난주 이미 드렸잖아."

"선생님, 저에게 놀라운 일이 있었어요. 저, 사실 기억도 잘 안 나요. 완전히 잊고 있었거든요. 예전에 어떤 사람에게 돈을 빌려줬는데, 당시 그 사람이 갚을 능력이 안 돼서 성경 말씀대로 그냥 용서하고 포기했었거든요. 그런데 며칠 전에 그 사람이 연락해 와서 이제서야 갚겠다고, 그때 자신을 도와줘서 고마웠다고 했어요. 그래서 생각했죠! '이건 하나님께 돌려드려야겠다.'라고요. 말씀은 안 하셔도, 선생님이 우리 때문에 많이 힘드신 거 다 알고 있거든요."

난 어떠한 어려움이 와도, 나 자신을 연민하며 울지 않으려 노력했다. 잠시 외롭고 힘들 수는 있어도 지나가는 바람처럼 여기며 때론 즐기고 때론 인내했다. 천국을 그리워할지라도 신세 한탄은 하지 않았다. 이미 내가 꿈꾸는 삶을 살고 있기 때문이다. 하나님께서 허락한 환경은 내 감정과는 상관없이 언제나 최고라고 믿기 때문이었다. 단지, 내 부족함을 채워 사명을 이루어 가는데 온 정성을 쏟을 뿐이다. 그렇게 항상 당당하기로 유명한 나다. 그런데 그날만은 달랐다. 성도들이 모두 떠난 후 혼자 울었다. 자신을 연민해서 나는 눈물이 아니었다. 지금 내게 일어난 일이 믿기지 않아서, 하나님의 사랑에 감동되어서, 나를 향한 하나님의 사랑 고백이 나를 울렸다.

그동안 여러 불미스러운 일들로, 실망스럽고 냉소적으로 되어 있던 우리 마음을 하나님은 위로하셨다. '내가 너희와 함께한다.' 그 응답으로 모든 부정적인 감정을 치유하시며 다시 용기를 주셨다. 따뜻한 하나님의 사랑이었다.

얼마 후, 왕립 프놈펜 대학교 내에 새로 설립된 KOICA(대한민국의 대외무상 협력사업 전담기관)가 운영하는 한국어 어학당에서 강사로 채용되었다. 이 일로 재정적 안정을 얻게 된 것은, 하나님께서 보여주신 또 다른 기도 응답이었다.


그러므로 나의 사랑하고 사모하는 형제들
나의 기쁨이요 면류관인 사랑하는 자들아 이와 같이 주 안에 서라

빌립보서 4:1

# 애들아! 천만 원이 생겼어!

망고나무를 심은 지 6년이 되자, 탐스러운 망고 열매가 주렁주렁 열렸다. 새로 심었던 이 망고는 조금 익었을 때 입으로 베어 물면 아삭한 식감이 일품이었다. 소금을 찍어 먹으면 특유의 새콤달콤한 맛이 이곳 서민들에게는 훌륭한 간식이기도 하다. 망고나무는 땅이 좋으면 보통 3년 만에 열매를 맺지만, 선교처의 땅은 돌이 많고 척박해 오래 걸렸다. 그런 땅에 물을 주며 나무를 돌보는 일이 마치 선교사의 삶과 닮아 있었다. 아침저녁으로 물을 줄 때마다 풍성하게 열릴 열매들을 상상했는데, 때가 되어 열매를 보니 나무가 한없이 사랑스럽고 기특했다. '열매가 하도 안 맺어 포기한 적도 있었지. 더디더라도 시간이 지나니 열매를 맺는구나! 그래, 선교도 마찬가지일 거야.'

그즈음, 탐스러운 망고나무를 뒤로하고, 우린 건물 이전을 논의하고 있었다.

"애들아! 선교처 건물 계약 기간이 끝나가. 계약을 연장하든지, 다른 곳으로 옮길지 결정을 해야 해. 그런데 초창기 선교지였던 짬짜으 지역의 B 형제에게서 연락이 왔어. 그곳에서 여전히 성도들과 가정에서 예배드리고 있대. 형제는 신학교도 졸업했고 L 선교사님과 협력도 했었지. 지금은 독립했지만, 여전히 어려워서 우리에게 도움을 요청했어. 그리고 짬짜으 지역은 현재 희응 자매가 거주하는 곳이기도 하지. 어때? 조금 멀기는 하지만 그곳으로 이전했으면 하는데. 어쩌면 그곳이 우리가 교회를 세워야 할 지역일지도 몰라. 이 쪼므란펄 지역은 너희도 알다시피 이미 교회가 너무 많아. 얼마 전, 바로 옆집에도 교회 건물이 들어섰잖아.”

성도들은 약간 부담을 느끼는 듯했으나, 이내 수긍했고 우리는 이사 준비에 돌입했다.

스라이몸은 14세부터 한 살 터울의 오빠와 선교처에 처음 나오기 시작해, 어느새 한국어학과에 입학한 대학 4학년의 선교처 성도다. 보통의 현지 여성보다 큰 키에 날씬하기까지 한 스라이몸은 예쁘장한 얼굴에 똑똑하고 행동도 빨랐다. 그러나 여성스러운 외모와는 달리 말투와 성격은 군인 같았다. 한번 결심하면 바로 실행하는 추진력과 끝까지 해내는 끈기도 탁월했다. 한번은 선교처에서 성경 필사 대회를 열었는데 끝까지 완주하여 내가 깜짝 준비한 거액 장학금(대한민국행 왕복 항공료)을 받아 간 적도 있었다.

어느 날, 대부분이 포기하는 한국어를 어떻게 끝까지 배워 대학에 합격했는지 물었다. 그러자 자매는 이렇게 대답하여 나를 놀라게 했다.

“선생님! 제가 한국어를 배우다 친구들이 그만두니까 한동안 저도 포기했었잖아요. 그런데 오빠가 계속 공부해서 저보다 잘하게 되는 걸 보고 부러워서 다시 배우고 싶었거든요. 선생님께 다시 가르쳐 달라고 부탁드렸을 때 선생님이 하셨던 말씀 기억하세요?

모든 학생들에게 처음 공짜로 주었던 기회는 이미 끝나서 공부하고 싶으면 수업료를 내든 실력이 부족한 반에서 무료강의 봉사를 하든, 아니면 선생님이 시작한 성경 교재번역을 도와야 한다고 하셨죠. 그때 저는 돈이 없어서 무료 수업과 교재번역을 선택했어요.

그리고 또 말씀하셨죠.

'세상에서 가장 쉬운 건 포기야. 하지만 그 포기가 가장 큰 고난을 불러오기도 하지. 그러니 게을러서 쉽게 포기하는 일이 없어야 해!'라고 말씀하셨어요. 세상에서 공짜는 오직 예수님이 주신 구원뿐이고, 그 구원의 기회를 어떤 이는 거부하고, 어떤 이는 받아들여 천국을 간다고 하셨어요. 또한 하나님이 허락하신 모든 기회를 가볍게 여기지 말라고도 하셨지요. 그 이후로는 아무리 힘들어도 포기하지 않고 공부했더니, 결국 한국어학과에 붙었어요. 정작 처음에 저보다 한국어를 잘했던 오빠는 떨어졌고요."


그때 했던 말은 스라이몸 개인에게만 했던 말이 아니라, 당시 무료로 배우던 모든 학생들에게 한 말이었다. 그런데 자매는 그 말을 마음에 새기고 실천하여 열매를 맺었다. 그 이후로도 주일학교 교사, 음식 봉사, 전도 등 여러 사역에 적극적으로 동참했다.

무엇보다 스라이몸에게는 독특한 은사가 있었는데, 바로 재태크에 능한 것이었다. 이런 쪽에 완전 문외한인 나로서는 어린 자매가 그저 신기할 따름이었다. 자매는 스마트폰이 막 보급되던 시절, 틈만 나면 땅값이나 금 시세를 살피며 이렇게 말했다.

"선생님! 지금 이 땅 사 놓으면 좋아요. 금값도 오를 거예요."

그럴 때마다 나는 웃으며 말했다.

"돈은 열심히 일해서 벌어야 하는 거야. 다른 요행으로 얻은 돈은 하나님이 기뻐하시지 않으셔."

나는 자매가 혹여나 잘못된 길로 빠지지 않도록 지도했었다. 그리고 지혜로우신 하나님은 스라이몸이 은사를 바르게 사용하도록 기회를 주셨다. 탁월한 은사를 가진 자매 덕분에, 우리 성도들이 머물기 좋고 월세도 합리적인 곳으로 이전할 수 있었다.


새로 이전한 곳에서 3년쯤 지났을 때였다. 가까이 사는 B 형제가 선교처를 방문했다. 행사 때마다 형제와 그의 가족 그리고 그와 함께 예배드리는 성도들을 초대했었는데, 이날은 평소와 달리 조심스러운 표정이었다.

"선생님! 우리집과 땅을 사시면 어떨까요? 선생님도 이 월세 건물이 아닌 교회처를 위해 기도하고 계시잖아요. 제가 싸게 드릴 테니, 저희에겐 살 작은 집만 지어 주시면 됩니다. 현재 나오는 성도들도 계속 이렇게 비좁은 가정에서 예배드릴 수는 없어서요. 교회가 세워지면 저는 일을 그만두고 사역에 전념할 생각입니다."

"B 형제님, 나와 우리 성도들을 생각해 줘서 고마워요. 하지만 땅을 사고 건물을 지을 만한 큰돈은 제게 없어요. 지금은 서로 필요할 때 돕는 게 최선일 것 같아요."

나이가 나보다 많았던 형제는 인생 후반부를 정말 하나님께 드리고 싶어 하는 것 같았다. 그래서 녹록지 않은 현실로 형제를 도울 수 없는 내 마음도 편치 않았다.


그 무렵, 나는 잠시 한국에 다녀올 일이 있었다. 2주 동안 형제들에게 주일 말씀과 맡은 일들을 당부했다. 모든 일정을 마치고 다시 캄보디아로 돌아가려는데, 어머니께서 자식들에게 중요한 발표를 하셨다. 큰 집을 관리하기 힘들다며 부동산에 내놓고, 몇 년 동안 팔리기만을 간절히 기도하셨는데, 마침내 팔렸다는 것이다. 이후 작은 집으로 이사하시며 남은 금액 일부를 자식들에게 천만 원씩 나누어 주셨다. 그리고 꼭 필요한 곳에 쓰라고 당부하셨다. 내 평생 처음 가져보는 거액이었다. 나는 출국에 앞서 황급히 환전하고 들뜬 마음으로 캄보디아로 향했다.

"얘들아! 내게 천만 원이 생겼어! 모두 하나님께 드릴 건데, 우리 어디에 쓸까?"

성도들은 눈이 휘둥그레지며 환호했다. 곧 성도 회의가 열렸고 여러 의견 중에서도 우리 건물을 구입하자는 의견이 가장 많았다. 그때 스라이몸이 한껏 들뜬 표정으로 의견을 냈다.

"선생님, 선생님! 좋은 생각이 있어요. 한국 돈 천만 원이면 만 달러가 좀 안 되지만, 우리 성도들이 돈을 모아 만 달러를 만들면, 프놈펜의 웬만한 곳에서 새로 짓는 건물 계약금은 마련할 수 있어요. 건물을 계약하고 우리가 매달 갚아 나가면, 나중에 그거 우리 건물 되는 거예요. 월세로 낭비하는 것보다 훨씬 낫죠. 하나님이 축복하시면 건물값이 오를 수도 있고요. 그보다 좋을 순 없죠! 제가 자료 더 조사해 올게요!"

모든 일이 일사천리로 진행됐다. 우리는 쫌까동 지역에 정원을 가꿀 수 있는 여유분의 땅이 포함된, 3층짜리 건물을 계약했다. 매달 천 달러씩 상환해야 했지만, '우리 건물'을 갖는 기쁨은 그 모든 부담을 덮고도 남았다. 성도들은 자연스럽게 십일조 외에, 약속 건축헌금도 감당하는 책임감 있는 경제 공동체의 성도로 성장해 나갔다.


드디어 건물이 완공되자, 필요한 증축을 위해 회의를 열었다.

"1년 동안 기도하던 건물이 완공되어 이전하게 됐어. 그리고 고대하던 2017년 9월 첫 주에 10주년을 맞이해! 얼마나 감사한 일이니. 아무것도 없던 우리가 이제 우리 건물에서 10주년을 맞이하게 되었으니…! 10주년 기념집회에 초대된 한국 성도들도 기대하고 있어. 그런데 한가지 우리가 당장 해결해야 할 일이 생겼어. 이제 겨우 여유분 땅에 벽을 세우고 공간을 마련했지만, 아직 대문이 없어. 그곳에 침례탕도 만들고, 대나무 정원도 가꾸고, 반려견들도 키울 예정이야. 대문을 만들려면 300달러가 더 들어. 모두 기도 부탁해!"

모임이 끝난 후, 스라이몸이 내게 다가와 당당한 표정으로 말했다.

"선생님! 그 300달러 제가 할게요. 곧 학교에서 한국어 말하기대회가 열리는데, 3등만 해도 상금으로 해결되니 너무 걱정하지 마세요!"

그저 위로의 말이라 생각했다. 용기 있는 믿음의 말만이라도 힘이 됐다. 그런데 정말로 3등을 했고 노트북을 상품으로 받아 그것을 팔아 대문을 달아줬다. 두려움 없는 진취력, 그리고 자신이 한 말을 끝까지 지켜내는 참 멋있는 자매가, 우리 성도라서 하나님께 감사드렸다.


그렇게 증축을 마치고 한국에서 축하하러 온 손님들과 선교처 성도들이 함께 감격스러운 눈물을 흘리면서 10주년 예배를 드렸다. 모든 영광을 하나님께 돌려드렸다. 그리고 모두가 떠난 후, 가슴 벅찼던 감동의 여운이 가시기 전에 나는 정문 앞 척박한 흙을 파고 테두리를 만든 뒤, 열매가 큰 타이완 망고나무를 소망으로 심었다.

여백 글…

"B 형제님! 10주년 창립 특별집회에 왜 안 오셨어요? 초대장 보내드렸는데요."

"선생님, 돈이 없어서 제 땅은 못 사신다더니, 이 건물은 뭡니까?"

"아! 이 건물이요? 계약금은 거의 제가 마련했지만, 매달 상환금은 성도들과 함께 갚아 나가고 있어요.”

“지금 그 말을 저보고 믿으라고요? 캄보디아에 그런 그리스도인이 어디 있나요? 그리고 세상에 돈 없는 선교사는 또 어디 있습니까? 제 땅을 사기 싫었으면 모를까. 잘 알겠습니다.”

난 더 이상 설명하지 않았고 형제도 더는 나를 찾지 않았다.

오직 너희 자신을 위해 보물을 하늘에 쌓아 두라
거기서는 좀과 녹이 부패시키지 아니하며
거기서는 도둑들이 뚫지도 훔치지도 못하느니라

| 마태복음 6:20

# 4부 화음의 아름다움

피아노 연주에 재능이 있던 레이(가명)는 음악 전공을 꿈꾸었으나, 부모님의 반대에 부딪혔다. 그러나 나의 설득과 형제의 끈질긴 요청으로 결국 허락을 받아냈다. 레이는 날로 실력이 늘었고, 캄보디아에서는 더 이상 형제를 가르칠 피아노 전공 교사를 찾을 수 없어, 싱가포르까지 원정 레슨을 다녀야 할 정도가 되었다.

레이는 열두 살부터 선교처에 나오기 시작해, 어느덧 19세 대학 1학년이 되어 선교처에서 반주자로 헌신하게 되었다.

그즈음, 찬양 인도자도 세워졌다.

"마고(가명)! 찬양 정말 잘한다! 열심히 가르친 보람이 있어. 찬양 인도도 복되고 고마워…! 이렇게 열심히 하면 나중에 선생님하고 음반 녹음을 하게 될지도 몰라!"

"하하, 정말요? 근데 선생님은 저와 나이 차이도 많은데 같이 녹음할 수 있어요?"

"그런 걱정은 안 해도 돼! 열심히 연습하면 기회가 올 거야, 하하."

스물 세살의 마고는 열다섯 살부터 선교처에 나오기 시작해, 한국어와 피아노, 노래를 내게서 처음 배웠다. 지금은 보컬을 전공하고 있다. 이렇게 순수한, 음악을 사랑하는 형제들이 믿음 안에서 자라나는 모습을 보며, 문득 이런 생각이 들었다.

'1년 뒤, 선교처가 세워진 지 벌써 10주년이구나. 하나님께 아름다운 음악을 선사하면 어떨까? 우리 모두 아마추어지만, 우리가 가진 것으로 최선을 다해 드린다면 하나님이 기쁘게 받으실 거야. 형제들이 앞으로 더 바빠지면 모이기 힘들 수도 있으니, 이번에 한번 시도해 보는 거야!'

9년 전 한국 교회에서 청년들과 4부 중창으로 총 7곡을 녹음해, 크메르어와 한국어 버전 14곡을 수록한 CD를 제작한 적이 있었다. 그 음반도 이들에게 큰 영향을 주었다. 이번엔 캄보디아인들로만 구성된 보컬과 기술진으로 작업하여 성도들에게 성취감과 자긍심을 심어주고 싶었다.

먼저 이 계획을 놓고 기도하기 시작했다. 하나님은 그분의 뜻을 이루실 때, 늘 내게 큰 평안으로 용기를 주셨다. 교회 음악의 불모지인 이 나라에서 찬양 음반을 제작한다는 것은 정말 막막한 도전이었지만, 이번에도 평안이 나를 인도했다.

두 형제를 불러 이러한 소망을 나누었고, 기쁜 마음으로 헌신하기로 했다. 두 사람은 평소에도 자신의 재능을 하나님께 드리겠다고 말하곤 했기에, 나는 그 간증을 믿고 형제들을 신뢰했다. 처음엔 막연했지만, CD에 수록할 13곡을 선곡하고 크메르어로 번역하는 일부터 음반 작업에 필요한 기술진이 빠르게 채워지는 것을 보며 하나님께서 함께하심을 확신했다. 그러나 현실적인 문제는 비용이었다. 매달 빠듯한 재정 속에서 건물 이전과 증축까지 계획되어 있어서 여유 자금이 전혀 없었다.

"레이 피아노 선생님 소개로 왔습니다. 이곳이 캄보디아에서 가장 유명한 녹음실이라고 해서요. 다른 몇 군데 다녀 봤지만 만족하지 못했어요."

레이 피아노 선생님은 일본에서 피아노 전공으로 석사 과정을 마치고 음악학교를 운영하는 꽤 알려진 분이었다. 그분의 친구가 운영하는 녹음실을 소개받아 찾아온 것이다.

"친구에게서 선생님 소식은 이미 들었습니다. 그런데 크메르어로 노래도 직접 하신다고요. 발음이 어려울 텐데요. 교회 음악은 우리나라에서는 잘 팔리지도 않는데 이렇게 힘들게 음악을 만드는 특별한 이유가 있나요?"

"저도 이번엔 캄보디아인들로 모두 구성하고 싶었지만, 화음을 떠나 음만이라도 제대로 부를 수 있는 여성 보컬조차 구할 수 없었어요. 그래서 어쩔 수 없이 제가 부르게 되었네요. 만드는 목적은 수입 창출은 아니에요. 첫째는, 선교처 10주년을 기념해 하나님께 영광을 돌리는 것이고 둘째는, 4부 화음의 아름다움을 성도들이 경험하고 널리 보급하는 것입니다. 셋째는, 찬양은 마음이 어려운 사람들에게, 하나님의 사랑을 전하는 기도이고 위로이며 회복이기 때문입니다. 그래서 꼭 이 CD를 하나님을 모르는 캄보디아 사람들에게도 선물하고 싶어요.

그런데 한 가지 부탁이 있어요. 현재 이 프로젝트를 위해 모아둔 목돈은 없어요. 지금부터 기도하고 모으려고 합니다. 분명 하나님이 도와주실 테니까요. 그래서 말인데… 일정 계약금을 걸고 후불로 결재해 주실 수 있을까요? 그렇게 해 주시면 제가 믿는 하나님이 축복해 주실 거예요.”

“하하, 선생님! 그렇게 하세요. 제 친구가 소개할 분이면 믿을 수 있으니 편하게 하세요. 선생님이 믿는 하나님의 축복을 저도 받고 싶네요. 그리고 이쪽은 제 친동생 이안(가명)이 녹음을 맡고, 저는 마스터링을 담당할 거예요. 먼저 제 남동생과 잘 녹음해 오세요.”

녹음실 계약이 끝나자마자 중고 악기상에 가서 녹음에 필요한 300달러짜리 전자피아노를 구입했다. 레이가 연습을 많이 한 탓에, 레이에게 빌려준 내 전자피아노는 건반이 고장이 나 있었다. 그렇게 우리는 본격적으로 프로젝트를 시작했다.


내가 선정한 곡들이 레이에게는 어려운 곡이 아니었다. 그런데 레이가 13곡 중 11곡을 빠르게 녹음하던 중에 예상치 못한 일이 일어났다. 레이가 심한 사춘기와 함께 믿음의 시험을 겪게 된 것이다. 학교에서의 어려움과 이성 문제로 신앙이 흔들렸다. 결국 그동안 자신의 꿈을 위해 기도해 주고 후원해주었던 내 노력도 무시한 채, 하나님을 원망하며 모든 프로젝트를 중단하고 선교처를 떠났다.

그런 레이를 보며 깨달았다. 어려움 속에서도 ‘감사’를 잃지 않는 것이, 죄인된 인간이 실천하기에 얼마나 어려운지를. 레이는 훗

날 돌아와 하나님께 회개하고 내게 사과했지만, 그땐 이미 CD가 완성된 후였다.

"마고! 레이를 위해 기도하자! 이제 이 프로젝트가 어려워졌어. 나머지 두 곡은 피아노 녹음이 안 됐고, 레이가 하기로 한 베이스 파트도 힘들게 됐어. 테너 파트도 네겐 벅찰 텐데 베이스까지 부탁해도 될까? 피아노는 내가 어떻게든 연습해서 녹음할게. 레이가 갑자기 그만두는 바람에 나도 실족해서 포기해야 할지 많이 생각해 봤는데…. 우리 할 수 있는 데까지 한번 노력해 보자. 그러면 우리가 할 수 없는 부분은 분명 하나님이 도와주실 거라 난 굳게 믿어!"

"휴…… 네, 선생님. 어렵지만 어쩔 수 없죠! 한번 해 볼게요."

마고는 나이가 어렸음에도 성실하고 마음이 따뜻한 형제였다. 자신도 힘들었을 텐데 헌신해 준 형제가 고마웠다. 그런 마고가 있어 레이의 빈자리를 메울 수 있었다.


"선생님! 피아노는 여기까지 안 틀리고 치셔야 편집이 가능해요. 레이가 녹음한 피아노는 박자도 맞지 않고 감성이 부족해서 마음에 안 드는데, 차라리 선생님이 치실 곡을 포함해서 처음부터 피아노 녹음을 다시 하는 게 어떨까요?"

녹음을 맡은 이안은 스물여덟 살로, 사교적이고 장난기도 많았다. 선교사를 처음 대한다며 나를 신기해하면서도 많이 신뢰했다. 이안이 약속 시간을 자주 어겨 애를 많이 먹긴 했지만, 우리 학생들과 또래라 내 학생이라 여기며 때론 인내하면서 편하게 대해 주었다. 점차 가까워지며, 개인사로 어려움에 있던 이안에게 도움을 주었다. 또한 복음도 전해 몇 차례 선교처 예배에도 참석했다.

"이안, 내가 레이 대신 치는 이 피아노곡들은 내 수준보다 어려운 곡이야. 악보를 보고 음원을 들으며 혼자 연습하다 보니 시간이 오래 걸려. 아무리 노력해도 정확한 박자를 맞추기 힘들 것 같아. 레이가 녹음한 연주가 마음에 안 들어도, 다른 사람을 구할 수도 없고…. 그냥 진행해야 할 것 같아. 난 욕심 없고, 성도들에게 4부 화음의 음악이 어떤 것인지 직접경험해 볼 기회를 주고 싶어."

"음… 그러기엔 피아노 음색이…. 그럼, 그동안 선생님이 도와주신 것도 있으니 한 곡은 제가 선물로 해 드릴게요. 다른 악기를 입히면 어느 정도 커버가 될 거예요."

"이안! 악기를 연주할 줄 알아? 녹음만 하는 줄 알았는데?"

그는 내 말에 미소만 짓더니, 우리 곡 중 한 곡을 골라 한 번 듣고, 즉흥적으로 편곡해 녹음을 시작했다. 단 한 번의 수정도 없이! 그렇게 리듬과 악기들이 더해지며 완성되어 가는 우리 곡을 들으니, 이 현실이 믿기지 않아 난 입을 벌린 채 한동안 말을 이을 수 없었다. 정말 아름다운 곡이 순식간에 만들어졌다! 순간 소름이 돋아 꿈인가 싶었다.

그리고 자신이 작곡한 가요와 실제 악기로 연주한 아름다운 연주 음악도 들려주었다. 가요 중에는 꽤 유명한 것도 있었는데, 이안이 작곡한 것이었다. 놀라웠다! 우리나라야 이런 분들이 많고 지금은 AI가 대신하는 세상이지만 당시 캄보디아는 그렇지 못했다.

음악 교육이 거의 전무한 이 나라에서 최고의 작곡·편곡 실력을 가진 사람을 만나다니! 하나님의 은혜였다. 그제서야 이안이 왜 피아노를 다시 녹음하자고 한 이유를 알 것 같았다.

"이안! 이렇게 멋지게 연주할 줄 몰랐어! 곡이 정말 아름다워졌는걸? 왜 그동안 말 안 했어? 실력에 깜짝 놀랐잖아! 하하. 음… 그럼… 나머지 곡들도 이렇게 만들어 줘!"

"네? 하하, 선생님! 제 컴퓨터에 내장된 악기 소리는 그렇게 예쁘지 않아요. 실제 악기로 하면 좋은데 너무 비싸고요. 이 곡은 그냥 선물로 드릴게요. 다 하시려면 컴퓨터 악기라도 비싸요. 그리고 제가 일이 많아서 좀…."

"안 돼! 한 곡만 이렇게 멋지면 더 이상해! 컴퓨터 악기라도 상관없어! 비용은 내가 준비할 테니 나머지 곡도 해준다고 약속하면 이 선물 받을게, 하하."

"음…. 선생님이 그동안 먼 거리를 자전거 타고 와서, 지친 몸으로 간신히 녹음하는 것을 보지 않았더라면 모르는데… 왜 저렇게 고생하나 싶기도 했고, 레이가 그만두고 힘들어하는 모습에 마음이 쓰이기도 했고, 우리나라를 위해 애쓰시니…. 그럼 조금 저렴하게 해 드릴게요."


피아노 반주 하나에 마고가 테너·베이스, 내가 소프라노·알토를 녹음해서 단순하게 만들려고 했었는데… 이런 악기 편곡은 우리 형편에선 꿈에도 생각하지 못한 일이었다. 이는 우리를 사랑하시는 하나님의 사랑이자 격려였다. 이렇게 처음엔 피아노 반주와 4부 화음만으로 계획했던 음악이 훨씬 풍성해졌다. 마지막 13번째 곡은 성도들의 목소리를 함께 담아 더욱 특별하게 만들었다.

나는 4부 화음 곡을 처음 작업하는 엔지니어들을 도와 디렉팅하며 크메르어버전과 한국어버전, 총 26곡을 1년 반에 걸친 작업 끝에 기적처럼 완성했다. 비용도 놀랍게 채워졌다. 동갑내기 사촌이 수년간 다녔던 직장에서 받은 퇴직금과 그 외 여러분들이 동참해 주었다. 정말 감동이었다.

가장 수고 많았던 마고는 CD가 완성된 후 자신의 SNS에 "내가 이 작업을 해내다니…"라며 우리 곡과 함께 감격의 글을 남겼고, 후에 귀한 경험을 하게 해 주서서 감사하다는 인사까지 건넸다. 엔지니어들은 "다음에는 더 좋은 음악으로 함께하자."라며 다른 뮤지션까지 소개해 주었다.

"선생님! 정말 즐거웠어요. 다음엔 캄보디아 가요는 어떤가요? 선생님 목소리면 인기가 많을 것 같아요, 하하!"

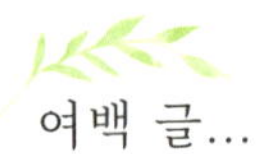

여백 글…

"얘들아! 어때? 4부 화음 곡이 정말 아름답지? 엔지니어들이 그러는데 캄보디아인이 만든 4부 화음 음악은 우리가 최초래! 너희는 어떤 곡이 가장 맘에 들어?"

"음… 근데 솔직히 말해서요. 그냥 솔로곡이요. 4부는 음이 좀 혼란스러워서요."

"어? 어… 하……."


　성도들은 그때는 잘 몰랐지만, CD를 반복해서 들으며 몇 해가 흐른 뒤
비로소 4부 화음의 아름다움을 느끼게 되었다.


한밤중에 바울과 실라가 기도하고
하나님을 찬송하매 죄수들이 듣더라

　사도행전 16:25

# 우리 땅을 밟다

사람마다 어떤 상황에서는 참기 힘든 일이 있다. 내게도 몇 가지가 있는데, 그중 가장 견디기 힘든 것은 강자가 약자에게 함부로 대하여 고통을 주는 일이다. 특별히 어떻게 해결해 줄 수 없는 힘없는 생명이 학대당하는 모습을 볼 때면, 내 심장이 요동치고 가슴이 아플 정도로 괴로웠다. 그 잔상은 오래도록 머릿속에 남아 나를 괴롭혔다. 내가 개인적으로 동물을 좋아하지만, 유기 동물 보호소에서 봉사하지 못하는 이유도 그 때문이다. 이런 성향을 생각하면, 이 열악한 나라에서 선교사로 산다는 것은 어쩌면 나와 어울리지 않는 일일지도 모른다.

지금은 다행히 점차 사라지고 있지만, 예전엔 이런 장면들이 나를 힘들게 했다. 수십 마리의 오리나 닭의 발을 묶어 오토바이 양옆에 거꾸로 매달고 달릴 때, 고통스러워 소리를 내며 어떻게든 고개를 위로 들려 애쓰는 그 가여운 모습이 그랬다.

시장에서는 살아있는 식용개구리의 껍질을 벗기고 입을 자른 상태로 팔았는데, 개구리들은 입을 벌렸다 오므리며 고통스러워했다. 오리나 닭을 그 자리에서 잡아 파는 모습도 흔했다.

살아 있는 물고기를 기절시키지 않은 채 뜨거운 숯불에 올려 몸부림치는 광경이 그랬다. 보통 개를 풀어 놓고 기르는데 탈장이 있는 채로 거리를 떠도는 개, 교통사고로 다리를 저는 개를 내버려 둔다. 더욱 충격이었던 건, 한 주인 옆에 앉아 있던 개의 모습이었다. 작고 콩알만 한 무엇이 얼굴의 반을 덮은 큰 개를 보았다. 얼핏 보기에 마치 회색빛이 도는 보석 알처럼 반짝거린다. 바로 살이 오른 진드기로 고통스러워하는 개의 모습이다. 자신의 개를 관리할 생각조차 하지 않는 무지하고 게으른 주인의 모습 또한 충격이었다.

이런 장면들은 내가 이 나라를 떠나고 싶을 정도로, 아니, 천국이 그리워질 만큼 괴로웠다.


선교사들은 악하고 더러운 현실 속에서도 강심장이어야 하는데, 나는 그러지 못했다. 이런 환경이 계속되면 내 건강은 어김없이 나빠지곤 했다. 내 이 특별한 감성을 누가 이해할 수 있을까? 이런 심적 고통을 이야기하면, 현지인은 나를 '유난스럽다' 하고, 우리나라 사람들은 '왜 그런 곳에서 고생을 사서 하느냐'며 이해하지 못했다. 어떤 이는 자신은 그렇게 할 수 없지만 '선교사는 당연히 참아야 하는 것 아니냐'며 냉정하게 당위성을 들이댔다. 모두 틀린 말은 아니지만, 연약함을 공감해 주는 따뜻한 마음은 없었다. 이 세상에 쉽고 당연한 희생은 없는데도 말이다.

이렇게 피할 수 없는 열악한 환경이 선교 내내 가장 큰 시련이었다. 그런데 나의 이런 연약함을 틈타, 마치 나를 계획적으로 무너뜨리려는 듯한 일이 우리 선교처에서도 일어나고 말았다.

"선생님! 죄송하지만 말씀드릴 게 있어요. 선생님이 안 계실 때 조화와 희망이를 맡은 형제가 관리를 잘 못해서, 다른 성도들이 대신 돌봐야 했어요. 산책도 제대로 안 시켜서 스트레스를 받은 것 같았어요. 대나무 숲 마당에 반려견들을 방치해 오물이 많이 생길 수밖에 없었는데, 청소조차 하지 않아 냄새가 심각했고요. 그래서… 조화와 희망이를 다른 곳으로 입양 보내면 어떨까 해서요?"

"뭐라고? …알겠어. 성도들이 번거롭고 수고스럽기는 했겠네. 그런데 수고비까지 주며 부탁했는데, 일을 제대로 못한 형제가 문제지 힘없는 반려견들을 탓할 일은 아니라고 생각하는데.

아무도 없는 낮에 선교처를 그동안 지켜줬어. 한밤중에 2층 유리문을 깨고 들어왔던 도둑을 내쫓아 줬고. 성도들의 오토바이와 자전거 좀도둑을 쫓아 주었어. 그리고 여러 위험으로부터 나를 보호했고, 내겐 정서적 위로를 주는 소중한 가족이야. 그런데 내가 자리를 비운 몇 개월 동안 돌보는 데 문제가 생겼다고 다른 곳으로 보내길 원한다고?"

당시 성도들도 많이 성장하여 여러 사역을 분담하고 있었다. 건강에 문제가 생기면 강의가 없는 기간을 이용해 우리나라로 돌아가 한두 달 휴식을 취했다.

지금 형제의 말을 들으니, 흔히 어른들이 다 큰 자식들에게 서운할 때 입버릇처럼 하는 말이 떠올랐다. "내가 너희들을 어떻게 키웠는데 이 정도도……."

형제들의 의견이라며 차분하고 논리적으로 예의를 갖추어 말했지만, 그저 게으름과 이기심을 합리화한 말뿐이었다. 내가 이제껏 자신들을 위해 희생하며 본을 보인 사랑과 긍휼은 없었다. 순간, 이제까지 참아왔던 감정이 터져 나왔다. 예전부터 마음 아프게 방치되고 학대받던 동물들이 떠올랐다. 우리 조화와 희망이까지 그렇게 취급된다는 생각에 분노가 치밀어 올랐다. 그동안 내가 경험했던, 게으르고 말만 앞서며 감사할 줄 몰랐던 캄보디아인들이 모두 떠올랐다. 그 기억들이 이미 지쳐 있던 내 마음을 더욱 짓눌렀다. 그동안 바른 성도들을 보고 참았던, 내 인내심이 이젠 바닥이 난 것 같았다.

"건물 관리가 안 되는 게, 책임감 없는 사람이 아니라 힘없는 반려견들이라는 거지? 알겠어. 생각해 보고 의견 줄게."


그날 밤, 마음이 무너졌다.

'하나님! 제가 잘못한 것도 아닌데, 언제까지 이렇게 혼자 버텨야 합니까? 도대체 언제 이들의 목사가 세워지나요? 왜 제겐 단 한 명의 진정한 현지 동역자도 없어 성도들에게 이런 소리를 들어야 하나요? 혹시 저를 버리신 건가요? 제가 하나님의 뜻과 어긋나는 삶을 살고 있어 침묵하시나요? 제게 죄가 있다면 알려 주세요. 저를 이 나라에 부르신 것은 정말 맞나요? 이 민족을 제가 끝까지 사랑할 수 있을까요? 저는 점점 지쳐가는데 언제까지 사랑을 주기만 해야 하나요?'

어느새 난, 절망의 어둠 속에서 꼬리에 꼬리를 물고, 깊은 의심의 골짜기를 헤매고 있었다. 그러나 문제는 일어났고 해결해야 했다. 감정을 그대로 드러낼 수도 없었고, 반려견을 입양 보내는 것은 더더욱 내 인성교육의 원칙에서 어긋나는 일이었다.

"얘들아, 예수님은 들의 풀도 소중히 여기실 만큼 생명을 귀하게 여기셨어. 그러니 우리도 예수님처럼 긍휼하고 따뜻한 마음을 가진 사람이 되도록 기도하며 노력하자."

나는 상한 마음을 다잡고 스라이몸을 불렀다.

"스라이몸, 소식은 들어서 알지? 고심 끝에 내가 새로운 거처를 구해서 조화와 희망이랑 나가려고 해. 이 방법밖엔 없는 것 같아. 월세 건물을 좀 알아보러 다닐 수 있니?"

"선생님! 몇몇 형제가 말한 것이 모든 성도들의 의견은 아니에요. 앞으로 선생님이 안 계시는 동안 제가 잘 돌볼게요. 책임을 다하지 못한 우리 잘못인데, 왜 선생님이 나가세요? 그냥 화 푸세요."

"아니야, 너희도 나와 함께 매달 상환금을 내는 이 선교처의 주인이잖아. 이런 문제가 반복되면 서로에게 좋지 않지. 나를 돕고 싶다면 나중에 이전하게 됐을 때, 조화와 희망이를 잘 부탁해. 하지만… 마음이 아프다."

참았던 눈물이 터지고야 말았다. 이런 나를 잠시 지켜보던 스라이몸도 눈시울을 붉히며 조심스럽게 말했다.

"선생님! 알겠어요. 그럼 선교처 근처로 월세를 알아보긴 하는데, 너무 비싸면 프놈펜 근교도 보러 다녀요."

그렇게 우리는 며칠 동안 여러 곳을 돌아다녔다.

그러던 중, 수도를 약간 벗어난, 껀달 주 쁘러쎗 지역에서 둘러 보고 나올 무렵이었다.

나는 순간, 어떤 장면을 보고 멈춰 섰다. 마치 내가 영화 속 주인공 이 되어, 타임머신을 타고 지난날의 어느 시점에 와 있는 것 같았다.

초등학생들이 파란 통바지와 흰 셔츠 교복을 입고 자전거를 타 고 하교하고 있는 모습이었다. 그중에서도 나를 멈추게 한 것은 교 복을 입은 초등학생들의 모습이었다. 세련된 요즘 디자인의 교복 이 아닌, 내가 처음 캄보디아에 왔을 때와 똑같았다. 그 모습을 보 는 순간, 추억 속 서랍에 넣어 둔 첫 사역의 낯설고 생소했던 공기 와 풍경이 마치 소환되는 듯했다.

그때, 아이들이 환하게 웃음을 머금은 채, 자전거 페달을 힘차게 밟으며 나를 사이에 두고 양옆으로 바람을 가르며 지나갔다. 난 그 모습을 놓치지 않으려, 재빨리 뒤돌아 멀어져 가는 아이들의 모습 을 바라보았다. 지난 시간의 그리움을 달래기라도 하듯, 한참 동안 그대로 서 있었다.

그러자, 내 머릿속에 주님의 편지가 펼쳐졌다. 그 편지를 읽으며 나를 향하신 하나님의 신실한 열정에 이제까지 느껴보지 못한 깊 은 안도와 평안이 밀려왔다.


'사랑하는 희선아! 그 누구도 아닌 내가 널 처음부터 이곳 에 불렀단다. 내가 널 부른 거야. 내가 너를 알고, 너의 수

숨쉬기조차 힘들었던 그날의 무거운 호흡은, 순간 모든 혈관이 깨끗해지고 새 생명이 온몸에 불어넣어지는 듯했다. 깃털처럼 가벼웠다. 정말 형언하기 어려운 큰 평안이었다! 마치 마라토너가 결승점을 앞두고 극도의 고통을 느끼다가, 어느 순간 통증을 느끼는 한계가 높아지며 오히려 몸이 가벼워지고 행복감이 밀려오는 '러너스 하이(Runner's High)'처럼 말이다.

절대 평범하지 않은 내 선교 환경 속에서, 나는 인내의 한계를 느끼며 스스로 회복하기 어려웠다. 그러나 하나님은 그런 나에게 큰 평안과 새로운 비전으로, 그렇게 부르심의 확신을 주셨다.

하나님께서는 미래의 교회와 학교 앞 풍경을 내 마음에 그려주셨다. 하교하는 학생들이 음식 노점상 앞에 모여 왁자지껄 떠들며 웃고 있었다. 그 흐뭇하고 행복한 일상의 모습이 내 머릿속에 그려지자, 나도 모르게 미소 지었다.

나는 큰 평안 속에서 모든 의심을 떨쳐버리고, 다시 한번 하나님의 부르심을 굳게 붙잡았다. 또한 하나님께서는 마음속으로 시간이 걸려도 캄보디아 성도들이 이 소망을 이어받고 함께할 것이라 확신을 주셨다! 나는 순종하겠다는 기도를 바로 기쁘게 드리고, 성도들을 불러 모았다. 그리고 내게 일어난 일을 간증하고 바로 회의에 들어갔다.

"얘들아! 현재 선교처 건물의 약 2~3배가 되는 부지 매입을 하려면 계약금 4,000달러가 필요해. 남아 있는 땅이 몇 곳 안 되어, 마음에 드는 곳의 계약금을 지불하고 왔어. 이제 빨리 결정해야 해. 그리고 내 재정이 부족하여 선교처 헌금을 사용해야 하는데, 너희들의 동의가 필요하고. 게다가 우리가 새롭게 결단해야 할 한 가지가 있어. 이 땅을 계약하게 되면 매달 토지 상환금을 납부해야 하기에, 난 더 이상 현 선교처 건물 상환비를 낼 수가 없어. 앞으로 서로 책임져야 할 건물 상환비가 많이 늘어나도 괜찮겠니?"

성도들은 기쁜 표정으로 내 말을 경청한 뒤 답했다.

"괜찮아요, 선생님! 우리가 감당할 수 있도록 하나님이 도와주실 거예요. 근데 학교를 세우려면 학생들을 위해 수영장도 있으면 좋겠어요. 그러려면 땅이 너무 작지 않을까요?"

"수영장? 하하, 사실 지금 우리 형편으로는 이 정도가 최선이기는 하지만, 나도 좀 더 넓었으면 좋겠다고 생각했어. 담당자가 말하길 우리가 계약할 땅 바로 옆으로 아직 개간되지 않은 땅이 있는데, 나중에 그 땅이 나오면 먼저 연락해 주겠대. 지금은 불가능해 보여도 우리가 믿음으로 나아가면 가능할 거야. 먼저 땅값을 6년 안에 다 상환할 수 있도록 기도하자."

우리는 소망의 기도를 기쁨으로 드렸다. 현지인들이 이렇게 담대하게 하나님께 물질을 드리는 일은 이 나라 선교 현실에서는 나도 믿기 어려울 정도로 기적적인 일이었다.

새로운 소망에 몰입하는 과정에서 서로 상했던 마음은 어느새 사라져 기쁨과 감격으로 하나가 되어 있었다. 반려견과 내 이주 문제를 더는 거론할 겨를이 없었다. 신기하게도 소망이 서로를 배려하게 했고, 더 큰 소망이 더 큰 사명으로 우리를 하나 되게 했다. 그 이후 성도들은 생명을 귀히 여기고 책임감 있게 돌보는 법을 배우며, 더 강하게 협력했다. 나 또한 의심했던 하나님의 부르심을 눈물로 회개했다. 하나님의 지혜가 놀라웠다. 누구도 상처받지 않게 하셨고 모두를 새 소망으로 이끄셨다.

며칠 후 우리는 본사로 가서 정식 계약서를 작성했다. 그런데 직원이 한 가지 문제가 발생했다고 하면서, 현장 직원과 몇 차례 통화한 끝에 우리에게 설명했다.

"현장 직원이 판매 금액을 잘못 계산했네요. 그것 때문에 통화가 길어졌어요. 프로모션 기간에 매입하셔서 기본 할인은 되셨지만, 이 금액이 아니었습니다. 어쨌든 저희 실수니까 할 수 없죠. 실수 금액 2,000달러가 추가 할인되어 총 할인 금액은 6,000달러입니다."

"네? 정말요!"

나는 속으로 탄성을 외쳤다. '와우! 하나님, 감사합니다!'

2019년 11월 어느 날, 우리는 하나님께서 주신 땅을 밟았다. 감격에 벅찬 마음으로 소망과 기쁨의 기도를 드리며 새로운 평안을 만끽했다.

내가 모세에게 말한 것 같이
너희 발바닥으로 밟을 모든 곳을
내가 너희에게 주었나니



내가 모세에게 말한 것 같이
너희 발바닥으로 밟을 모든 곳을
내가 너희에게 주었나니

# 최초의 결혼식

복음 사역을 제외하면, 내가 이제껏 가장 많이 해 온 상담은 학생들의 진로 상담이었다. 시간이 흘러 그 학생들이 어엿한 청년이 되면서, 상담 주제는 자연스레 이성 문제와 결혼으로 이어졌다. 동시에, 이미 결혼한 부부들은 부부간 소통에 관한 상담을 요청하기도 한다. 싱글 사역자인 내가 이런 상담을 주로 맡는다는 사실이 참 아이러니하다. 내게는 결혼 경험이 없기에, 상담에서는 사태를 객관적으로만 바라본다. 그리고 말씀을 기준으로, 성도들이 이해하기 쉽게 설명하는 것만으로도 충분하다고 믿는다. 세상에는 수많은 이론과 경험담이 존재하지만, 성경을 비추어보면 대부분 독소가 많다. 말씀을 순종하면 단순하게 해결될 일을, 결핍된 마음을 복잡하게 포장하며 어설프게 주장하는 경우가 많다. 나는 우리 성도들이 서로 사랑하는 가정을 이루기를 바라기에, 성경의 원리만을 쉽고 명료하게 전해왔다.

### 결혼준비학교

"선생님! 우리 사귀기로 했어요. 기도해 주세요."

그때 스라이몸은 대학을 졸업하고 모교에서 한국어 시간 강사로 일하고 있었다. 지난 선교처 창립 예배 때, 스라이몸이 학교에서 몇 명의 학생을 선교처로 전도했었다. 그중에 한 명이 다른 교회에 다니는 빤냐였다. 빤냐는 캄보디아에서는 제법 큰 키에 서글서글한 외모, 그리고 다정한 말투로 그의 성품이 그대로 느껴지는 형제였다. 스라이몸과 빤냐는 생일까지 같은 동갑내기이며, 캄보디아에서는 보기 드물게 성경에 관심이 많은 형제였다. 대학을 늦게 들어간 빤냐는 마지막 학기에 스라이몸의 수업을 듣게 되었고, 그 계기로 둘이 급격히 친해졌다. 이제 졸업을 앞두고, 결혼을 전제로 정식으로 만나 보기로 했다는 것이었다.

"그래! 사전에 스라이몸이 알려줘서 이미 기도하고 있었어. 근데 내가 알기로는, 너희 둘 다 이성 교제에서 한 번 실패하며 상처를 크게 받았잖아. 그래서 한 가지 제안하고 싶은 게 있어. 그런 시행착오를 다시 겪지 않기 위해, 이번엔 교제부터 성경 말씀대로 실천해 보면 어떨까? 너희가 동의해야 지도해 줄 수 있어. 난 두 사람이 행복하길 바라거든."

"네! 그럼 그렇게 할게요. 선생님이 지도해 주세요."

두 사람은 흔쾌히 내 제안을 받아들였다. 나는 이를 '결혼준비학교'라고 이름하고, 매주 한 번씩 모여 공부를 시작했다.

내가 이 방법을 제안한 데에는 그만한 이유가 있다. 캄보디아는 모계 중심 사회로, 성경에서 말하는 남녀의 역할이 뒤바뀌어 가정 질서가 무너진 나라다. 결혼 전에 이 문제를 바로잡지 않으면, 이들의 결혼 생활도 이 나라의 여느 가정처럼 문제를 겪을 것이 분명

했다. 게다가 두 사람의 성향도 걱정되었다. 빤냐는 섬세하며 내성적인 성격이었고, 스라이몸은 군인과 같은 기질에 리더십까지 갖추고 있었다.

감정이 상하면 절제가 흐트러지고, 남성과 여성의 고유한 특성이 무시된 채 감정이 드러나기도 한다. 그런 순간, 소통은 쉽게 오해와 갈등으로 번질 수 있다. 서로 다른 기질을 지닌 두 사람에게 지혜로운 소통의 길을 준비시켜 주고 싶었다.


"자! 오늘 첫 시간이지. 말씀 공부에 앞서 당부의 말을 먼저 할게. 사실 말씀은 스스로 실천한 것을 전하는 것이 가장 정직하고 힘이 있어. 또는 확신을 가지고 따르겠다는 의지를 '아멘'으로 화답할 수 있는 것을 전해야 하지. 내 경우는 겪어보지 않은 일들을 전할 테니 후자가 되는 거야. 그래도 열심히 배우고 익혀야 해. 혹시나 하나님의 뜻으로 나도 결혼하게 된다면, 나 또한 실수를 많이 할 수 있거든. 그때 잘못한 부분을 너희들이 내가 전했던 말씀으로 깨우쳐 주렴. 부부 문제는 객관적으로 자신을 바라보기가 매우 어렵거든. 그리스도인은 하나님 말씀을 기준으로 서로 돕고 사는 거야. 그러니 우리 이 시간 열심히 공부하자!

결혼생활에서 가장 중요한 것은 소통이야. 이것이 전부라고 해도 과언이 아니지. 다시 말해 상대가 받아들이고 이해할 수 있는 언행으로 사랑을 표현해야 해. 그러려면 서로를 세심히 살피고 마음으로 관심을 가져야 하지. 그래서 결혼 전, 감정이 주가 되는 연애에 집중하기보다는, 서로를 알아가는 건전한 교제에 집중해야 하는 거야.

흔히 말하는 스킨십이 동반된 달콤한 연애는, 결혼한 후 사랑하는 배우자와 함께할 때 가장 행복하고 안전하니, 결혼 전까지 절제해야 해. 우리가 자주 하는 착각 중 하나가, 깊은 연애를 하면 그 사람을 알게 된다는 거야. 하지만 절대 그렇지 않아. 너희들도 경험했잖아. 마음을 먼저 주고 열심히 몇 년 동안 연애했는데, 후에 아니라고 생각해 헤어지며 얼마나 상처가 컸니…! 이런 연애는 많이 하면 할수록 자신의 영혼이 점점 고갈되고, 피해의식과 죄로 인한 상처의 쓴맛만 남게 돼. 가장 아름다운 청년의 시기에 자신의 꿈을 위해 투자하지 못한 채, 서로에게 상처를 주고받으며 귀한 시간을 허비하게 되지.

하나님은 짝을 지어 주신다고 약속하셨어. 그 약속을 믿고, 먼저 하나님이 허락한 자신의 삶을 존중하며 충실하게 살아야 해. 그러다가 만남이 허락된 상대가 나타나면, 조건이나 혹은 외적인 기준으로만 판단하지 말고, 기도하며 마음이 통하는 사람인지를 살펴보는 거야. 하나님이 허락해 주신 짝을 몰라보고 다른 선택을 하게 된다면, 그 얼마나 서로에게 마음 아픈 일이겠니. 감정대로가 아닌, 말씀대로 하는 것이 가장 안전하다는 것을 늘 명심하렴.


결혼 전 기도하며 준비해야 할 것과 자세에 대해 알아보자.

첫째, 외모나 경제력보다, 삶의 가치와 믿음 그리고 그리스도인으로서 부여받은 사명을 함께 이룰 수 있는 사람인가를 보는 거야. 가치는 자신이 살아온 기준과 앞으로 살아갈 기준을 제시하는데, 그리스도인은 믿음이 되겠지. 사명은 하나님이 주신 은사를 통해 죽어가는 영혼들을 위해 나에게 맡겨진 일이지.

둘째, 성경에서 말하는 남녀의 다른 점을 알고 소통 방법을 배워야 해.

결혼생활 문제 대부분은 원활한 소통 부재에서 발생해. 서로 사랑은 하는데, 사랑을 느끼지 못한다는 말이지. 그럼 어떻게 해야 할까?

성경에는 남편은 사랑을 주는 사람이라고 했어. 그렇다면 왜 그렇게 해야 할까? 결혼 후 한 몸이 된 아내는 남편에게 마음이 더 가고, 남편을 더 사모하게 돼. 그래서 아내가 남편의 사랑을 받지 못하면 마음과 몸이 모두 고통을 느끼게 되는 거야. 남편은 아내가 무엇을 잘해서 사랑하는 게 아니야. 하나님이 우리를 먼저 사랑하셨듯이, 남편이 먼저 사랑해야 해. 그래야 아내가 정서적으로 안정될 수 있거든.

때로, 이성적인 남편은 아내의 마음을 이해하기 어려울 때도 있어. 그렇지만 관계 중심적이고 섬세하며 감성이 풍부한 아내의 말을 귀 기울여 듣고, 공감하며 감사함을 표현해야 해. 하지만 남자들은 이런 감정의 흐름을 읽고 표현하는 데 서툰 경우가 많거든. 그래서 아내가 사랑을 느낄 수 있도록, 결혼 전에 대화법을 배우고 많이 연습하는 게 중요해. 아내는 자신의 말에 공감해 주고, 눈에 드러나지 않는 가정 내 헌신에 감사하며, 연약한 자신을 보호해 주는 남편에게 무한한 사랑과 존경심을 갖게 되지.

반면, 성경에는 아내는 남편을 존경하고 돕는 사람이라고 했어. 그렇다면 왜 그렇게 해야 할까? 성경에는 남자는 자기 일이 삶의 중심이 된다고 했는데, 이 말은 가정이나 사회에서 남편이 리더로서 가져야 하는 책임이 크다는 뜻이야. 남자들은 자신의 일로 평가받고, 그로 인해 자기 정체성을 느끼거든. 그렇기 때문에 비교나 평가에는 민감하고, 항상 긴장하며 살아가. 그래서 남편이 느끼는 삶의 무게를 이해하고, 공감해 주면서 그가 쉴 수 있도록 따뜻하게 위로해 주는 게 필요해. 남편의 의견을 존중해 주고, 중요한 판단을 잘 할 수 있도록 도와주며 지지해 주는 거야. 남편에게 인정받는다는 건, 곧 사랑받는 것과 같거든. 그래서 아내는 남편에게 부족한 점이 보여도 바로 지적하기보다, 먼저 그의 의견을 존중할 줄 아는 지혜가 필요하지. 남편이 자기 잠재력을 발휘할 수 있도록 인정과 칭찬을 미리 배우고 익혀야 해. 남편은 그런 아내를 위해 자신을 내어 줄 만큼 사랑하고 보호하게 되지.

마지막으로 지금까지의 내용을 마음에 새기고 실천하기 위해서는 '남을 나보다 낫게 여기라'는 말씀을 기억해야 해. 언제나 감사의 마음을 담아 서로 표현한다면, 사랑은 더 깊어지는 거거든. 이렇게 겸손히 말씀을 실천하면, 앞으로 어떤 문제가 생기더라도 근본적인 해결점을 찾을 수 있을 거야.

다음 수업에서는 좀 더 구체적인 상황별 소통 방법을 배우고, 서로의 입장을 나누는 시간을 갖도록 할게."

### 결혼식의 상징들

1년 뒤, 두 사람은 결혼을 약속했다. 감사하게도 캄보디아 전통 결혼방식이 아닌, 가장 성경적인 결혼식을 원한다며 내게 부탁했다.

"두 사람의 믿음에 감동이 되네. 이렇게 결혼하는 커플은 아마 캄보디아에서는 최초일 거야. 그럼 하나님이 축복해 주시길 바라며, 결혼 예배 의미를 간단히 설명할게.

성경에 예수님은 믿는 사람들이 모인 교회의 신랑이고, 교회는 예수님의 신부라고 말씀하셨어. 예수님께서 구름 속으로 다시 오실 때 믿는 자는 휴거가 되지. 공중에서 신부인 교회와 신랑인 예수님을 만나는 것을 상징한 것이, 오늘날 흔히 하는 결혼식의 모태가 된 거야. 결혼 예배는, 신랑 신부가 예수님과 교회처럼 아름다운 사랑의 결실로 한 가정을 이루는 출발점이지.

그럼, 결혼 예배의 등장인물들을 살펴보도록 할게. 이 상징들을 이해하면 결혼 예배의 의미가 더 깊어지거든.

주례자는, 공의의 하나님으로서 진리의 말씀으로 판단하시는 성부 하나님을 상징해. 그래서 입장은 상단에서 해야 하는데 요즘은 많이 생략하고 있어.

신랑은, 우리를 사랑하여 목숨까지 내어 주신, 구름 속으로 다시 오실 예수님을 상징해. 그러므로 신랑 입장도 상단에서 하지. 주례

자와 신랑이 먼저 서 있고 신부를 기다리는 식도 있어. 아마 영화에서 본 적이 있을 거야. 요즘은 편의상 신랑도 하단에서 걸어서 입장하지만 의미를 정확히 알면 원래는 그렇지 않아.

신부는, 믿는 자와 그 무리인 교회를 상징해. 신부가 입는 순백의 드레스는 죄를 용서받은, 곧 구원받은 성도들을 상징하지. 교회를 상징하는 신부는 공중으로 들림을 받기 때문에, 하단에서 걸어 신랑에게 가는 거야. 특별히 신부의 하얀 면사포를 신랑이 위로 올려주며 입 맞추는 것을 본 적 있지? 이는 육신의 한계로 제대로 볼 수 없었던 예수님을, 공중에서 변화된 몸으로 만나 신랑 되신 주님의 사랑을 확인한다는 의미지.

신부 아버지는, 우리가 예수님을 기도로 영접할 때 마음속에 임하시는 성령 하나님을 상징해. 우리의 삶을 말씀으로 천국에 이를 때까지 인도하시지. 예식에서 신부 아버지가 신부의 손을 잡고 입장해 신랑에게 건네는 모습으로 상징한 거야.

신랑과 신부의 들러리들은 혼인 예식을 준비하고 돕는 조력자로서, 깨어 준비된 그리스도인의 모습을 상징해. 보통 신부입장 전에 양쪽의 들러리들이 모두 입장하여 신랑과 함께 신부를 맞이하지.

하객들은 예수님께서 이 땅에 오시기 전, 오실 예수님을 믿었던 구약시대의 성도들을 상징해. 예수님과 함께 구름 속으로 오게 되는데, 예수님과 교회의 결혼식 증인이 되는 거야. 이처럼 예식에서도, 신랑과 신부를 축하하러 모인 하객들은 그 결혼을 목격한 증인이 되는 거지. 우리가 해왔던 결혼식에 이렇게 성경적 상징들이 담겨 있다는 게 정말 놀랍지!

결혼 예배는 첫째는 하나님께 영광이 되어야 해. 둘째는 작은 것이라도 타협하여 그리스도인들이 실족하지 않도록 주의해야 하지. 하나님은 믿는 사람에게 먼저 본이 되길 원하시거든. 우리가 가족에게 우선 잘해야 하듯이.

그러니 마음 아프지만, 캄보디아 그리스도인들이 흔히 하는 전통과 혼합해서 치르는 결혼식은 허락할 수 없어. 그리고 믿지 않는 사람과의 결혼식은 선교처에서 결혼 예배의 이름으로 치를 수 없고. 가족들이 다소 생소하겠지만, 이번 기회에 복음을 전한다는 마음으로 하자. 음악도 각 순서의 의미에 맞는 찬송가를 연주할 거야.”

두 사람은 내 말을 경청하면서 이렇게 아름다운 결혼 예배가 드려지길 간절히 소망했다.

### 최초의 결혼 예배

결혼식 전날, 모든 준비를 마친 우리는 결혼식을 위한 기도 모임을 시작했다. 그런데 예비 신부가 갑자기 울기 시작하며 기도를 부탁했다.

“선생님! 어제 갑자기 아빠가 오랜만에 집에 오셨어요. 그런데 내일 결혼식에 가라오케도 없고 술도 없다며, 엉망으로 만들어 버리시겠대요. 어떡해요?”

“스라이몸! 울지 마. 절대 그런 일은 일어나지 않을 테니. 너무 걱정하지 말고 오늘은 가서 푹 쉬고 내일 보자!"

우는 예비 신부를 달래며 함께 기도한 후 집으로 돌려보냈다.

'하나님, 제발 내일 아무 일이 일어나지 않게 해주세요!'


드디어 결혼식 당일이 되었다. 아름다운 신부와 멋진 신랑을 보니, 순간, 마음이 울컥했다. 어느새 다 커서 이렇게 아름다운 결혼 예식을 앞두고 있다니 믿기지 않았다. 감사하고 흐뭇했다. 그런 생각에 잠겨 있는데, 스라이몸 친가 쪽 가족들이 무표정한 얼굴로 바깥에서 서성거리고 있었다. 코로나19 팬데믹으로 참석 인원이 100명 이내로 제한되어, 모인 사람들의 움직임이 모두 내 눈에 들어왔다. 그리고 결혼식을 엉망으로 만들어 버리겠다고 엄포를 놓으셨던 아버지가 불만 섞인 표정으로 나타났다! 난 조용히 가족들이 있는 곳으로 다가갔다.

"아버님! 안녕하세요. 처음 인사드립니다. 스라이몸 선생님입니다. 부탁이 하나 있는데요, 꼭 들어 주셨으면 합니다. 오늘 예식에서 신부 입장할 때 아버님이 함께 입장해 주셨으면 하는데, 해 주실 수 있으시지요?"

"아… 네, 네…."

그리고 가족분들도 모두 예배당 안으로 들어와 주셨으면 합니다.

"아… 네…."


그날 결혼 예배에서, 캄보디아에서는 최초로, 찬양이 울려 퍼지고 복음이 선포되었다. 보통 이틀 동안 진행되는 결혼식을 식사까지 반나절 만에 마쳤다. 대부분 허례허식한 빚잔치로 끝나는 결혼식과 달리, 두 배 이상 흑자를 남겼다. 신랑 신부는 하나님께 감사하다며, 축의금의 십일조를 드리고, 수고한 성도들에게 귀한 대접도 했다. 모든 것이 이 나라에서는 최초였다. 예식이 끝난 후, 하객들은 이렇게 조용하고 거룩한 결혼식은 처음이라며 매우 만족스러워했다. 싱글 성도들은 모두 설레는 표정으로, 자신들도 나중에 이렇게 결혼하겠다고 다짐하며 당장이라도 결혼하고 싶어 했다.

'그래! 이것이 하나님께서 기뻐하시는 진정한 결혼 예배지.'

여백 글…

"스라이몸! 팬데믹 때문에 신혼여행도 못 가고. 그래도 가까운 호텔에서 며칠 잘 쉬다 와서 다행이야. 근데 결혼식 날, 아버님이 왜 갑자기 그렇게 순한 양처럼 순순히 협조하신 거야?"

"선생님! 그게요… 제가 한 번도 제 선생님이 여성이라고 말한 적이 없었거든요. 아버지는 당연히 남성분일 거라 생각하셨대요. 그런데 갑자기 선생님이 찾아와 부탁하셔서, 얼떨결에 그렇게 하겠다고 대답하셨대요."

결혼 준비 학교부터 최초의 성경적 결혼 예배까지, 믿음으로 강행한 이 가정을 하나님께서 축복하고 계심을 나는 강하게 느꼈다.

모든 사람은 결혼을 귀히 여기고
침소를 더럽히지 않게 하라.
음행하는 자들과 간음하는 자들을
하나님이 심판하시리라.

히브리서 13:4

# 5장

# 나는 김희선이고 싶다

# 다시 태어나다

하루의 반은 침대에 누워, 오늘 해야 할 일들을 위해 에너지를 충전한다. 이렇게 보낸 지 벌써 수개월째다. 사역 및 학교 강의, 집안일을 감당하기에는 몸이 점점 약해져서 숨쉬기조차 힘들었다. 심폐 기능이 약하다는 말은, 그동안 나를 치료해 주셨던 여러 의사 분들에게 늘 듣던 말이었다. 운동하고 싶어도 걸을 기운도 없었고, 심한 어지럼증 때문에 주저앉기를 반복했다. 큰 질병이 있는 것이 아니라 단지 연약함이었다.

게다가 선교사역을 시작한 뒤 걸렸던 장티푸스의 후유증으로 남은 열병이 수시로 발병했다. 심하면 병원에 입원해야 했지만, 너무 자주 겪어서 스스로 병의 경중을 가늠하여 병원행 여부를 결정했다. 간혹 한밤중에, 누구에게도 도움을 요청할 수 없는 상황에서 열이 심하게 오르면, 집안의 모든 이불을 다 덮어도 오한을 막을 수 없었다. 그와 동시에 두개골을 내리치는 듯한 두통으로 고통에 몸을 뒤척이며 눈물로 밤을 지새워야 했다. 겨우 열이 내리고 고통이 지나면, 이번에는 여기저기에 난 땀띠로 고생했다. 이런 일이 몇 개월에 한 번이었지만 점점 빈도가 높아 한 달에 반 이상으로 늘어났다. 그 고통은 누구와도 나눌 수 없는 나만의 것이었다.

이 연약함을 고치기 위해 오랫동안 시간과 물질을 드려 노력했
지만 끝내 나아지지 않았다. 성경의 사도 바울처럼 운명이라 여기
고, 더 이상 낫기를 구하기보다 불평 대신 감사함을 선택했다. 선
교사로 파송된 후 얻게 된 반복되는 열병의 고통은, 무엇이 가치
있는 삶인지, 선교사로서 드려져야 할 삶의 초심을 늘 일깨워 주었
다. 건강을 지나치게 염려하기보다 연약함까지 주님께 맡기고 하
루하루를 성실히 살고 싶었다. 건강보다 사명이 더 컸고, 두려움보
다 천국의 소망이 더 강했다.

그렇게 살다 간 선교사님들의 전기나 소식을 접할 때마다, 심장
이 요동칠 정도로 큰 도전을 받았다. '그래! 인생은 그렇게 짧고 굵
게.'라는 모토로 두려움 없이 사역에 임해왔다. 이런 내 건강 상태
를 정확히 아는 사람은, 그동안 나를 치료해 주셨던 여러 의사분들
과 옆에서 모든 것을 지켜본 캄보디아 성도들뿐이었다. 다른 분들
에게 알리지 않았다. 그 이유는 한두 사람이 알게 되면, 원치 않는
소문이 금세 퍼질 수 있다고 생각했다. 자원하여 시작한 사역을 건
강 문제로 부정적인 말을 듣지 않기를 바랐다.




시간이 지나면서 내 마음은 점점 불안해졌다. '몇 년 전, 선교처
의 미국인 피아노 조율사도 갑자기 심장마비로 세상을 떠났는데,
만약 내게 이런 일이 일어나면, 아직 자립하지 못한 이 성도들은
어쩌지.'하는 걱정이 몰려왔다. 이렇게까지 오랫동안 혼자 사역을

맡게 될 줄 몰랐다. 또 현지인의 자립 속도가 이렇게 느릴 줄 예상하지 못했다. 그러나 만약의 사태를 대비해야 했다.

어느 날, 나는 한 가지 중대한 결심을 하고, 선교처에서 가장 씩씩하고 내 연약함을 가장 많이 지켜본 스라이몸을 불렀다.

"지금부터 내가 하는 말 잘 들어줘. 지난번 학교 저녁 강의를 마친 후, 학생 부축을 받아 간신히 집에 왔어. 스라이몸도 알다시피 요즘 내 건강이 예전 같지 않아. 지금껏 많이 아팠지만 이렇게 회복이 안 된 적은 없었어. 맡겨진 사역으로 당장 우리나라로 돌아갈 형편도 안 되고, 간다고 해도 근본적으로 건강을 해결할 수도 없고. 만약 내게 무슨 일이 생기면, 성도들이 겪게 될 혼란을 겪지 않도록 당부의 말을 전하려고 불렀어. 물론 금방 괜찮아질 거야. 하지만 사람 일은 모르니까, 미리 알려 주는 것뿐이야. 너무 걱정하지 마. 만약 내게 문제가 생기면 이분들에게 연락을 취하고. 선교처 행정 관련 유서를 여기에 보관할 테니 잘 기억해 두렴."

스라이몸은 곧 눈물이 쏟아질 듯한 큰 눈을 간신히 버티며, 아무 말 없이 내 말을 경청했다. 혹시 모를 상황에 대비하려는 것이니 너무 걱정하지 말라고 거듭 당부했다. 그러나 스라이몸이 떠난 후 곧 이 시간을 마련한 내 선택을 후회했다.

'뭔가 잘못됐어. 마음에 평안함이 없어. 성도들을 진정 생각한다면, 감당하기 어려운 짐을 바로 지우면 안 되는 거였어. 그래! 하나님께 내 병을 맡기자. 아직 자립하지 못한 사랑하는 성도들을 두고

떠날 수는 없어! 사역을 마무리하기 위해서라도 건강해지자.'

그 자리에서 포기했던 건강을 위해 하나님께 마음을 다해 다시 기도하기 시작했다. 모든 염려를 내려놓고, 후원하시는 분들께 치유를 위한 긴 기도 요청 글을 처음으로 보냈다. 얼마 뒤 감사하게도 내 건강은 조금씩 회복되기 시작했다.


### 기적

1년이 지날 무렵이었다. 우리를 한순간에 공포로 몰아넣었던 코로나19 펜데믹이 캄보디아에도 닥쳐왔다.

선생님! 옆집 사람들이 의심 환자로 여겨져서, 흰 방호복을 입은 사람들이 데려갔어요. 락다운 직전, 이런 소식이 여기저기서 들려왔다. 체온 37.5℃ 이상은 모두 의심 환자로 분류되었다. 은행도, 마트도, 그 어디도 갈 수 없었다. 그런데 내 체온은 열병 때문에 37.5℃~38℃ 사이가 일상적인 경우가 많았다. '난 이 시기를 어떻게 대처해야 하지.'


그렇게 몇 주가 흐른 어느 날이었다. 펜데믹으로 새롭게 헤쳐나가야 할 상황들을 정리하며 선교처 주변을 걷고 있었다. 바로 그때였다!

순간, 복음을 처음 듣고 기도로 나의 죄를 하나님께 회개하며 예수님을 영접했을 때, 선교사로 부르심에 순종했을 때, 우리 땅을 주시며 하나님의 약속을 받았을 때와 같은 깊은 평안함이 임했다.

불현듯, 우리나라에서의 아직은 무더웠던 화창한 늦여름의 한때
가 떠올랐다. 녹음으로 우거진 산기슭을 거닐며, 풀 향기를 머금은
산들바람에 몸을 맡겼던 순간이었다. 긴 호흡으로 향기를 들이마
셨을 때, 온몸이 새로워질 정도로 가벼워짐을 느꼈었다. 지금 느낀
깊은 평안함은 그때보다 더 깊었다. 젖은 솜처럼 무거워 한숨을 내
쉬며 걷던 내 몸이 순간 가벼워졌다. 정상으로 돌아온 느낌이었다.
지금 내게 일어난 형언하기 어려운 변화 앞에 발걸음을 멈췄다.

'어! 왜 이러지? 갑자기 몸이 가벼워졌어! 열병이 없던 예전 몸
으로 돌아왔어. 열병 후유증으로 더위를 못 느꼈던 몸에서 이제 숨
막히는 더위가 느껴져!'

그날을 잊을 수 없다. 그날의 기적을! 평범한 하루가 특별한 날
이 된 순간, 나는 본능적으로 느꼈다. 내 연약함을 치유하기 위해
하나님의 손길이 임했다는 것을…!

"빤냐! 내가 건강해졌어! 이제 열감이 없어졌어. 하지만 일시적
일 수도 있으니 시험해 보고 싶어. 내 평생소원이 러너가 되는 것
이었는데, 연약함 때문에 한 번도 시도해 본 적이 없었거든. 열병
이 생긴 이후로는 더더욱 땀을 흘리며 바람을 맞는 일이 두려웠지.
체온 조절에 실패하면 감기로, 면역력 저하로, 열병으로 이어졌으
니까. 그러니 정말 나았다면 달리기를 해도 재발하지 않겠지? 빤냐

는 평상시 달리기를 좋아하니까, 이제부터 내 페이스메이커가 되어줘.”

“네! 선생님. 제가 최선을 다해 도와드릴게요!”

그렇게 시간이 날 때마다 함께 달렸다. 처음엔 30초도 숨이 차고 어지러워서 달리지 못했다. 그럴 때마다 빤냐가 격려해 주었다.

“선생님, 천천히! 하지만 쉬지 않고 뛰는 거예요. 힘들면 속도를 더 줄이세요. 이렇게 열심히 노력하다 보면 5km를 뛰는 날이 곧 올 거예요. 그때부터는 어렵지 않아요. 그러니 포기하지 마세요.”

어느덧 정말 5km를 뛰게 되었다! 예전 같으면 수차례 발병했을 열병이 단 한 번도 재발하지 않았다. 정말 내게 기적이 일어난 것을 확신했다! 오한이 없어 체온 검사를 무사히 넘겼고, 팬데믹 상황에서도 안전하게 지낼 수 있었다.


## 보다 나은 회복

그렇게 달리기의 매력에 푹 빠져 있을 무렵이었다. 그런데 달리기를 하면 할수록 오른쪽 다리에 쥐가 나고 아파서 절뚝거리기 시작했다. 그때는 아직 익숙하지 않은 운동으로 인한 일시적인 현상이라 생각했다.

그러던 어느 날 이른 아침, 달리기를 하던 중이었다. 뒤에서 달려오던 오토바이가 졸음운전을 하다 내 쪽으로 부딪쳤다. 그 충격으로 오른쪽 몸 전체가 시멘트 도로에 강하게 부딪히며 쓰러졌다. 다행히 머리는 이마만 다쳤고 큰 이상은 없었지만, 다리는 더 심하게 절게 되었다.

　사역 일정을 마무리하고 우리나라에 돌아와 바로 치료에 들어갔다. 병원에서 진료를 마친 의사 선생님의 말씀에 나는 순간 소름이 돋았다!

　"환자분! 몸이 이렇게 틀어져 있었는데도 모르고 달리기를 하셨네요. 이 정도라면 생활 자세나 이번 사고 때문이 아니라, 오래전 충격으로 발생했을 가능성이 높습니다. 혹시 언제 다친 적이 있었나요?"

　사실 10년 전쯤, 사역 일로 학생과 함께 오토바이를 타고 골목 커브를 돌다 낙상하여 오토바이에 깔린 적이 있었다. 당시 내가 아는 물리 치료나 재활 치료를 하는 병원이 없었고, 치료를 위해 바로 우리나라로 올 수도 없었다. 유학 중이었고 사역 일정도 많았으며, 성도들도 어려서 한시라도 자리를 비울 수 없었다. 통증은 있었지만, 다리가 심하게 부러진 건 아니어서 목발을 짚고 한동안 지냈다. 시간이 지나 통증이 사라지자, 다 나은 줄 알고 완전히 잊고 있었다. 그런데 이번 교통사고로 이전에 다쳤던 같은 부위를 다쳐 치료를 받게 된 것이다.

　"감사하네요. 방치했다면 나중에 더 큰 문제가 되었을 거예요. 더 늦지 않게 발견되어서 정말 다행이에요. 지금 교정하고 치료를 시작하면, 더 건강해지고 원하시는 달리기도 더 잘할 수 있어요. 걱정하지 마세요. 하지만 무리는 금물입니다."

하나님은 이 사고로 건강에 대한 나의 무지함을 깨우치시고, 앞으로 생길 수 있는 병을 예방해 주셨다. 그 깊은 사랑에 감동하여 전율이 돌았다.

나는 다시 태어났다!

21년간 나의 스승이자 동반자였던 열병과 마지막 인사를 하며, 하나님께 감사의 기도를 드림으로 기쁘게 작별했다. 그 이후로 지금까지 열병은 발병되지 않았다. 그리고 하나님은 또 하나의 기적을 선물로 주셨다. 열병을 앓기 전보다 조금 더 건강한 몸을 허락하셨다. 타고난 연약함은 남아 있지만, 이젠 운동을 통해 건강을 유지할 수 있게 되었다. 약에만 의존하지 말고, 자신을 돌보는 데 게으르지 말라는 하나님의 뜻이라 믿는다. 변화된 몸으로 도전하고, 훈련하여 꿈에 그리던 눈 덮인 한라산, 겨울 등반도 완등했다. 틀어졌던 몸도 재활 치료를 마쳐, 원하는 운동을 할 수 있는 몸이 됐다. 내게 믿을 수 없는 일이 일어났으니, 정말 다시 태어난 것과 마찬가지다. 내 평생 지금처럼 건강했던 적은 없었다.

포기했던 건강을 위해 간절히 다시 기도했던 순간을 잊지 않는다. 나를 사랑하는 분들의 눈물로 드린 기도도 잊지 않는다. 그 기도의 힘이 오늘 내 건강을 이루었다. 사명을 완수하도록 허락된 건강을 잘 지키며, 내 삶을 드리겠다고 오늘도 기도드린다.

믿음의 기도는
병든 자를 구원하리니
주께서 그를 일으키시리라
그가 죄를 범하였을지라도
그것들을 용서받으리라

<br>

야고보서 5:15

# 열린 문

"선생님! 제가 지난주 엄청난 일을 경험했어요. 시장, 제 가게 근처에서 어떤 할머니가 자신의 손녀가 죽게 생겼다고 사람들에게 도와 달라는 거예요. 그런데 아무도 관심을 두지 않았어요. 애원하는 할머니가 너무 안쓰러워 무슨 일인가 물어봤지요. 글쎄, 할머니의 8살 손녀가 스마트폰에서 본 위험한 영상을 따라 하다가 목에 줄이 감긴 채 매달려 있는 걸 발견한 거예요. 간신히 끌어냈고 도움을 요청하러 나온 거예요. 아이의 부모는 일하러 나갔고, 아이 혼자 스마트폰을 가지고 놀다 이런 변을 당했다고요. 그래서 제가 부랴부랴 구급차를 불러 병원으로 옮겼어요.

의사 선생님은 응급 처치를 하면서도 깨어날지 의문이라고 말했지만, 저는 간절히 아이가 깨어나길 기도하며 끝까지 자리를 지켰어요. 다행히 저녁쯤 의식을 되찾아 감사한 마음으로 집으로 돌아왔지요.

며칠 후, 아이가 살려주셔서 감사하다고 인사를 하러 저희 가게에 왔어요. 그때 아이에게 복음을 전했고, 아이는 죄를 회개하고 예수님을 믿고 마음에 영접하여 구원을 받았어요. 저는 아이가 구원받은 것과 살아난 것을 기쁘게 격려하며, 다시는 스마트폰에서 위험한 동영상을 보고 따라 하지 말라고 신신당부하고 집으로 돌려보냈지요!"

코로나19 펜데믹으로 학교가 봉쇄되었다. 바쁜 부모들이 각자 일터로 나간 후, 락다운으로 갈 곳 없는 어린 자녀들은 스마트폰과 함께 집에 그대로 방치됐다. 그나마 도시는 온라인으로 학교 수업이 어설프게라도 진행됐지만, 지방은 그야말로 스마트폰이 그들의 일상을 모두 지배했다.

"희웅! 안 되겠어. 15세 큰아들 니론, 선교처에서 말씀을 전할 만큼 똑똑해. 둘째 위레아는 집안일을 돕고, 귀여운 동생 한나랑 몽꼴를 돌보기도 하지. 그런데 희웅이랑 소왓이 일터로 나가면 낮에는 아이들만 남잖아! 그러니 네 명의 자녀 모두 선교처로 보내도록 해. 펜데믹이 끝날 때까지 내가 함께 지내며 온라인 수업 및 모든 관리를 할게. 우리 아이들도 이런 위험에 노출될 수 있지! 하나님이 지혜를 주어 사고를 미리 예방하려고, 자녀 많은 희웅이에게 이런 경험을 하게 하신 것 같아."

락다운이 풀리고 학교가 정상화될 때까지, 우리는 이렇게 함께 극복해 나갔다.

펜데믹이 장기화될수록 예기치 못한 문제가 계속 발생했다. 나를 비롯해 학교에서 근무하던 성도들은 강의가 온라인으로 대체되거나 아예 폐강되었다. 그러다 보니 몇몇 성도들의 경제 상황이 어려워졌다. 그 와중에 나에게도 큰 문제가 발생했다. 계약직 한국어 강의가 곧 현지인 중심의 온라인 수업으로 바뀐다는 소식을 들었다. 직장이 있어야 1년 장기 비자를 받을 수 있는데, 그렇지 못하면 매우 난감한 상황이 예상되었다. 하루는 이 문제를 논의하기 위해 빤냐와 스라이몸을 불렀다.

"아무래도 하던 강의가 모두 폐강될 것 같아. 직장을 잃으면 우리나라로 돌아가야 하는데, 사역도 사역이지만, 이 시국에 당장 돌아가기도 어려워. 비자가 만료되기 전에 무슨 조치라도 취해야 할 것 같아, 두 사람을 불렀어. 나름 방법을 구상해 보았는데, 차라리 내가 한국어 학원을 차리고 온라인 수업을 열면 어떨까 하는데…. 만약 수익이 생기면 부족한 선교처 재정에 보탬도 되고, 두 사람 생각은 어때?"

"선생님! 좋은 생각이에요. 제가 좀 더 자세히 알아볼게요."

빤냐는 기쁘게 동의하며 바로 조사에 들어갔다. 스라이몸은 요즘 온라인 수업 진행 방식에 대해 상세히 알려주었다. 우리는 행정 처리가 느리기로 유명한 캄보디아 공무원과 약 6개월에 걸쳐 힘들게 서류를 준비했다. 그러나 외국인도 사업자가 되면 비자 연장이 가능한 법임에도 불구하고 자세한 사유도 없이 그 서류만 누락시켰다. 그리고 지금은 펜데믹 기간이니 모든 업무가 일시 중단되었다는 소식만 전해왔다. 비자는 곧 만료되는데 정말 난감한 상황이었다.

결국 강사 자리를 잃고, 모든 사역을 중단하고 우리나라로 돌아가야 했다.

'하나님! 간절히 구합니다. 무엇을 해야 할지 어디로 가야 할지 알려주세요. 이대로 모두 포기해야 하나요?'

성도들은 기도하는 나에게 오히려 "하나님이 선생님만 의지하지 말고 자립하는 연습을 하라고 기회를 주신 것 같다"며 나를 위로했다.


우리나라에 돌아오니, 6개월 전에 서울 고려대에서 석사과정을 밟고 있던 스라이니가 나를 반겼다. 스라이니는 24세로, 선교처에는 가끔 나왔었다. 귀염성 있고 유쾌하며 정직하고 똑똑한 자매였다. 캄보디아에서는 선교처에 나오기 싫어, 학교에서 나만 보면 피해 다녔던 자매였다. 그런데 아무 의지할 곳 없는 한국에서 어쩔 수 없이 나와 가까워지게 된 것이다.

'아! 하나님께서 스라이니를 돌보라고 나를 급히 보내셨구나!'라는 생각이 들 정도였다. 헌데 정말 그 생각이 맞았다. 실제로 스라이니는 성경을 본격적으로 공부하며 믿음이 놀랍도록 빠르게 성장했다. 교회와 청년부 목사님 내외분의 헌신적인 보살핌 그리고 청년 지체들의 따뜻한 교제 덕분이기도 했다. 언제부턴가 스라이니는 내가 조금이라도 부정적인 발언을 하려 하면, 핑계할 시간도 주지 않고 단호하게 이렇게 말해 나를 놀라게 하곤 했다.

"선생님! 걱정하지 마세요. 하나님을 믿는 그리스도인이 왜 걱정해요? 하나님을 의지하면 돼요!"

그 단호함은 남을 폄하하며 판단하려는 것이 아닌, 순수하게 자신의 믿음을 표현하는 것뿐이었다. 다소 엉뚱하고 서툴렀지만, 그런 순수함이 귀엽게 느껴졌다.

스라이니는 열심히 공부하여 3년 후 좋은 성적으로 석사 학위를 마쳤다.

성도들과 떨어져 허전했던 내게, 그녀는 활력소가 되어 주었다. 우리는 그렇게 하나님의 섬세한 돌봄 안에서 서로 힘이 되었다.


펜데믹의 공포가 점차 수그러질 무렵, 앞으로의 사역 방향을 정하고 문제를 해결하기 위해 여행 비자로 두 달간 캄보디아를 다시 방문했다. 장기 비자 발급 문제 외에도, 성도들의 경제 상황 악화로 건물비 상환에 큰 차질이 생겼다. 이 문제를 해결하기 위해 주일 성도 회의를 앞두고 기도하던 중이었다. 하루는 스라이폼이 운전하는 차를 타고 마트에 가고 있었는데, 뜻밖에 사역에 큰 전환점이 될 말을 듣게 되었다.

"선생님! 제가 출산 후 아들을 볼 때마다 아이의 미래를 자주 생각해요. 선생님이 한국으로 가시고 우리끼리 고군분투하면서, '정말 그동안 선생님을 많이 의존하고 있었구나.'라고 느꼈어요. 막상 문제가 생길 때마다 우왕좌왕하는 우리 자신을 발견했거든요. 더 놀라웠던 건, 저는 선생님과 늘 함께해서 많은 것을 안다고 생각했었는데, 생각보다 많이 부족했어요. 그때마다 선생님이 만들어 놓으신 교재들이 도움이 되었어요. 그래서 생각했죠. 우리에겐 양서

가 시급하다는 것을요. 선생님이 안 계셔도 우리 아이가 믿음으로 바로 설 수 있도록, 책을 참고해 그대로 가르칠 수 있잖아요. 선생님도 아시겠지만, 우리나라는 좋은 책이 거의 없어요. 제가 지금은 육아로 바쁘지만, 조금 한가해지면 크메르어를 더 전문적으로 공부해서 책을 제대로 번역하고 싶은 소망도 있어요. 그러니 선생님의 개인 선교 역사와 선교처 역사, 그리고 저희를 지도해 주셨던 믿음의 지식이 담긴 유용한 책들을 집필해 주세요. 언젠가 제가 꼭 번역할게요.”

'아! 성도들이 내가 없는 동안 이렇게나 많이 성장했구나!'

그동안 양서 번역에만 관심이 있었지, 내 믿음과 사고가 담긴 책을 집필해야겠다는 생각은 미처 하지 못했던 터라, 이 말을 마음에 담고 깊이 묵상하기 시작했다.


주일 성도 회의를 거쳐 심사숙고한 끝에, 우리는 선교처 건물을 팔고 믿음으로 샀던 땅 근처로 이전을 결정했다. 그곳에서 전도부터 새롭게 시작하고, 이후 기적처럼 큰 헌금이 허락된다면 교회 건물을 신축하기로 마음을 모았다.

감사하게도 현 선교처 건물 주변에 학교와 대형마트가 들어서며 건물 시세가 많이 올랐다. 팬데믹이라는 어려운 시기였음에도 제 가격에 팔리기만 한다면, 남은 건물 상환비와 땅값을 지불하고도 몇천만 원이 남게 되는 상황이었다. 이 모든 것이 우리가 미처 계산하지 못한 하나님의 세밀한 은혜였다. 우리는 소망을 위해 필요한 기도 제목들을 구체적으로 정한 뒤, 간절히 함께 기도하기 시작했다.

며칠 후, 희응이가 나에게 보여 줄 곳이 있다며 불러냈다. 희응이는 차를 몰아 우리 땅 근처의 한창 신축 중인 한 빌라 단지에 도착했다. 아직 완공되지 않은 2층 빌라 앞에 멈춰 선 희응이는, 한껏 설렘과 기쁨을 머금은 얼굴로 내게 말했다.

"선생님! 선교처 이전 결정을 듣고 제가 결심했어요. 이곳은 펜데믹 전, 계약한 곳이에요. 저희 부모님이 노후에 우리 교회가 세워질 이 지역에 살면서 믿음 생활하시라고 계약했어요. 선생님, 이 빌라를 우리 선교처가 먼저 사용하면 어떨까요? 이전하면 당장 예배처가 필요할 텐데, 이 근처에는 마땅한 좋은 건물이 없잖아요. 우리 땅에서 차로 10분도 안 걸리는 거리라 나중에 신축 공사를 할 때도 오가기 편리하고요. 무엇보다 제 새 집을 하나님께 먼저 드리고 싶어요."

'어떻게 이런 순수한 믿음을 가질 수 있는지!' 한없이 이기적인 세상에서 희응이의 믿음은 이 세상의 모든 암흑을 삼켜 버리고도 남을 만큼 빛났다! 그 믿음이 눈부시게 아름다웠다.


두 달이 빠르게 지나 마지막 주일을 맞이했다. 그동안 감사했던 일들을 함께 나누고, 새로운 소망에 대한 기도 부탁을 위해 성도들의 이목을 집중시켰다.

"우리는 어려운 시간을 잘 극복해 냈고, 앞으로도 더욱 성장하리라 믿어. 말씀을 맡아 최선을 다해 섬기는 형제들과 협력한 자매들, 모두 정말 사랑하고 자랑스러워! 여전히 내 비자 문제는 해결되지 않았지만, 이제는 닫힌 문을 바라보며 시간을 낭비하지 않으려고 해. 이번 방문을 통해 하나님이 준비하신 새 소망의 열린 문을 보게 되었거든.

먼저 여러분이 요청한 대로, 내 선교사역을 포함한 선교처 역사를 재미있게 집필하려고 해. 이 책은 그동안 우리에게 베푸신 하나님의 역사와 사랑을 되새기며, 그 은혜를 나누고자 함이야. 앞으로 우리의 믿음을 다져갈 모두에게 선물과 같은 책이 될 거야.

얼마 전 우리나라에 머물고 있던 내게, 김이웃 자매가 자기개발서 및 다양한 서적을 부탁했었지. 이 나라에 양서가 없다는 현실에 다시금 내 마음이 무거웠어. 또 예전 우리 조카가 쓰던 낡은 동화책을 가져와 함께 번역해 놓았던 책을, 소왓 형제가 자녀에게 반복하며 읽어주는 모습에 생각도 많았지. 이번엔 스라이몸 자매를 시작으로 희응 자매 그리고 주일학교 교사인 원 형제까지, 책 집필의 필요성을 진지하게 부탁해 와서 놀랐어. 그래서 이는 분명 하나님이 나를 일깨워 주심이라 믿게 됐어. 무엇보다 펜데믹 때, 아이들과 함께 지내면서, SNS에 무방비로 노출된 그들의 미래가 무척 걱정되었어. 세상은 점점 죄악으로 물들어, 암흑으로 뒤덮인 망망대해 위에 서 있는 듯해. 사람들은 그렇게 점점 갈 길을 잃어가고 있어. 하나님의 말씀을 담은 책들이 세상에 나와, 혼란 속에서도 사람들에게 가까이 다가가는 따뜻한 생명의 빛이 되길 소망해. 단 한

명이라도 사랑의 하나님을 만날 수 있는 통로로 사용된다면 그저
감사할 뿐이지.

　음악 사역도 새롭게 이어 가려고 해. 음악을 담당했던 형제들이
선교처를 떠난 후, 교회 음악 사역이 중단되어 아쉬움이 컸어. 여
러분이 내 찬양을 좋아해서 CD 음반도 더 내고 싶었고, 아름다운
찬양을 많이 들려주고 싶었지만, 여러 여건상 한계가 있었지. 그
나마 예전 한 형제가 우리 선교처 이름으로 유튜브 채널을 개설해
CD에 수록된 곡들을 올려 주어서 참 고마웠어. 지금도 성도들이
계속 반복해서 듣고 있잖아.

　그래서 우리나라로 돌아가면, 이번엔 내가 직접 유튜브 채널을
개설하려고 해. 다친 성대가 완전히 회복되지는 않았지만, 위로와
힘이 되는 찬양과 묵상 글을 통해 캄보디아에 전도용으로 활용하
고 싶어. 또한 그것을 통해 떨어져 있는 여러분과 계속 소통하고
싶어서야. 일부 성도들이, 크메르어 자막도 없는 한국어나 영어로
된 찬양과 묵상 글을 유튜브에서 듣는 모습을 보면서 마음이 무거
웠거든.

　이 모든 것이 하나님이 내게 보여주신 새로운 소망의 열린 문이
야. 모두 처음 도전하는 일들이니까 기도 많이 해줘야 해! 이런 일
들을 하라고 내가 건강해졌나 봐."

　성도들은 이 소식에 크게 기뻐하며, 선생님은 모두 잘 해낼 거라
고 격려해 주었다. 자신들도 내가 없는 동안 열심히 선교처를 지키

며 믿음 생활을 성실하게 할 것을 다짐했다. 그때, 희웅이가 주변의 소리를 잠재울 만큼 크고 확신에 찬 목소리로 말했다.

"선생님! 열린 문이 한 가지 더 있죠! 건강해지셨고, 이젠 요리도 잘하시고, 무엇보다 한국에서 살게 되셨잖아요. 그러니 우리 걱정은 좀 덜하시고, 이젠 좋은 분 만나 결혼하라는 열린 문이요. 선생님 결혼이 우리 모두의 소원이에요, 하하!"

듣고 있던 성도들이 모두 환하게 웃으며 크게 "아멘!"으로 화답했다.

구하라 그러면 너희에게 주실 것이요
찾으라 그러면 너희가 찾을 것이요
두드리라 그러면 너희에게 열릴 것이니
구하는 자마다 받고 찾는 자는 찾으며
두드리는 자에게 열릴 것이니라

마태복음 7:7-8

# 반려견들이 떠난 후 소생의 깨달음

"조화야 사랑해! 어제오늘 밥도 못 먹고 물도 못 마시고… 이제 내 곁을 떠날 날이 얼마 안 남은 거니? 16년 동안 나와 함께 해줘서 고마워. 조화야! 네가 없었다면 내가 이 캄보디아에서 선교사역을 잘 해낼 수 없었을 거야.

산책 중 들개들에게 둘러싸였을 때, 두려움 없이 맞서 싸워 나와 희망이를 지켜줘서 고마웠어. 한밤중 폭우가 내리고 정전될 때마다, 큰 집에 홀로 있는 내가 놀라지 않도록 곁에 있어 줘서 얼마나 든든했는지 몰라. 혼자 피아노 치며 찬양으로 외로움을 달랠 때, 넌 내 곁에 와서 조용히 감상했지. 네가 한국어만 알아듣기 때문에 너와 소통하려면 성도들이 어설프게라도 한국어를 구사했던 거 기억하니? 때론 잘못된 명령어로 널 난처하게 만들었잖아. 후훗. 똑똑하고 용맹했던 너의 모든 순간을 내 마음에 간직할게. 넌 나의 소중한, 하나님이 주신 선물이었어.

조화야, 이젠 아프지 말고, 너무 힘들어하지도 말고, 좋은 추억만 간직하고 내 마음속으로 와서 환하게 웃으며 맘껏 뛰놀아. 내가 영원히 널 기억할 테니까. 넌 내 삶에서 최고의 영웅이었어. 사랑해 조화야. 사랑해!"

성도들에게 조화의 시간이 얼마 남지 않았다는 연락을 받고, 나는 일정을 당겨 3주 전에 선교처로 돌아왔다. 사랑하는 반려견, 조화가 하루 반 동안 처음으로 아무것도 먹지 못한다. 노령견임에도 눈과 귀, 나를 알아보는 인지 능력도 거의 정상이다. 단지 걸을 수 없고 짖을 수 없다. 나는 조화가 떠날 날이 임박했음을 알고, 살아 있는 모습이 마지막일지도 모르는 이 순간을 영상으로 담으며 감사와 내 사랑을 고백했다.

힘없이 내 침대 한편에 누워 있는 조화는 내 말을 모두 알아들었다는 듯, 평온함을 머금은 눈동자가 내 동선을 따라 천천히 움직였다. 나는 그런 조화의 머리에 가벼운 입맞춤으로 이별 인사를 마무리했다. 그렇게 오랫동안 준비해온 이별의 시간을 조금씩 꺼내 마주하며, 혼란스러운 내 마음을 달래고 있었다.

'하나님, 조화가 최대한 고통스럽지 않게 잠들게 해주세요. 제가 조화의 고통스러운 죽음을 마음 아프게 직면하지 않게 해주세요.'

## 이별

뭔가 불길한 예감이든 다음 날, 새벽 5시쯤 눈이 떠졌다. 즉시 조화를 살펴보니 눈을 반쯤 뜬 채, 아직 온기는 남아 있는데… 숨을 쉬지 않는다. 순간, 내 숨이 멎을 것 같은 슬픔이 밀려왔다. 벅찬 아픔을, 힘겹게 억누르며 조화의 가슴에 조심스럽게 내 얼굴을 묻었다. 포근하고 따뜻했다. '그래! 살아있어! 이렇게 부드럽고 따뜻한데……'

현실이 아니라고 부정하고 싶었지만, 더 이상 숨을 쉬지 않았다. 그렇게 2024년 4월 27일 토요일 새벽 5시 13분, 내 사랑하는 조화가 떠난 모습을 발견했다.

나는 장례를 치르듯, 조화의 마지막 모습을 사진과 영상으로 남기고 성도들에게 알렸다. 예쁜 꼬리털을 조금 잘라 작은 봉투에 담았다.

조화는 내가 무너지지 않도록 끝까지 배려하며, 내게 모든 것을 내어 주고 가장 평온한 모습으로 떠났다. 아주 조용히… 행복하게 뛰놀며 영원히 사랑받을 내 마음속으로 들어가기 위해, 그렇게 마지막 잠을 홀로 쓸쓸히 청했을 내 사랑 조화.

미안해… 고마워… 사랑해! 정말 사랑해…….


그날 조화를 땅에 묻어주고 돌아와 희망이를 꼭 안아주었다. 그리고 숨이 멎을 듯, 소리 내 울었다. 이름을 부르면, 당장이라도 어디선가 달려 나와 내 품에 안길 것 같은 조화의 빈자리를 감당하기 어려웠다.

'희망아! 너까지 떠나면 안 돼! 제발 힘을 내서 살아줘.'

희망이는 올해로 11살, 조화와는 5년 터울이었다. 안타깝게도 희망이는 이미 구강암이 빠르게 진행된 상태였다. 입 안쪽이라 미처 발견하지 못해, 희망이가 구강암이 걸린 사실을 아무도 몰랐다. 밥을 잘 안 먹길래 자세히 살펴보니, 입천장으로 시작해 오른쪽 잇몸까지 종양이 퍼져 있었다. 희망이를 우리나라로 데려가려 서류를 준비하려던 참이었기에, 내 마음은 무너졌다. 수의사 선생님은 수술하고 항암치료를 하면 1년은 더 살 수 있다고 해서, 일주일 전 구강암 종양 제거 수술을 진행했었다. 그런 희망이의 힘없는 모습이 내 슬픔을 가중시켰다.

'마음을 다시 추스르려면 어떻게 해야 할까….'

### 새로운 변화

다음 날 주일, 성도들은 조화를 기억하는 날로 보내자며 특별헌금에 저녁 식사를 함께했다. 밝은 분위기 속에서 애써 슬픈 마음을 달래며 서로 위로했다. 시끌벅적했던 식사 교제가 끝나고, 빤냐, 스라이몸 가정과 함께 차를 타고 선교처로 돌아오는 길이었다. 반겨줄 조화가 없다는 현실이 고통스러웠지만 버텨내야 했다.

그때, 선교처 현관 앞 망고나무 아래, 부부로 보이는 분들이 탄 오토바이를 발견했다. 우리가 차에서 내리자 기다렸다는 듯, 다가와 말을 걸었다.

"이 건물 내놓으셨죠? 전화를 받지 않아서 기다리고 있었습니다. 늦은 시간이긴 하지만 내부를 좀 보고 싶은데, 괜찮을까요?"

우리는 흔쾌히 허락했고, 스라이몸이 상세히 설명하기 시작했다. 그들은 건물 상태를 꼼꼼히 살펴보고, 마음에 든다며 바로 매입 의사를 밝혔다. 얼마 전, 선교처 근처의 한 건물을 계약했었는데 건물주가 정직하지 못한 걸 알게 되어 취소했다는 것이다.

선교처를 둘러보더니, 건물도 다른 곳과 비교해 잘 관리되어 있고 대나무 숲도 마음에 든다고 했다. 그들은 왜 그동안 이곳을 몰랐는지 모르겠다며 기뻐했다. 큰 불경기였음에도 크게 손해 보지 않고, 4일 후에 매매를 완료했다. 건물을 내놓고 빨리 팔리길 간절히 기도하며 보낸 지 3년 만의 일이었다. 조화가 떠난 자리의 아픔을 느낄 새도 없었다. 우리는 희응이가 마련한, 이미 완공된 건물로 이전 준비에 들어섰다.

내가 7년 전 심었던 타이완 망고나무에서 올해 처음으로 내 얼굴만 한 크기의 망고를 맛보았는데…. 모든 아쉬움을 뒤로하고 새로운 곳으로 향했다.

### 또 한 번의 이별

희망이의 구강암을 치료하기 위해 다방면으로 노력했지만, 차도가 없었다. 항암 치료로 점점 고통스러워하는 희망이에게 내가 해 줄 수 있는 것이 아무것도 없었다. 희응이는 희망이도 조화처럼 평온하게 떠나기를 자신은 기도한다며 위로했다.

2024년 5월 31일 새벽 6시, 희망이는 나와의 11년의 추억을 뒤로하고 내 품에서 숨을 크게 한 번 들이쉬더니, 이내 조용히 멈췄다. 그렇게 나만 홀로 남겨둔 채, 항상 의지하고 좋아했던 형아인, 조화가 있는 곳으로 떠났다. 사랑스럽고 귀염둥이였던 희망이는 조화와 함께 내게 큰 힘과 기쁨이었다. 이전한 선교처에서 짧은 열흘이었지만, 마지막까지 내 사랑 희망이는 낯선 환경에서 내가 잘 적응할 수 있도록 힘이 되어 주었다. 나는 사랑하는 희망이를 꼭 안은 채 한참 동안 마음을 추스르고, 조화가 묻힌 자리 옆에 나란히 묻어주었다.

우리나라로 데려가려 했던 희망이까지 떠나보낸 순간, 내 심장이 도려내지는 듯한 고통이 밀려왔다. 캄보디아에서 완전히 고립된 채 열악한 환경을 견뎌야 했던 나에게, 조화와 희망이는 삶을 붙들어 주는 존재였다. 특히 이번에 이주한 곳은 골목 안에 입주민이 고작 서너 채뿐인 적막한 곳이어서, 희망이의 존재는 그 자체로 위안이었다. 밤이면 인기척 없는 골목에서, 녀석의 숨소리만으로도 그 큰 집이 비어 있지 않음을 느낄 수 있었다.


사역에 매진하며 슬픔을 잊으려 했지만, 외로움과 상실감은 상상을 초월했다. 이 아픔의 고통을 정확히 이해하는 분은 오직 하나님 한 분뿐이었다.

'하나님! 저를 이 고통에서 벗어나게 해주세요.'

그렇게 큰 슬픔과 아픔 속에서 깨달은 것은, 다시 볼 수 없고 만질 수 없는 단절의 고통이 바로 죽음이라는 사실이었다. 사랑하는 대상과 단절되는 것이 얼마나 큰 고통인지, 그로 인해 내가 얼마나 깊은 외로움의 한 가운데 서 있는지 실감했다.

### 복음을 깨닫다

그렇게 깊은 상실감 속에서 괴로워하던 나는, 식물이 겨울의 혹독한 한파를 이겨내고 봄철 노오란 연둣빛 새싹을 틔우듯, 작은 소생의 깨달음에 이끌렸다. 분명 내가 빨리 회복하기를 바라는 많은 분들의 기도와 위로 덕분이었다.


'하나님은 인류의 조상 아담이 죄를 범한 후, 바로 여자의 후손인 예수님을 예비하셨지. 내가 겪은 조화와 희망이와의 단순한 이별이 아니라, 영원한 멸망으로 향하는 죄인들을 보셨기 때문이었어. 지금도 그런 죄인을 보실 때 얼마나 마음이 아프실까. 심판도 없는 반려견들이 죽어가는 모습에도 난 마음이 무너졌는데. 그 사랑의 깊이를 내가 감히 상상할 수나 있을까. 그래서 독생자 예수님을 이 땅에 보내신 거야. 이 세상에 깨끗한 피로 우리 죄를 대신할 사람은 없으니까. 그렇게 예수님께서 십자가에서 우리 죄를 대신 지셨지. 그리고 3일 만에 영원한 사망을 멸하고 부활하셨어. 이는 우리를 사랑하여 기적을 행하신 거였어. 영원한 지옥에서 하나님과 단절되어 살 우리의 운명을 바꾸신 거지!

구원의 조건이 아무 수고도 없는 '믿음'으로 주어진 이유도, 죄를 용서받는 일이 우리의 능력과 노력으로 불가능하기 때문이야. 죽음은 누구도 피해갈 수 없고, 항상 우리 곁에 있어. 그런데 인간의 노력으로 구원을 얻으려고 한다면 얼마나 많은 한계와 어려움이 따를까! 그래서 예수님이 그 한계를 우리 대신 이루시고, 우리

에겐 그 사실을 믿고 예수님을 영접하는 것으로 구원을 대신하신
거지. 우리가 한 번 죽는 것과 죄인이라는 사실은 그 누구도 부인
할 수 없잖아! 그러기에, 하나님께서는 죽어가는 죄인들을 오늘도
부르시고 계시는구나!

"영원한 멸망으로 향하던 길에서 돌아와라. 이제 나를 믿고
죄를 용서받아라. 내 피 값으로 산 구원을 선물로 받으라!"

그렇게 되찾은 소중한 우리를 위해 천국에 처소를 준비하시고,
우리와 함께할 영원한 삶을 기대하고 계시지. 내가 떠난 우리 반려
견들을 그리워해, 다시 보고 만지며 모든 것을 함께하고 싶은 간절
한 마음처럼 말이지. 나는 기껏해야 우리 조화와 희망이를 위해 내
마음만 준비해 주었을 뿐인데… 예수님은 생명을 주시고, 천국의
처소까지 준비하시며, 우릴 기다리고 계시는구나!'

감당하기 어려운 슬픔에 잠겨 있던 내게, 복음이 완전히 새롭게
다가왔다. 그동안 늘 듣고 전했던 복음은, 단절된 죄인들을 향한
간절하게 외치는 하나님의 절절한 사랑이었다! 생명을 바칠 만큼
우리를 사랑한다는 고백이었다!

순간, 슬픔을 이겨낼 그 이상의 위로가 넘쳤다. 사랑의 하나님이
느껴지고 보였다. 하나님은 우리에게 선교처 건물이 팔려 성도들의
경제적 걱정을 덜어 주셨다. 조화의 흔적이 남은 환경을 바꿔 슬픔

에서 빨리 벗어나게 하셨다. 희망이는 가망 없는 병의 고통에서 빠르게 해방시키셨다. 모두에게 최선의 환경을 허락하셨다는 것을 확신하니, 깊은 슬픔에서 벗어나 앞으로 살아갈 용기를 얻었다.

'이 세상에서 십자가의 사랑으로 못 이겨낼 아픔은 없구나!'

끝없는 외로움과 침묵 속에서 하나님은 '너의 아픔을 안다.'며 나를 토닥이시고 위로해 주셨다. 그 품은 따뜻했다. 그렇게 깨달은 십자가 사랑의 깊이만큼, 하나님을 향한 내 사랑도 깊어갔다.

### 뜻밖의 위로

이른 아침, 선교처 앞을 청소하고 있을 때였다. 누군가 내 손등을 스쳤다. 차갑고 매끄럽고 촉촉한 느낌에 깜짝 놀라 뒤를 돌아보니 '스트레인저(Stranger)'였다. 스트레인저는 털 길이가 조금 긴 덩치 큰 말라뮤트 종으로, 주인이 있는 개였다.

이른 새벽에는 개들을 풀어 놓아 자율 산책을 시키는 집이 많다. 스트레인저는 다른 개들과 잘 어울리지 않았다. 먼저 인사를 건네며 간식을 주어도 별다른 반응이 없었고, 늘 우울해 보였다. 이 더운 나라에서 살기엔 털이 지나치게 많아 보였다. 항상 더위에 지친 탓인지, 그늘에 힘없이 홀로 있는 모습이 인상적이었다. 그 모습이 마치 이방인으로 홀로 남겨진 내 모습과 닮아 보였다. 그래서 내가 직접 이름을 붙여 '스트레인저'라 불렀다.

“스트레인저! 여기 웬일이야?”

“우~후~워~어얼! 월월!”

그날 이후로 우리 선교처에 오기 시작했다. 내가 캄보디아를 떠날 때까지 약 한 달 남짓, 매일 새벽에 와서 오후 4시쯤 주인집으로 돌아갔다. 주인이 묶어 놓으면 줄을 끊고 세 번이나 도망쳐서 내게 왔다. 스트레인저는 나를 무척 좋아해서, 나만 바라보며 어디든 따라다녔다. 떠난 반려견들이 그리울 땐, 덩치 큰 스트레인저를 안고 “조화야! 희망아!”라고 이름을 부르며 소리 내 울 때도 많았다. 그럴 때마다 그런 나를 위로하듯, 가만히 눈물범벅이 된 내 얼굴을 핥아줬다. 그 덕분에 상실의 쓰라린 아픔도 점차 줄어, 스트레인저와 함께 웃는 날도 많아졌다.

스트레인저는 나의 창조주 하나님께서 보내신 섬세한 위로였다. ‘내가 너의 슬픔을 공감하며, 생명에 대한 너의 섬세한 감성에서 비롯된 아픔을 이해한다’고 말씀하시는 듯했다. 성도들도 스트레인저가 하나님께서 특별히 보내신 위로의 선물이라고 생각하며 모두 신기해했다.

여백 글…

“선생님! 저기 밤하늘 좀 보세요. 저는 죽을 만큼 힘들었을 때 매번 밤하늘을 봤어요. 저렇게 아름다운 별들을 보면서, 온 우주를 만드신 하나님이 내 아버지라는 생각을 하면 아픔을 이겨낼 용기가 생겼거든요. 전능하신 하나님이 허락하신 일에는 그만한 이유가 있을 거란 생각에 견뎠어요. 마음이 아픈 선생님께, 제가 경험한 이 위로가 힘이 되길 기도할게요.”

그날, 한참 어린 빠냐에게서 마음이 아픈 사람을 대하는 태도를 배웠다.

사람이 사는 동안
기뻐하며 선을 행하는 것보다
나은 것이 없는 줄을 내가 알았고

인생이 당하는 일을 짐승도 당하나니
그들이 당하는 일이 일반이라
다 동일한 호흡이 있어서
짐승이 죽음 같이 사람도 죽으니
사람이 짐승보다 뛰어남이 없음은
모든 것이 헛됨이로다

전도서 3:12, 19

# 이름은 소망이다

"스라이니! 여기 다 망했나 봐. 어떡해! 너무 안타깝다….."

우리나라에서 유학하고 있던 스라이니와 동대문의 한 쇼핑센터에 와 있다. 사람 발 디딜 틈도 없이 붐볐던 쇼핑몰을 생각했던 터라, 에스컬레이터조차 운행되지 않는 어둑어둑한 빌딩 내부의 현실을 보고 놀라지 않을 수 없었다. 코로나19 펜데믹의 여파로 쇼핑몰이 파산한 결과였다. 더 이상 사람들이 찾지 않는 도시의 버려진 빌딩이었다.

나는 너무 놀라서 입을 다물지 못한 채 잠시 멈췄다가, 정신을 차리고 천천히 주변을 살펴보았다. 여기저기 텅 비어 있는 상점들…. 그런데 그 현실이 민망할 정도로 건재한 간판들! 상점 주인들에게 그 간판은 사업 번창을 상징하는 소중한 소망을 담고 있었을 것이다. 그 소망이 얼마나 간절했을지, 그 의미가 얼마나 깊었을지 상상할 수 있었다. 어쩌면 어떤 상점 주인은 밤잠을 지새우며 이름을 고민하고, 고심 끝에 간판을 걸었을 것이다. 그런데, 손님 하나 없는 이 쇼핑몰의 현실이… 여전히 멋들어지게 걸린 간판과 대비되어 아픈 모순처럼 느껴졌다. 상점 주인들이 절망하며 가슴이 무너졌을 그 순간이 상상되어 마음이 안타까웠다.

## 이름의 의미

이름이 존재하는 이유는 그것이 누군가에게 불리기 위함이다. 성경을 묵상하면서, 나는 이름에 대해 점점 더 많은 관심을 갖게 되었다. 인류의 조상, 아담의 첫 직업은, 하나님께서 창조하신 세계의 모든 동·식물의 이름을 지어 주며 다스리는 것이었다. 지금도 학계의 새롭게 발견된 것에 대해 명명하는 작업은 대부분 그 분야 최고의 권위자가 한다. 그러니 아담은 죄를 짓기 전, 모든 면에서 완벽한 사람이었음을 가늠할 수 있다.

이름에는 명명된 것들의 특징이 함축되어 있다. 하나님은 사람들에게 새로운 사명을 부여할 때, 종종 새 이름을 지어 주셨다.

하나님께서 사랑하는 자에게 주신 이름에는 특별함이 있다. 그 이름은 아름다운 사명을 구체화하고, 열매를 맺게 하는 소망을 담고 있다. 이름이 불릴 때마다 소망이 상기되는 것이다. 그 소망은 하나님의 사랑으로부터 온 것이다. 부모가 자녀에게 소망의 이름을 사랑으로 지어 주듯이 말이다.

선교를 하면서, 성도들의 부탁으로 그들의 자녀 이름을 지어 준 적이 몇 번 있었다. 얼마나 고민이 되던지…. 좋은 이름을 위해 작명소를 찾는 이유를 알 것 같았다. 반려견들의 이름도 고민하며 지었다. 반려견들에게는 특별히 내 개인적인 소망을 담았다. '조화'는 내가 이 캄보디아인들에게 이방인이지만, 모든 일에 아름다운 조화를 이루어 협력하며 말씀의 선을 이루자는 뜻이었다. '희망'은 사역 중 아무리 실망스럽고 어려운 현실이 와도, 하나님을 의지하며 캄보디아인들에게 희망을 잃지 말자는 의미였다. 반려견들을 부를 때마다 소망을 잊지 않으려 의미를 되새겼다.

"선생님! 이름이 뭐예요?"

"네! 제 이름은 김희선입니다."

한국어 어학당에서 한국어 초급반 말하기 시험을 지도하거나, 프리토킹 시간을 가질 때면 학생들이 늘 하던 질문이었다. 공부를 안 한 학생 중에는 "선생님! 이름이 뭐야?"라고 하여 감점을 받는 학생들도 있었다.

한국어 강의를 할 때 나도 자연스럽게 학생들의 이름을 묻고 외워야 했다. 외우기 어려운 이름도 있었지만, 한 번 듣고 기억에 남는 재미있는 이름들도 있었다. 물론 크메르어의 뜻과 상관없이 한국어 발음상으로 웃음을 유발했던 이름들이었다. '몸, 니, 무당, 털' 등, 특별히 '털'은 기억에 남는다. 한국어 발음으로는 '털' 하면 온몸에 털이 많을 것 같지만, 실제로는 대머리에 수염도 몇 가닥 없는, 피부까지 뽀얀 남학생이었다. '털'을 부를 때마다 웃지 않으려고 애쓰던 기억이 있다.

### 이름의 사명

20대 때 내 이름도 조금은 특별했다. 김희선. 연예인 김희선의 인지도가 낮아지기 시작했을 때부터, 아무런 편견 없이 불렸다. 나도 나름 예쁘다고 생각했는데, 비교 대상이 아닌 연예인과 비교되니 매번 난감했다. 내가 먼저 태어나 사용했는데도 말이다.

내 이름 '김희선'은 작명소에서 지었다고 한다. 원래 집에서 부르던 이름은 '순경' 김순경이었다. 지금 생각하면 '순경'이 아니라서 천만다행이다. 평생 경찰과 비교당할 뻔했으니 말이다. 그러나 난, 이렇게 사연 있는 내 이름, 김희선의 의미를 사랑한다. '희(希)'는 '희망하며 바란다'는 의미, '선(宣)'은 '누군가를 도와주고 은혜를 끼친다'는 뜻이다. '희'자는 여자 이름으로는 드물게 '희망'이라는 의미로 쓰이는 한자다. 그래서 내 이름의 뜻을 풀이하면, '누군가에게 새롭게 희망을 품게 하고, 바라며 이루도록 돕는다.'라는 의미가 된다. 이 얼마나 선교에 딱 맞는 이름인가!

그 외에도 내 이름은 두 개 더 있다. 하나는 영어 이름 '에스더(Esther)'로, '아름다움과 고귀함, 별'을 상징한다. 이 얼마나 내가 닮고 싶은 이름인지! 그리고 마지막 이름은 나에게만 주어진 이름이 아니다. 구원받고 은혜로 얻게 된 이름, '그리스도인(Christian)'이다. '예수(Christ) + 사람(ian)'의 합성어로 '예수님의 가르침을 따르는 작은 그리스도인'이라는 뜻이다.

이 세 이름의 뜻을 종합하면, '그리스도인으로서 나의 주인 되신 예수님을 따라, 아름답고 고귀하게 어두운 세상에 별처럼 빛을 비추며, 희망이 없는 사람에게 희망을 품게 돕는다.'가 된다. 결국, 내 이름들은 내 평생에 소망이자 이루어야 할 사명이다. 이렇게 이름 '희선'을 이루려면, 먼저 이름 '그리스도인'과 '에스더'가 전제되어야 한다. 그래서 나는 늘 스스로 다짐한다. "나는 김희선이고 싶다."

이름은 불리며 존재하기 때문에 중요하다. 하나님은 말씀으로 천지를 창조하셨다. 하나님의 창조물인 우리가 하는 말도 창조의 힘이 있다. 우리의 입을 통해 나온 말은 우리의 몸과 정신, 그리고 태도를 만든다. 말을 함으로써 동시에 스스로 동기를 부여하고, 그 의미를 끊임없이 되새기게 된다. 특별히 하나님께 둔 소망을 말하다 보면, 그분의 사랑과 격려에 이끌려 실행할 용기와 믿음이 생긴다.

이렇게 노력해야 하는 이유는 인간은 본래 이기적이고 불평이 많아, 그런 말에 더 쉽게 영향을 받기 때문이다. 나 또한 내 이름의 의미와 현재의 내 모습을 비교하면, '내가 과연 해낼 수 있을까.'라고 의기소침해질 때가 있다. 그럴 때마다 내 이름이 불리는 모든 순간, 정신을 차리고 내 소망의 의미를 되새기며 끝까지 포기하지 않겠다고 다짐한다.

## 소망을 누리다

하루는 우리 땅에서 성도들과 함께 소망의 기도를 드리고 돌아오는 길에 한 성도가 질문했다.

"선생님! 성경 공부 시간에 주 예수님이 오실 날이 머지않았다고 하셨잖아요. 그런데 왜 우리는 이 땅에 교회도 세우고 학교도 세우려고 해요? 우린 그런 큰 돈도 없잖아요. 만약 짓다가 예수님이 오시면 모든 게 헛수고 아니에요?"

"그렇게 생각할 수도 있지만, 하나님이 이 땅을 주심과 동시에 우리에게 새로운 큰 소망이 생겼잖아. 구체적인 사명이 주어진 거야. 이 땅에 교회와 학교를 세워, 한 사람이라도 더 예수님을 믿고 구원받게 하는 사명 말이야.

소망이 없는 삶은, 성장이 없는 삶이거든. 우리에게 공통된 '그리스도인'이라는 이름으로 한 소망을 갖게 된 것 자체가 큰 축복이지. 소망의 주님이 다시 오시는 날까지 우리를 죄로부터 보호할 테니까. 비록 내가 살아 있을 때, 캄보디아에서 직접 성과를 못 본다 해도, 이 소망을 너희들과 공유한 것만으로도 선교사로서 내 할 일을 했다고 생각해. 그만큼 소망은 내가 너희에게 남겨줄 수 있는 가장 소중한 유산이야. 내가 없더라도, 이 소망이 너희를 생명의 길로 이끌 테니까.

하나님이 주신 소망은 죄로부터 우리를 보호하고 성장하게 해. 그러나 소망은 모든 것이 갖춰진 상태에서 주어지지는 않아. 반복되는 기회와 도전 속에서 우리의 인격이 다듬어지고 성장하며 이루게 되지. 봐봐! 이 허허벌판에 교회와 학교가 세워지려면 우리가 얼마나 노력해야겠니! 기도하며 헌금을 드리고, 헌신하여 불가능할 것 같은 일을 이루었을 때, 그 순간을 상상해 보렴. 그 기쁨을, 그 감사를, 그 보람을 평안함 가운데 이루어 가는 것. 그렇게 하나님의 깊은 사랑을 깨닫고 체험하게 되지. 이것이 성경에서 말하는 성장이야.

그렇다면 성장이 왜 중요할까? 그것은 그 안에 생명이 있기 때문이지. 모든 생명은 외적·내적으로 자라나는 특징이 있어. 지금 너희들을 보렴. 예수님을 믿고 얼마나 너희 인생이 달라졌니! 너희들이 늘 간증하잖아. 아무것도 아니었던 나를 이렇게 변화시켰다고!

그런데 이러한 성장을 가로막는 게 있어. 그건 죽음으로 내모는 탐심이야. 탐심은 세상의 모든 정욕과 교만이 포함돼. 성장은 오랜 시간 끊임없는 인내가 필요하지만, 탐심은 본능이기에 한순간에 일어나 성장의 모든 축복을 앗아가지. 이렇듯 생명은 성장해야 해. 그렇지 않으면 탐심으로 퇴보의 길만 걷게 되는 거야.

만약 브레이크가 되는 소망이 없다면, 무방비 상태로 노출된 온갖 탐심을 향해 질주하다가 결국 아무 가치 없는 삶을 살다 생을 마감하게 돼. 그러기 때문에 성장하기 위해선 반드시 소망이 필요한 거야. 우리를 사랑하시는 하나님은 믿음의 자녀들에게 하늘의 소망, 즉 그리스도인이라는 이름을 주시고 이루어가게 하신단다.

그리고 믿음이 연약한 우리를 위해 교회를 세우셨어. '그리스도인'이라는 이름을 가진 구원받은 사람들이 모여 예배하고 교제하며, 서로 하늘의 소망을 기억하고 격려하며 협력하라고 하셨어. 그러니 믿는 우리 모두의 이름인 '그리스도인'이라는 소망을 잊지 말자! 너희들을 위한, 내 유튜브 채널명을 '소망누림'이라고 지은 이유도, '소망을 누리자'라는 뜻을 담고 있기 때문이지.


하나님은 내게 소중한 이름들을 허락하시고, 그 이름에 담긴 소망을 이루길 원하신다. 연약함 속에서 나를 다시 태어나게 하시며, 외로움 속에서 복음의 깊이를 깨닫게 하셨다. 이러한 하나님의 열심이, 나를 하나님께 의지하게 하여 어두운 세상 바다 위에서 믿음의 키를 말씀의 방향으로 고쳐 잡고 배를 띄우게 하셨다.

구원받은 이후 예수님은 내 삶의 주인이 되어 언제나 바른길로 인도해 주셨다. 나의 주 예수님은 나를 위해 자신을 희생하셨고, 이제 내 배에 소망이라는 빛나는 돛을 달아 주셨다. 그리고 내가 그 소망을 잊지 않도록 늘 주를 바라보게 하셨다. 내 안에 계신 성령 하나님은 때에 맞는 바람으로 지금 이 순간까지 나를 인도하신다. 내 이름, '그리스도인, 에스더, 김희선'을 온전히 이루라고.

또 내가 네게 이르노니 너는 베드로라
이 반석 위에 내가 내 교회를 세우리니
지옥의 문들이 그것을 이기지 못하리라

마태복음 16:18

# 사랑은 주는 것 받는 것 무엇이 먼저일까?

"형제! 고리대업은 성경적이지 않아! 돈은 열심히 땀 흘려 일해서 버는 거야. 그 일을 계속하게 되면 그로 인한 여러 문제가 발생할 거야. 그때는 하나님도 책임져 주지 않아!"

"선생님! 저는 그렇게 생각하지 않아요! 우리나라는 고리대업 하는 사람들이 많아요. 이런 거 저런 거 따지면 어느 누가 성경대로 살 수 있나요? 그럼, 우리나라에서 이 종교를 믿는 사람이 많아질까요?"

선교를 하면서, 주제는 달라도 비슷한 문제를 자주 접해왔다. 많은 현지인이 축복과 도움을 받고 싶어하지만, 자신을 돌아보고 말씀대로 살기는 어려워했다. 사실, 죄의 본성을 가진 우리가 그리스도인으로 살아가기는 쉽지 않다. 그러나 죄를 인정하고 나약함을 하나님께 맡기는 것과, 그렇지 않은 것에는 큰 차이가 있다. 하나님께서 우리를 축복하시는 기준은, 죄의 경중이 아니라 진심으로 회개하느냐에 달려있기 때문이다.

### 자연에 귀의

"형제! 하나님을 믿는 것은 종교가 아니야. 하나님은 사람이 만든 '종교'라는 틀로 한정할 수 없어. 믿지 않는 사람들이 우리가 예수님을 따른다고 붙인 별명이 '그리스도인'이야. 그 의미를 담은 '기독교'라는 이름으로 세상의 편의에 맞게 종교로 구분한 것뿐이지. 그러나 사람들은 단어의 뜻에는 별 관심이 없이, 일반적인 종교로 치부한다는 것이 문제야.

그렇다면 기독교는 왜 일반 종교가 아닐까?

일반 종교는 도덕적 성찰과 깨달음에 목표가 있어. 사람이 도덕적 성찰을 이루고 그것을 실천한다는 것은 훌륭한 일이지. 존경 받을 수도 있고. 그러나 그것만으로는 구원 받지 못해. 왜냐하면 종교적 깨달음과 행위는 하면 할수록 완벽히 해낼 수 없는 자신의 한계를 발견하게 되거든. 어쩔 수 없는 죄인이라는 사실을 말이야.

또한, 세상의 다른 종교는 모두 창시자가 있지만, 기독교는 창시자가 없어. 성경에는 모든 만물의 창조 역사, 세계역사, 모든 인생사, 지혜, 예언, 사후 및 영의 세계, 그리고 가장 중요한 예수님의 복음이 담겨 있지. 이렇듯, 기독교의 하나님을 믿는다는 것은 물과 공기 등 자연 없이는 우리가 생존할 수 없듯이, 나를 만드신 하나님께 돌아간다는 의미야. 생명의 근원에 귀의하여 우리의 영이 회복되는 원리와 같아. 이를 위해 하나님은 독생자 예수그리스도를 이 땅에 보내셨거든. 그분이 죄인된 우리들을 위해서 십자가에서 대신 벌을 받으신 거야. 그리고 영원한 지옥의 사망을 이기고 3일 만에 부활하셨지. 예수님은 하나님이시니까. 그래서 죄인은 예수

그리스도를 통해서만 하나님께 돌아올 수 있어. 이렇듯, 천지를 창조하시고 죄인을 구원하신 하나님을 사람이 만들 수 없기 때문에, 기독교는 사람이 만든 종교가 아닌 거야!

이 때문에 사탄은 사람들에게 기독교를 종교로 인식하게 하는데 큰 목적을 두지. 이는 다른 종교도 구원이 있다고 믿게 하기 위해서야. 또한, 성경을 교묘히 변경하여 예수님의 십자가 복음 외에도 구원을 주장하는 많은 이단을 만들지. 세상 그 어떤 종교도 기독교처럼 이단이 많은 종교는 없어. 그럼 사탄은 왜 이렇게 하는 걸까? 이유는 말씀을 잘 모르는 사람들을 속여 지옥으로 끌고 가기 위함이야. 캄보디아에도 얼마나 많은 사람들이 다양한 종교와 이단들에 의해 잘못된 믿음과 행위로 구원받기 위해 노력하고 있니!

성경은 모든 인간이 죽으면 흙으로 돌아간다고 했어. 우리가 한 번 죽는다는 것은 세상 어느 누구도 부인할 수 없지. 그런데 그것으로 끝나지 않아. 죽은 후 심판이 기다리고 있거든. 그러기 때문에 죄인된 우리는 막연하지만, 죽음을 두려워하는 본성을 가지고 있어. 이 두려움은 어떠한 노력을 해도 근본적으로 없어지지 않아. 이것이 바로 살아 있는 동안 하나님께 회개하고 돌아가야 하는 이유지. 그러니 하나님을 종교처럼, 축복을 위해 내 편의대로 믿으면 안 돼."

형제는 조금 억울한 듯 말을 이어갔다.

"선생님, 여기는 한국이 아니잖아요. 믿음도 좋지만, 축복을 받으려고 하나님을 믿는데 그렇게 살면 손해보는 일들이 많아요. 어떻게 항상 정직하게 살아요? 우리나라에서는 그렇게 살면 바보취급 당하고 이용만 당해요."

나는 그 절박한 외침 앞에 잠시 말을 잃었다. 그의 말이 틀려서가 아니라, 그가 처한 현실의 무게가 내 마음을 짓눌렀기 때문이다. 집집마다 세워진 신당, 거리 곳곳의 신당에서 복을 비는 향불이 자욱한 현실이 비로소 새롭게 다가왔다.

이런 대화를 반복해서 마주할수록, 나는 한 가지 질문을 하게 되었다. 사람들은 왜 하나님을 믿으면서도, 하나님보다 더 사랑하는 자신의 우상을 하나의 종교처럼 내려놓지 못할까. 이 질문은 곧 나 자신을 돌아보게 했다. 과연 나는, 하나님을 사랑의 '근원'으로 믿고 있었을까? 아니면 하나님보다 더 사랑하는 나만의 우상을 사랑하기 위해 하나의 '수단'으로 이해하고 있는 건 아닐까?


이렇듯, 캄보디아 민족은 종교성이 강하다. 전도하러 가면 쉽게 예수님을 믿겠다 해도 "하나님은 유일신입니다. 당신의 죄를 회개하고 예수님을 영접하겠습니까?"하고 물으면 대부분 거절한다. 그들은 세상의 모든 종교를 믿고 존중하면, 더 많은 축복을 받을 수 있다고 믿는다.

스마트폰이 보급되기 전까지만 해도, 선교처의 모든 행사에는 많은 사람이 모였었다. 하지만, 내가 죄를 지적하며 예수님의 보혈과 회개의 필요성을 전하면, 대부분은 받아들이지 않았다. 그들에게 하나님은 그저 일상의 신당과 동냥승에게 복을 비는 모습처럼,

또 하나의 축복을 비는 종교적 우상에 불과했기 때문이다. 그래서 하나님을 따르기 위해 '말씀을 묵상하여 죄를 회개한다.'라는 것 자체를 이해하기 어려워한다.

그 모습을 보며 처음에는 안타까움이 컸다. 하지만 시간이 지날수록, 현실의 무게에 짓눌려 복을 구걸하던 그들의 모습이 낯설지 않게 느껴졌다. 어쩌면 나도, 겉으로는 하나님을 사랑하여 따른다고 하면서 사랑의 방향이 여전히 사람이라는 우상을 향해 있었던 건 아닐까 하는 생각이 들기 시작했다.

### 성경은 누가 썼을까

"선생님! 그럼 성경은요? 다른 종교처럼 사람이 쓴 거 아닌가요?"

"맞아! 하지만 성경에는 '하나님의 영감으로 쓰였다.'라고 기록되어 있어. 하나님의 뜻을 사람이 대필했다 생각하면 이해하기 쉽지. 오늘날의 성경은 각기 다른 시대에 살았던 하나님의 사람들을 통해 약 1,600년 동안 기록된, 성경 66권을 엮어 놓은 책이야. 쉽게 이해하기 위해 가정을 들어 설명할게.

12세기 캄보디아 앙코르와트 시대에 어떤 예언가가 '미래에 한 영웅이 태어나 세상을 구한다.'라고 기록된 문헌이 발견되었다고 하자. 그런데 그다음 시대, 또 다음 시대의 다른 예언가들이 같은 내용을 예언한 문헌이 발견되었어. 당연히 각 시대의 예언가들은 시대가 달라 만날 수 없었지. 그런데 약 1,600년 동안, 모두 미래의 같은 시점에 세상을 구할 구원자를 예언한 거야.

그렇다면 이 문헌은 누가 기획하고 쓴 걸까? 더 쉽게 말하자면, 앙코르와트 시대의 예언가를 우리가 당장 만나, 예언할 내용을 논의할 수 없잖아? 그런데 마치 그들이 같은 주제로 논의한 것처럼 모든 예언이 일관성이 있다는 사실! 그렇다면, 이렇게 일관된 예언을 기록한 이 문헌의 저자는 누구일까? 이 예언들은 인간의 생각으로 가능할까? 이는 시대를 초월하신 절대자가 예언자들에게 영감을 주어 대필하게 하시고, 각 시대의 사람들에게 선포하게 하셨다는 증거지. 이렇게 약 1,600년 동안 기록된 성경을 발견하여 엮은 것이 바로, 지금의 구약과 신약을 합친 성경 66권이야. 이 점이 '성경'이 다른 경전과 크게 다른 점이야.

성경의 모든 내용은 우리를 구원하신 예수님을 구약 성경에서 예언했고, 그 예언이 신약 성경에서 성취되었어. 또한 아직 일어나지 않은 우리 미래의 일도 예언되어 있고, 그 일들이 지금 이루어지고 있지. 시대를 관통하여 공통된 복음과 예수님이라는 주인공이 동일한데, 어떻게 사람의 생각으로 썼다고 할 수 있겠어? 이는 하나님의 영감으로 쓰였다는 분명한 증거인 거야!"

형제는 더 이상 변론은 피했지만, 여전히 자신의 사고가 말씀에 비추어 잘못됐다는 것을 받아들이기 힘들어했다.


### 사랑의 본질과 마주하다

나는 아버지가 돌아가셨을 때, 어린 나이였음에도 내 인생의 끝을 간접 경험했다. 그리고 하나님을 바로 알기에는, 나는 체감상 너무 멀리 있어 그 공허함 속에서 방황했었다. 의심의 가시덤불로 가득했던 그 거리감. 따스한 햇살은 나를 사랑으로 감싸며, 자연을 통해 창조주 하나님께 귀의하도록 인도했다. 이처럼 나를 처음 전도한 것은 사람이 아니라, 자연이었다.

또한 하나님은 아무것도 아닌 나에게 은혜로 사명을 부여하셨다. 그 사명은 하나님과 멀어져 어둠 속을 헤매는 이들에게 그분의 사랑을 별빛처럼, 등대처럼 비추는 것이다. 그 십자가의 사랑으로 그들을 다시 하나님의 품으로 인도하는 것이다. 그렇게 인생의 참 가치는 하나님의 사랑을 실천하며 희망을 주는 삶이라고 믿었다.

'그래! 내가 그들이 하나님을 찾을 수 있도록 희망이 되자!'

하지만 그 다짐 속에는, '희망이 되고 싶다.'라는 마음과 함께, 나도 모르게 '그만큼 인정받고 싶다.'라는 기대도 조용히 섞여 있었던 것 같다. 그러니 노력하면 할수록, 정반대의 결과를 마주할 때마다 엄청난 실망과 번아웃이 찾아왔던 것이다.

'내가 이렇게까지 희생했는데, 사람이라면 어떻게 나에게 이렇게 행동할 수 있지?'

그런 일이 반복될수록 회복이 더뎌지고, 점점 작아지는 자신을 보았다. 때로는 이들을 품을 수 있는 사랑이 내게 남아 있지 않다고 느꼈다.


때때로 힘든 삶 속에서도 함께 공감해 주는 사람들이 있으면, 큰 위로를 받는다. 그러나 선교지의 선교사는 공감을 끌어낼 여유도 없이 홀로 감당해야 한다.

언젠가 한 학생이 내게 이렇게 말했다.

"선생님! 선생님의 일상을 보면 매일 예기치 못한 에피소드가 많이 생겨서 마치 한 편의 드라마를 보는 것 같아요."

그래서 선교사들은 유독 천국에 소망을 두고 일하는 분들이 많다. 세상의 안락한 삶에 소망을 두면, 매번 흔들리는 마음으로 삶이 무너지기 때문이다. 강도 높은 어려운 현실을 이겨낼 수 없다. 그럼에도 나는 선교사들의 영웅담만으로는 믿음의 도전을 잘 받지 않는다. 내가 겪은 일 또한 그렇게 대단한 일이 아니라고 생각한다. 나보다 더 열악한 환경에서도 사역을 훌륭히 감당해 온 선교사들은 과거에도, 지금도 많기 때문이다.

삶에는 어떤 어려움도 절대적인 기준이 될 수 없다고 생각한다. 다만 고통에는 각자가 감당하는 깊이의 차이가 있을 뿐이다. 그래서 비록 내 경험이 일반적이지 않더라도, 그것을 타인의 것보다 우위에 두지 않으려 의식적으로 노력한다. 자칫 고난 우월주의에 빠지면 자랑하게 되고, 그 프레임 속에 자신이 갇힐 수 있다. 어느 누가 예수님이 받으신 고난에 비할 수 있을까. 그래서 하나님께서 허락하신 내 삶을 함부로 연민하지 않고 폄하하지 않으려 애쓴다. 큰 고통에는 하나님의 큰 위로도 따르기 때문이다. 단지 놀라웠던 하나님의 역사를 늘 공유할 뿐이다.

오로지 내 관심은

'그래서… 그래서!

그 어려움을 이겨내고 끝까지 사랑했느냐?

네 믿음을, 사명을, 자신을 지켰느냐?'이다. '상처받지 않고 햇살처럼 주는 삶'말이다. 그러나 세월이 흐르면서, 그 소망과 멀어진 삶을 살고 있는 나를 자주 발견했다.

사랑을 주다가, 사람들에게 상처받는 나 자신을.


'평안함이 없어! 이는 분명 잘못된 거야!'


돌이켜보니, 우리나라에서는 주고받는 사랑만 했다. 설령 기대하지 않고 먼저 주었어도, 나중에 돌려받았다. 심지어 기대하지 않았을 때 받았던 사랑은, 내가 인정받는 것 같아 그 기쁨이 더 컸다. 솔직히 말하면, 내 의가 드러난 것 같아 기뻤다.

그러나 선교지는 주고받는 사랑의 현실이 아니었다. 선교지에 와서야 나는, 나를 진짜 알게 됐다. 여기서는 내가 준 만큼 돌아오지 않았고, 그제야 나는 내가 무엇을 의지해 사랑하고 있었는지를 보게 되었다. 사랑을 주는 것이 아닌, 사랑을 통해 나 자신을 지탱하는 방식이었기에, 내가 기대한 만큼의 반응이 없었을 때 마음의 공허함을 느꼈던 것이다. 주는 사랑을 실천한 것이 아니라, 그 사랑을 통해 내 마음을 채우려 했다는 것을 깨달았다.

'선교사들 중에는, 선교지에서 아무 대가 없이 하늘의 상급만 바라보며 기쁘게 사랑을 실천하고, 생을 마감하신 분들도 많다. 우리나라 역사에도 하나님의 사랑으로 전쟁 속 폐허가 되었던 우리나라를 위해 자신의 삶을 온전히 희생한 선교사들이 있었다. 그분들이 있었기에 오늘날 대한민국이 존재할 수 있음을 역사는 증명하고 있다. 그분들의 사랑이 없었다면, 지금 우리가 누리는 이 모든 것이 가능했을까. 그런 분들과 비교하면 난……'

내 모순된 사랑의 민낯과 처음으로 마주하니, 평안을 잃은 것이다. 인정하기 싫어 고통스러웠던 거였다!


방법을 찾지 못하고 헤매던 어느 날, 우연히 신생아를 보고 깊은 깨달음을 얻었다. 아이가 태어나면 가장 필요한 것은 사랑이다. 사랑을 받지 못하면 뇌가 정상적으로 발달하지 못해 올바른 사고 체계를 갖추지 못한다. 바른 인격으로 성장할 수 없어 모든 인간관계에도 문제가 생긴다. 이렇듯, 사랑은 생명을 키우는 데 필수적인 조건이다. 그 순간 깨달았다. 내가 사랑의 우선순위를 잘못 정의하고 있었다는 것을! 사랑은 '주느냐 받느냐'의 문제가 아니라, '어디서부터 시작되는가'의 문제였다.

'사실, 내면의 결핍은 사랑을 받을 때보다 줄 때 더 극복돼. 하지만 내면이 하나님의 사랑으로 채워지지 않는다면, 그 결핍을 치유할 진정한 사랑을 줄 수 없는 거야. 세상의 모든 사랑은 먼저 하나님께 충분한 사랑을 공급받아야 하는 거였어. 그렇게 채워진 후에야, 비로소 필요한 사람들에게 대가 없이 사랑을 그대로 전할 수 있는 거지. 그럴 때, 상대에게서 받으려는 마음을 내려놓게 되고,

사랑의 안식처이신 하나님 안에서 내 삶에 집중하게 되는 거였어. 하나님께 믿음으로 받은 사랑 안에서 평안과 기쁜 마음으로, 허락하신 일을 묵묵히 순종하면서 말이야.'

사랑의 근원이 바로 서자, 그동안 가장 어렵게 느껴졌던 권면의 자리도 다르게 보이기 시작했다.

'사랑에는 공감과 위로도 있지만, 상대가 미처 인지하지 못한 채 자신을 파괴하고 있을 때는 권면도 해야 하지. 설령 상대가 깨닫지 못하더라도 말이야. 그런데, 사랑하여 권면한다고 하면서 이들에게 느꼈던 서운함과 조급함, 때로는 분노의 모든 형태를 그대로 표현한 적도 있었지. 그래서 의도와는 다르게 관계는 계속 틀어지고… 이 또한 나의 결핍에서 비롯된 거였어. 그 결과 권면의 본질을 잃어버려 문제가 왜곡되어 갈등만 더 키웠었구나. 결국, 따뜻하고 온유한 사랑의 태도로 본을 보이지 못하니, 스스로 상처를 주고받고 있었구나. 이는 예수님이 본을 보이신 사랑도 권면도 아니었으니까.

내 진심이 인정을 받으면 감사하겠지만, 그것은 그 사람이 그렇게 행했을 때 하나님께 받을 축복의 이유일 뿐, 내가 바라는 건 아니었어. 애초에 그 사랑이 나로부터 비롯된 것이 아니었으니까. 그러니, 비록 희생한 만큼 원하는 열매를 얻지 못한다 해도, 믿음의 성장은 내가 책임질 영역이 아니었던 거야. 나는 사랑의 주체가 아니라 하나님께서 주신 사랑의 전달자일 뿐이었어. 그러니, 설령 마음 아픈 일이 있더라도 상대를 함부로 정죄하는 건 하나님의 방법이 아니었던 거야! 하나님 앞에서 독립된 주체라는 것을 인정하고, 상대를 위해 간절히 기도해 주고 본을 보이는 것만이, 내가 감당해야 할 부분이었어!'

나는 드디어 내 결핍에서 비롯된, 사랑의 결과를 책임지려 했던 집착에서 비로소 벗어날 수 있었다.


### 참사랑의 자유

구원은 아무런 노력 없이 믿음으로 받는다. 하지만 성장은 다르다. 성장은 단순히 지식으로 쌓이는 것이 아니다. 말씀을 묵상하고 실천하는 가운데 넘어지고 다시 일어서며, 그 반복 속에서 이루어진다. 나는 그동안의 시행착오를 통해 비로소 사랑의 우선순위를 깨달았다.

그 후로, 사랑의 본체이신 하나님을 만나기 위해 나만의 깊은 동굴로 자주 들어갔다. 깊은 교제 가운데 만난 하나님은 나의 가장 든든한 후원자셨다.


"사랑하는 희선아! 사랑은 감정이 아니라 약속이란다. 감정은 때로 변할 수 있지만, 약속은 변하지 않기 때문이지. 그 약속을 너에게 끝까지 지킬 거란다. 그러니 진리의 성경, 약속의 말씀을 믿고, 내 사랑의 편지인 성경을 늘 신뢰하렴. 어린아이처럼 내 사랑을 의심하지 말고 말씀 안에서 항상 기뻐하렴. 나는 너의 아버지 하나님이니,

나의 사랑의 후원자는 이제까지 함께 이루었던 '따스한 햇살같이 주는 삶'을 지키시고, 앞으로 더 이루어 낼 믿음의 동력을 주셨다.

나는 내가 희생한 만큼 성도들이 감사해하며 큰 성장을 이룰 거라는, 내가 정한 믿음의 상한선을 과감히 버렸다. 이제야, 그들을 하나님의 시선으로 바라보게 되었다. 나의 연약함도 이해하게 되었다. 그러자, 지난날 상처로 차곡차곡 쌓여 있던 피해의식이 내 무의식 깊은 곳에서 조금씩 사라지기 시작했다. 결핍을 채워줄 대상이 아닌 나와 성도들을 어떻게 사랑해야 하는지를 깨닫게 되었다. 우리의 연약함이 주님의 사랑으로 채워지니 용서와 감사가 넘쳤다.

그 감사는 내게 가장 귀한 것이 무엇인지 보여 주었다. 수많은 풍파 속에서도 묵묵히 내 지도력을 신뢰하며 함께 걸어온 믿음의 동역자들. 지금 나와 함께하는 귀한 성도들이 보였다. 그리고 타지에서 나 홀로 아픔을 겪는다고 생각했지만, 하나님께서는 내 삶을 통해 어려움과 외로움 속에서 고통받고 있는 성도들을 위로하고 계셨다. 깊은 공감으로 그들의 상처를 감싸시며, 내 삶을 통해 그들에게 다시 일어설 용기를 주고 계셨다. 내가 인지하지 못하는 사이, 하나님은 내 삶을 가치 있는 예배로 받으셨다.

　'아! 그래서 예수님께서는 가장 낮은 자의 모습으로 이 땅에 오셨구나! 세상의 고통받는 가장 낮은 자에게도 사랑과 위로를 주시려고.'


긴 방황이 끝이 났다.
하나님의 시선으로 우리 모두를 바라보았다.


이제야,
내 희생보다 큰 믿음으로,
나를 지켜주는 그들의 사랑이 보였다.
그들을 진심으로 사랑하게 된 내 마음도 보였다.


이제야,
그들이 얼마나 귀한 존재인지 깨달았다.
그들의 깊은 기도가
나를 일으킨 은혜였음을 깨달았다.


이제야,
나의 사랑하는 성도들의 마음 소리가 들렸다.


　"선생님,

어떠한 어려움이 오더라도,
우리 민족을 포기하지 마세요.
힘들어하지 마세요.
부족하더라도, 우리가 끝까지 함께 할게요!"

이제야 처음 품었던 꿈 —
'따스한 햇살같이 주는 삶'의 의미를 알았다.

진리 안에서,
하나님께 받은 사랑의 소망으로,
서로 기뻐하며 사랑하며 존중하며,
겸손히 함께 사명을 이루는 삶.

그 모든 영광과 감사는,
오직 하나님께 드리는 삶.

그 열매로,
진정한 사랑의 자유를 얻었다.

이제야,
그 자유로 사랑이 나를 완성시켰다.

말씀이 육신이 되어
우리 가운데 거하시매
우리가 그분의 영광을 보니
아버지의 독생하신 분의 영광이요
은혜와 진리가 충만하더라

성경 기록들을 탐구하라
너희가 그것들 안에서
영원한 생명을 얻는 줄로 생각하거니와
그것들은 곧 나에 대하여 증언하는 것들이니라

요한복음 1:14, 5:39

<u>닫는글</u>



"선생님! 이번에 한국으로 출장을 가게 되었어요. 그때 가족들을 데리고 가려고요. 저희가 코로나19 펜데믹으로 제대로 된 신혼여행을 못 갔잖아요. 그래서 제가 아내 몰래 돈을 모아 이번 여행을 준비했거든요. 아들 세라이봇도 한국에 있는 성도님들께 보여드릴 겸 함께 갈 거고요. 한국의 겨울을 보여주고 싶어요. 그리고 사진관에 가서 가족 기념사진도 찍을 거예요."

2024년 12월, 빤냐와 스라이몸은 고대하던 신혼여행을 위해 아들 세라이봇과 함께 우리나라에 왔다.

"까르르! 꺅! 하하하!" 두 살 된 세라이봇의 숨이 차서 웃는 소리가 사진관에 가득 찼다. 사진 기사님은 낯설고 두려워 울먹이는 세라이봇의 긴장을 풀어주며, 가장 아름다운 순간을 촬영하기 위해 아이를 즐겁게 해주고 있다.

사진 기사님의 익살스러운 행동에 깜짝 놀라다가도, 이내 행복에 겨워 뒤로 넘어갈 듯 웃음을 터뜨린다. 즐거워하는 세라이봇의 모습을 보니, 갑자기 지난 25년의 선교 활동이 스쳐 지나갔다. 두렵고 떨며 울먹이던 처음 나의 모습이 떠올랐다. 하나님은 그런 나를 위로해 주시고 동행하셨다. 사진 기사님처럼, 가장 기쁘고 감동적인 믿음의 열매를 주시려고 나를 평안 가운데 이끌고 계셨다.

사진 촬영이 끝난 후, 빤냐와 스라이몸은 아들과 함께 가장 아름다운 사진을 고르기 위해 모여 앉았다. 방금 찍은 수많은 사진을 보며 즐거워한다. 나는 그들의 모습을 보며 지난 내 삶 속에서 아름다웠던 사역의 순간들이 떠올라, 마치 사진을 보는 듯했다. 지난날 하나님의 사랑이 느껴져 미소 지으며 감사드렸다.

## 집필을 마무리하며

글을 써 내려가며 정리되지 않았던 지난날의 기억 조각들을 하나둘 꺼내 모았습니다. 마치 사진관에서 멋진 사진을 찍어 간직하듯, 내 마음속 영원히 간직될 사진첩을 만들었습니다. 아름다운 사진첩은 자꾸 꺼내어 자랑하고 싶듯, 저 역시 하나님과 함께했던 이 발자취를 많은 분께 보여드리고 싶었습니다.

"이것 보셔요! 하나님이 저를 이렇게 사랑하셨어요. 하나님은 여러분도 동일하게 사랑하셔요! 이 책을 읽는 모든 분들이 사진 속 이야기처럼 살아 역사하시는 하나님의 사랑을 깊이 체험하시길 소망합니다."

하나님은 항상 제게 이렇게 말씀하셨습니다.

"희선아! 한번 해 보렴. 겁내지 말고. 내가 너와 함께 할게. 네가 믿음으로 구하는 모든 것을 단 하나도 잊은 적이 없단다. 난 아직도 너와 함께 이룰 새로운 소망이 많단다. 그러니 믿고 나와 함께 하렴."

저는 이 책을 통해 하나님의 사랑에 이렇게 고백했습니다.

"하나님, 주께서 늘 저를 먼저 사랑하셨어요. 주님이 다 이루셨고 또 이루실 것을 믿어요. 사랑합니다. 내 평생 그 사랑을 깨닫고, 더 깊이 사랑하기를 원합니다!"

어느 날, 산행길에 나무 그루터기를 보았습니다. 나무는 생을 다 했지만 한눈에 들어올 만큼 근사한 그루터기는, 마치 멋진 글귀가 새겨진 비석을 세워 놓은 듯했습니다. 잘려 나가기 전, 나무의 위풍당당한 모습까지 느낄 수 있었습니다. 우리의 삶 또한 이와 닮아 있습니다. 생을 마칠 때, 사랑과 열정으로 살았던 삶의 가치를 새긴 비석이 세워질 것입니다.

잠시, 어린 시절 삶의 끝을 보았던 순간이 떠올라 그 자리에 발걸음을 멈추고 생각에 잠겼습니다.

'나는 내 비석에 사랑하는 사람들을 위해 어떤 말을 남겨 놓고 떠날까.'

그리고 떠올랐습니다.

"하나님의 사랑을 먼저 받아들여라.
주저하지 말고 더 많이 신뢰하라."

# 사랑은 주는 것 받는 것 무엇이 먼저일까

1판 1쇄 발행  2026년 3월 3일

지은이 김희선

교정 황윤   편집 이새희
마케팅·지원  이창민

펴낸곳 (주)하움출판사   펴낸이 문현광

이메일 haum1000@naver.com   홈페이지 haum.kr
블로그 blog.naver.com/haum1000   인스타 @haum1007

ISBN 979-11-7374-249-1 (03810)